Für meine Tochter.

Weil du meine wilde Prinzessin bist.

Und für meinen Sohn.

Weil du meinen Tag erhellst.

Prolog

Das kleine Mädchen versuchte, es sich auf dem Boden vor seiner Mutter bequem zu machen. Ihre bauschigen Röcke störten sie und sie hätte sie am liebsten zerrissen. Aber das durfte sie nicht. Sie war eine Prinzessin und man erwartete von ihr, sich so zu kleiden. Zumindest der Kronrat, soweit die Prinzessin es verstand. Ihre Eltern hätten es nicht so streng genommen, aber andere verlangten das. Warum sie allerdings nicht einmal bei ihrer kurzen Vorlesezeit mit ihrer Mutter, der Königin, etwas Bequemes tragen durfte, verstand sie immer noch nicht. Ebenso wenig, wieso das Königspaar sich nicht über den Kronrat hinwegsetzte. Aber es gab nun einmal Dinge, die sie noch nicht begriff, und so fügte sie sich widerwillig.

»… Und so erschlug der Prinz den Drachen und rettete die Prinzessin aus höchster Not …«

So endete fast jede Geschichte in dem Märchenbuch, das ihre Mutter ihr vorlas.

»Warum kann nicht einmal die Prinzessin den Prinzen retten?«, schmollte sie und verschränkte die Arme. »Oder der Drache der Gute sein? Das ist doch doof.«

Die Königin lächelte. »Weil wir in einer Welt leben, in der die Männer denken, sie wären klüger und mutiger als Frauen, mein Kind«, antwortete sie, schlug das Buch zu und legte es weg. »Aber manchmal ist es auch schön, von einem Prinzen gerettet zu werden.«

»Ich will ganz sicher nicht von einem Prinzen gerettet werden«, verkündete das Mädchen.

»Oh Alessandra«, schmunzelte die Königin. »Eines Tages wirst du einen Prinzen treffen, dem du dein Herz schenkst. Und auch wenn der Rest der Welt denkt, er würde dich retten … wenn er der Richtige ist, werdet ihr euch gegenseitig beschützen.«

»Macht Papa das?«

Die Königin nickte. »Dein Papa ist ein guter Mann, Alessandra. Er hat mich zwar vor keinem Drachen gerettet, aber er hilft mir und gesteht mir mehr Freiheiten zu, als ich mir wünschen könnte. Genau wie dir.«

Die Prinzessin krabbelte auf den Schoß ihrer Mutter und schmiegte sich an sie. »Ist Papa traurig, dass ich ein Mädchen bin?«

»Wie kommst du denn darauf?«, fragte die Königin entsetzt.

»Die Diener reden darüber. Sie sagen, ihr könnt keine Kinder mehr bekommen und es wäre für den König so schrecklich, nur eine Tochter zu haben.«

Die Königin atmete tief durch, dann lächelte sie und strich ihrer Tochter über die hellbraunen Locken, die sich langsam dunkel färbten. »Mein Schatz, das ist Unsinn. Dein Papa könnte dich nicht noch mehr lieben, wenn du ein Junge wärst. Es ist nur schwierig, den Kronrat zu überzeugen, dass du nach ihm Königin wirst oder mehr lernen solltest, als zu tanzen und wie man mit dem Fächer umgeht.«

Sie lächelte noch wärmer. »Aber das muss nicht deine Sorge sein. Du hast noch viele Jahre Zeit, bis du Königin wirst. Bis dahin können wir uns doch ein paar Geschichten ausdenken, in denen die Prinzessin den Prinzen rettet. Was meinst du?«

»Ja, aber nicht vor Drachen.« Alessandra grinste breit. »Ich mag Drachen nämlich.«

1 Alessandra

Drei Schritte fehlten ihr noch. Nur drei kleine Schritte, dann wäre sie frei. Dann müsste sie keine Benimmregeln lernen, kein Buch auf ihrem Kopf balancieren und nicht zum gefühlt tausendsten Mal beim Tanzen versagen.

Drei Schritte.

»Euer Hoheit!«, hallte die Stimme ihrer Gouvernante durch den Korridor.

Alessandra blieb stehen. Vielleicht hatte die alte Dame sie nicht gesehen. Wenn sie es sich nur fest genug wünschte …

»Bei allen Wunschfeen, was habt Ihr da an?«

Sie hatte sie gesehen. Drei Schritte hatten ihr gefehlt und der Tag wäre gerettet gewesen.

Langsam drehte sie sich um. »Ich dachte, heute wäre meine Reitstunde«, log sie schnell und wippte auf ihren Füßen vor und zurück. »Es ist so ein herrlicher Tag, findet Ihr nicht, Lady Margret?«

Doch die Gouvernante, eine stämmige Frau Ende fünfzig, mit grauen Haaren und tief ausgeschnittenem Dekolleté, das so gar nicht zu ihrer sonst eher zurückhaltenden Art passen wollte, verschränkte die Arme und verzog ihr Gesicht. »Ihr wisst sehr gut, dass heute keine Reitstunde ansteht«, schnaubte sie. »Und selbst für diesen Unterricht wäret Ihr unpassend angezogen.«

Alessandra blickte an sich hinab. Sie trug braune Wildlederhosen, eine beige Tunika und eine Weste in der Farbe der Hose. Ihre Stiefel waren abgetragen und ihre Haare zu einem lockeren Zopf zusammengebunden.

Drei Schritte, dachte sie und seufzte.

»Was würde Euer Vater dazu sagen? Ihr wisst doch, wie schlecht es ihm geht. Wollt Ihr ihn auch noch mit solch ungebührlichem Verhalten belasten?«

Die Prinzessin senkte schuldbewusst den Kopf. Ihr Vater lag schon seit Wochen krank darnieder und kein Arzt wusste einen Rat. Auch nicht die Feen und Zauberer, die man zu Hilfe gerufen hatte. König Stephan war beim Volk beliebt und jeder fürchtete sich vor dem Tag, an dem er vielleicht …

Alessandra wollte nicht weiterdenken. Ihre Mutter, Königin Vanya, wich nicht von der Seite ihres Gemahls. Auch sie litt und Alessandra wollte ihnen nicht noch mehr Kummer bereiten, indem sie eine weitere Tanzstunde schwänzte und der Kronrat ihrer Mutter Vorhaltungen machte.

»Schön, ich gehe mich umziehen«, flüsterte sie mit hängenden Schultern.

»Beeilt Euch bitte, Euer Tanzpartner wartet bereits.«

»Der sollte sich freuen, wenn ich kein aufgeblasenes Kleid trage und ihm auf die Zehen trample.«

»Aber Prinzessin … Daran trägt das Kleid keine Schuld.« Die Gouvernante schmunzelte und scheuchte sie zu ihrem Zimmer.

Das wusste Alessandra. Sehr gut sogar. Aber es wäre einfacher gewesen, eine Drehbewegung zu vollführen, ohne den gewaltigen Reifrock und die zehn Lagen Stoff, die schwer auf ihren Schultern lasteten.

Fast so schwer wie die Aussicht, vielleicht bald Königin zu sein. Sie war erst siebzehn, sie wollte weder Königin sein noch irgendeinen Prinzen heiraten. So sehr ihr Vater auch gekämpft hatte, den Thron konnte sie nur besteigen, wenn sie heiratete und ihr Mann zum König wurde. Aus diesem Grund hatte man trotz der Krankheit des Königs verkündet, dass demnächst drei Bälle stattfinden sollten, damit die Prinzessin einen geeigneten Ehemann erwählen konnte.

Während Alessandra auf ihr Zimmer ging und sich auszog, knurrte sie. Allein die Vorstellung! In welcher Zeit lebten sie? Sie hatte gedacht, all die Geschichten und Sagen, die ihre Mutter ihr als Kind vorgelesen hatte, waren aus längst vergangener Zeit. Märchen eben, in denen ein schneidiger und ebenso aufgeblasener Prinz einen Drachen erlegte, um die holde Prinzessin aus höchster Not zu retten. Wie lächerlich sie das immer gefunden hatte! Aber nichts hatte sich an dem Weltbild von vor fünfhundert Jahren geändert. Drachen galten immer noch als böse, Frauen *mussten* von Männern gerettet werden und natürlich waren Feen immer gut und erfüllten Wünsche.

Aber zumindest in Soleil, dem Königreich ihres Vaters, stimmte das nicht immer. Alessandra hatte sich mit einem recht jungen Drachen angefreundet. Er hieß Darbur, war vermutlich erst vierhundert Jahre alt und lebte in einer Höhle im Wald. Sie hatte ihn zufällig kennengelernt, als es ihr vor rund einem Jahr gelungen war, ihrer Tanzstunde zu entfliehen. Bei einem Ritt durch den Wald war sie auf den Drachen gestoßen, der in einer Falle für Wild feststeckte. Sie hatte ihn befreit, obwohl er sie zornig angeknurrt hatte. Es hatte mehrere Besuche im Wald bedurft, sein Vertrauen zu gewinnen. Aber nun fühlte sie sich glücklich darüber, ihn ihren Freund nennen zu dürfen.

Er war nicht böse, sondern sang für sein Leben gern, wenn er badete, und wusste viel über die Welt. Vermutlich war er dennoch ein Kleinkind für einen Drachen, denn er reichte Alessandra – wenn er auf allen vieren stand, was so gut wie nie vorkam, da Darbur eitel war und es hasste, auf den Händen zu gehen, mit denen er auch aß – gerade einmal bis zur Schulter.

Eigentlich hatte die Prinzessin ihn besuchen wollen, um ihm wieder seine geliebten Äpfel und Pfirsiche zu bringen und mit ihm über ihren Vater zu sprechen. Der Drache hatte versprochen, sich zu erkundigen, was dem König fehlen könnte. Sie hoffte, er würde sich nicht um sie sorgen, wenn sie jetzt nicht erschien.

Was die Feen betraf, konnte sie sich keine Meinung bilden. Es gab durchaus gute Feen, die Wünsche erfüllten, aber genauso gab es weniger gute unter ihnen. Manche waren sogar richtig boshaft und ließen Wünsche absichtlich schiefgehen. Wieder andere nutzten ihre Kräfte, um anderen Lebewesen zu schaden. Man nannte sie dunkle

Feen und die Grenze zwischen einer Wunschfee und einer dunklen war nicht immer eindeutig zu ziehen.

Alessandra hatte einmal von einem Mädchen gehört, das sich gewünscht hatte, auf einen der königlichen Bälle gehen zu können. Ihre Familie war arm gewesen und sie konnte sich kein Kleid leisten. Die Fee, die ihren Wunsch erfüllen sollte, hatte sie als Putzhilfe zum Ball geschickt. Nicht ganz das, was Alessandra sich vorgestellt hätte, und doch galt dieses Wesen als ungefährlich.

Und das Bild der Frauen und Männer … Sie stand den meisten Männern weder in Intelligenz noch Können nach. Trotzdem wurde sie belächelt und nicht ernst genommen. Weil sie eine Frau war. Prinzessin hin oder her.

Es war einfach ungerecht. Dumme Regeln von dummen alten Männern.

Als ihre Kammerzofe erschien, um ihr in das viel zu enge Korsett zu helfen und sie mit gefühlten fünf Tonnen Stoff einzuhüllen, schnaubte sie. Sie hasste es, sich so aufzuputzen, nur weil es erwartet wurde.

Mit Wut im Bauch stapfte sie bewusst unelegant zu dem Salon, in dem der Sohn eines Herzogs bereits wartete. Er war ein wenig älter als sie und so eingebildet, dass er seine Nase wahrscheinlich nicht mehr normal halten konnte, sondern immer in den Himmel heben musste. Obwohl er kaum größer als Alessandra war, versuchte er immer, von oben auf sie herabzublicken.

Ob er ihr damit zeigen wollte, dass er mindestens genauso wertvoll war wie sie oder sogar besser, wusste sie nicht. Dass er sehr von sich eingenommen war, wusste sie hingegen sehr genau. Er war zwar nur etwa ein Jahr älter als sie, aber er benahm sich, als wäre er weltgewandt. Dabei zeigte seine blasse Haut, dass er das Haus kaum verlassen konnte. Sie mochte es nicht, ihn anzusehen. Seine wässrig blauen Augen und diese scheußliche weiße Perücke, die bei manchen Adeligen gerade modisch war, erinnerten sie an einen alten Mann.

»Da seid Ihr ja endlich«, näselte er.

Noch etwas, das sie hasste. Dieses nasale Sprechen der Aristokraten.

»Rupert, verzeiht, dass ich Euch warten ließ«, lächelte sie falsch. Sie hatte längst gelernt, dass man seine wahren Gefühle am besten hinter einem gut gehaltenen Fächer verbarg. »Ich hoffe, Euch war nicht langweilig.«

Er grunzte, obwohl es eher wie ein Schnarchen klang. »Natürlich nicht. Ich habe die Teppiche bewundert.«

Diesmal grunzte Alessandra. Dieser Herzogsspross war noch langweiliger, als sie bisher gedacht hatte. »Wie schön. Haben sie sich seit dem letzten Mal verändert?«

Er hob eine Augenbraue und schnarchte erneut. »Sie sind wunderschön, ganz gleich, wie oft man sie betrachtet.« Er hüstelte. »Wollen wir?«

Rupert hielt ihr den Arm hin und wartete. Wie immer hatte Lady Margret ein Streichquartett im Raum platziert und stand persönlich neben ihnen, um den Takt mitzuklatschen. Alessandra war froh darüber. Sie verstand noch immer nicht, wozu man einen Dreivierteltakt und einen Viervierteltakt unterscheiden können musste.

Rupert wusste es natürlich. Er konnte tanzen, als hätte er nie etwas anderes gemacht. Was vielleicht sogar der Wahrheit entsprach.

Schließlich wusste sie nicht, worin Herzogssöhne ausgebildet wurden, außer sich hochnäsig zu benehmen.

Sie nahmen Aufstellung, Rupert ergriff galant ihre Hand, legte seine unter ihr Schulterblatt und sie tanzten zur Musik und dem Klatschen der Gouvernante. Die Röcke hinderten Alessandra daran, sich richtig zu drehen, und sie musste sich ein Fluchen verkneifen, als sie fast wieder vom Gewicht des Kleides mitgerissen wurde. Immer wieder stolperte sie oder stieg ihrem Tanzpartner auf die Füße, was er mit einem Zischen quittierte, aber ansonsten weitermachte, als wäre nichts geschehen.

Die Musik endete und Alessandra atmete erleichtert auf. Bis ihre Gouvernante neben ihr stand.

»Ihr macht überhaupt keine Fortschritte«, meinte sie tadelnd und hob den Zeigefinger. »Dabei geben wir uns solche Mühe. Der Ball ist in wenigen Tagen und Ihr beherrscht den Eröffnungstanz noch immer nicht.«

»Ich bemühe mich wirklich, Lady Margret«, seufzte Alessandra. »Aber dieses Kleid! Diese Röcke! Muss das sein?«

»Prinzessin«, stöhnte die Gouvernante und rieb sich die Schläfen. »Ihr habt Eure Ballkleider gesehen. Sie sind noch ausladender als dieses und Herzog Rupert ist ein ausgezeichneter Tänzer. Auf dem Ball werdet Ihr auf Prinzen treffen, die vermutlich nicht so gut tanzen können.«

Alessandra verschränkte die Arme. »Und Ihr denkt, es ist wirklich notwendig, dass ich tanze? Dass ein Mann um meine Hand anhalten würde, nur weil ich mich anmutig durch den Ballsaal drehe?«

Sie hatte es als Scherz gemeint. Als ob sie irgendeinen aufgeblasenen Prinzen, der sie genauso hochnäsig anstarrte wie Rupert, beeindrucken oder gar heiraten wollte.

Aber Lady Margret seufzte tief. »Ja, das denke ich. Wie eine Frau tanzt, erzählt den Männern viel über ihre Persönlichkeit.«

Alessandra zog die Augenbraue hoch. Deswegen also mochte Rupert sie nicht. Sie bewegte sich nicht anmutig genug und ließ sich nicht richtig von ihm führen. Was wohl daran lag, dass sie ihn nicht ernst nehmen konnte. Am liebsten hätte sie mit den Schultern gezuckt und wäre gegangen. Aber dann dachte sie an ihren Vater und ließ den Kopf hängen. Er sorgte sich um sie, wollte, dass sie sicher war, wenn es mit ihm zu Ende ging. Das hatte er immer wieder betont, solange er noch bei Bewusstsein gewesen war …

Tränen traten in ihre Augen, aber sie fächelte sie mit ihrer Hand weg, hustete und verlangte nach einem Glas Wasser, hielt sich daran fest. Rupert sollte nicht merken, wie es in ihr aussah. Er tratschte gern und die Aristokraten hatten sowieso schon genug an ihr auszusetzen.

Sie war nicht damenhaft genug. Nicht dünn genug. Nicht leise genug. Sprach zu oft aus, was sie dachte. Aber dazu hatten ihre Eltern sie ermutigt. Und genau so wollte sie auch sein. Sie wollte sich nicht verstellen, nicht so tun, als wäre sie eines von diesen Mädchen, die für aufwendige Frisuren und schöne Kleider lebten. Sie wollte lesen und reiten und nicht über Kreuzstichmuster und die Farbe der Vorhänge sprechen.

»Euer Hoheit!«, ertönte die Stimme von Lady Margret.

Alessandra schreckte hoch und ließ beinahe das Wasserglas fallen.

»Ihr habt mir nicht zugehört, nicht wahr?« Die Gouvernante stemmte ihre Hände in die Hüften. Trotzdem wirkte ihr Blick fast … mitfühlend. So, wie sie sonst immer gewesen war. Aber in letzter Zeit verhielt sich Lady Margret deutlich strenger und Alessandra fragte sich, warum.

»Verzeiht, ich war in Gedanken bei meinem Vater«, flüsterte Alessandra.

Lady Margret nickte. »Wir alle wünschen ihm, dass er bald gesund wird.« Dann wurde sie wieder ernst. »Also, auf ein Neues, Prinzessin.«

Sie klatschte in die Hände und die Musiker machten sich für ihren Einsatz bereit. Auch Rupert wartete bereits in der Ausgangsposition auf sie. Seufzend ging Alessandra zu ihm, ergriff seine Hand und bemühte sich, die Schrittfolge nicht durcheinanderzubringen oder auf ihren Saum zu treten.

Doch so sehr sie es wollte und so oft sie es auch versuchten, sie konnte einfach keine Besserung feststellen. Vielleicht war sie nicht für dieses Leben geschaffen. Aber … was konnte sie schon dagegen machen?

1 Nathaniel

Staub wirbelte durch die Luft und glitzerte in den Sonnenstrahlen wie winzige Goldstückchen. Leider war es kein Gold, das auf ihn herabrieselte, sondern eben Staub. Gewöhnlicher, widerlicher Staub. Gemischt mit dem Geruch von Pferdeäpfeln. Und Urin.

Wenn es nur nicht so heiß gewesen wäre! Dann wäre der Staub nicht auf seiner Haut kleben geblieben und er hätte sich nicht noch schlechter gefühlt. Nathaniel, oder Nate, wie er lieber genannt wurde, hatte seit Tagen kaum gegessen und sein Magen rebellierte bei dem Geruch noch mehr gegen die Leere. Die Arbeit in diesem Stall war seine erste seit Wochen und er hatte noch keinen Lohn bekommen. Aber selbst wenn, er hätte alles seiner Stiefmutter übergeben müssen, die noch sein Vormund war. Obwohl er bereits zwanzig Jahre zählte und der Einzige in der Familie war, der arbeitete. Zumindest seitdem sein Vater nicht mehr lebte.

Doch anstatt sich allein durchzuschlagen, musste er die zweite Frau seines Vaters und die beiden Töchter durchfüttern. Sie brachten das kleine Erbe seines Vaters durch, der einst ein erfolgreicher Kaufmann gewesen war, und beschlagnahmten jeden Lohn, den Nathaniel nach Hause brachte. Dafür bekam er noch nicht einmal anständige Kleidung oder gar ein richtiges Mahl.

Wenn er nichts verdiente, strichen sie ihm das Essen. Er bekam nur die Reste dessen, was sie verspeisten. Und sie ließen nicht viel übrig. Aber selbst wenn er eine Arbeit fand und seinen Lohn ablieferte, bekam er kaum etwas Anständiges in den Magen.

Er hasste die Situation, aber das Gesetz band ihn an seine Stiefmutter, zumindest bis er einundzwanzig wurde. Leider war er auch danach dafür verantwortlich, dass sie versorgt war. Er bezweifelte, dass er den Spieß umdrehen und sie dann wie eine Sklavin würde behandeln können. Sie hatte es immerhin auch geschafft, dass sein letzter Arbeitgeber ihn für geistig zurückgeblieben hielt und ihr den Lohn auszahlte anstatt ihm.

Nathaniel hasste sie dafür. Er hatte gesehen, wie sie seinen Vater um den Finger gewickelt hatte. Er hatte sich zu Tode geschuftet, hatte weite Reisen gewagt und kaum noch geschlafen, damit seine neue Frau schöne Kleider tragen konnte, die weit über seinen finanziellen Möglichkeiten gelegen hatten. Und genau das musste Nathaniel jetzt auch machen. Nur dass er zusätzlich seine Stiefschwestern auszustatten hatte. Schließlich sollten sie einen guten Ehemann finden. Was schwierig werden würde, denn Nathaniel fand, dass sie genauso unansehnlich waren wie ihr Charakter. Da half auch das teuerste Kleid nichts. Er würde sie nie loswerden. Bis ans Ende seiner Tage würde er Gelegenheitsarbeiten annehmen müssen und doch nie etwas erreichen.

Dabei war er früher zur Schule gegangen. Er wollte Kaufmann werden, genau wie sein Vater. Mit exquisiten Dingen handeln, exotische Länder bereisen und Abenteuer erleben. Diesen Traum hatte er gemeinsam mit seinem Vater begraben.

Die Glocke zur Mittagspause klingelte. Nathaniel stellte die Mistgabel an ihren Platz zurück und schlurfte in den großen Hof vor dem Schloss. Die Königsfamilie besaß zu viele Pferde, fand er. Niemand brauchte einen so großen Stall und so viele Arbeiter. Aber sie bezahlte gut und verpflegte die Leute, die sie beschäftigte, mittags mit einem warmen Essen. Es war einfach und doch köstlicher als das meiste, das er in den letzten Tagen zu sich genommen hatte.

Er holte sich einen Teller und hielt Ausschau nach Drake, den er von einer früheren Arbeitsstelle gut kannte. Er stammte aus einer armen Familie, aber im Gegensatz zu Nathaniel freute er sich darauf, nach Hause zu gehen. Sie hatten sich zusammen hier beworben und waren beide genommen worden.

Drake war redselig, aber Nathaniel mochte ihn. Allerdings hatte sein Freund eine Schwester, die er ihm schon lange unbedingt vorstellen wollte. Schon bei dem Gedanken, vielleicht noch jemanden versorgen zu müssen, wurde Nathaniel schlecht. Schlechter als von dem Geruch im Stall bei der Hitze.

Als er seinen Freund entdeckte, ging er zu ihm und setzte sich auf den freien Platz ihm gegenüber.

»Siehst müde aus«, meinte Drake und grinste. »Wieder ein Mädchen abgeschleppt? Du weißt doch, dass meine Schwester dich kennenlernen will.«

»Ich hatte für meine Stiefmutter noch einiges zu erledigen, als ich heimgekommen bin«, knurrte Nathaniel und schaufelte den Eintopf in sich hinein. Wenn er sich beeilte, konnte er vielleicht einen Nachschlag bekommen.

»Sie denkt wohl wirklich, du bist ihr Leibeigener«, murmelte sein Freund.

»Rechtlich gesehen bin ich das wohl«, stimmte Nathaniel zu und aß schneller. Kaum war der Teller leer, sprang er auf, um sich noch etwas zu holen, und jubelte innerlich, als er tatsächlich noch eine große Portion erhielt.

Drake stocherte in seinem Essen herum, als Nathaniel zurückkam. Er kannte seinen Freund mittlerweile: Drake dachte über irgendetwas nach.

»Iss, bevor es kalt wird oder die Pause rum ist«, forderte er ihn auf, damit Drake nicht auf die Idee kam, seine Gedanken mit ihm zu teilen, während er sein eigenes Essen verschlang.

»Ich frage mich nur, wie man dir helfen könnte«, überlegte Drake laut.

»Gar nicht. Ich bin an diese Familie gebunden, weil mein Vater dachte, er hätte sich verliebt. Vielleicht war er verliebt, aber *sie* war es nie.«

Er musste daran denken, wie seine Stiefmutter ihm zum ersten Mal gegenübergestanden hatte. Damals war Nathaniel sieben Jahre alt gewesen und diese Frau wirkte einschüchternd und schön. Mittlerweile wusste er, dass ihre Schönheit nichts anderes als das Resultat vieler kosmetischer Zauberprodukte war. Er hatte sie einmal gesehen, als sie gerade aufgewacht war. Ihm lief es immer noch kalt den Rücken hinunter, wenn er daran dachte.

Jedenfalls hatte sie es geschafft, dass sein Vater alles getan hatte, um sie glücklich zu machen. Nach seinem Tod vor drei Jahren hatte Pandora, so hieß seine Stiefmutter, verkauft, was sie nicht mehr brauchte, darunter fast alles, das Nathaniel oder seiner Mutter gehört hatte. Außerdem musste Nathaniel in der Küche schlafen, da sie sein Zimmer untervermietete. Selbst wenn er Arbeit hatte, war er der Hausdiener seiner Familie, musste die Wäsche machen, kochen, putzen …

Er schob seinen leeren Teller von sich und lehnte sich auf seinem Stuhl zurück. Mehr als einmal hatte er versucht, zu fliehen. Alles war besser, als dort zu leben, wo nichts mehr an die schönen Tage erinnerte, die er mit seinen Eltern verbracht hatte. Aber magische Fährtenleser, die man in dem Fall, dass jemand verschwand, beauftragte, konnten jeden aufspüren. Und so war er schnell von den Stadtwachen an seine Stiefmutter übergeben worden. Mit guten Ratschlägen an Pandora, wie man ein Kind tröstete, das weglaufen wollte. Als ob er jemals Trost von dieser Person erhalten hätte.

»Aber irgendeine Möglichkeit muss es geben!«, beharrte Drake.

Nathaniel seufzte. »Ich habe alles durchdacht. Bis ich einundzwanzig bin, ist sie mein Vormund und danach bin *ich* für *sie* verantwortlich. Nein, mir fällt keine Möglichkeit ein, das zu ändern, außer, sie heiratet noch einmal. Und glaube mir, selbst wenn sie noch teurere Kleider und stärkere magische Kosmetik benutzt, wird sie es kaum schaffen, jemanden zu finden.«

»Man soll die Hoffnung nicht aufgeben«, grinste sein Freund.

Aber Drake hatte leicht reden. Er durfte seinen Lohn großteils behalten und wenn der Arbeitstag sich dem Ende neigte, hatte er frei.

Nathaniel hatte schon längst jede Hoffnung verloren, dass er einmal ein selbstbestimmtes Leben würde führen können.

Die Glocke läutete erneut und alle Arbeiter standen auf und brachten ihr Geschirr zurück, bevor sie wieder an ihre Plätze gingen.

»Wir sehen uns später«, rief Drake ihm zu, aber Nathaniel war in Gedanken schon längst beim kommenden Abend.

Der Schneider sollte sie aufsuchen, da seine Stiefmutter es irgendwie geschafft hatte, eine Einladung auf die königlichen Bälle zu ergattern. Sie wollte ihre Töchter dort möglichst gut unter die Haube bringen. Nathaniel fürchtete sich vor der Rechnung für die bestellten Kleider, aber andererseits hegte er die Hoffnung, dass er dann zumindest die beiden dummen Mädchen los wäre und vielleicht sogar seine Stiefmutter, die dann bestimmt mit einer ihrer Töchter in einem schöneren Haus würde wohnen wollen.

Wenn er sie nicht mehr versorgen musste, war er in etwas unter einem Jahr frei. Das war die letzte Hoffnung, an die er sich klammerte. Die letzte, die er sich noch erlaubte. Die kommenden Tage würden darüber entscheiden, ob er für immer ein Leibeigener bleiben würde oder nicht.

Nathaniel nahm seine Mistgabel auf und arbeitete in der Pferdebox weiter, die er vor der Mittagspause begonnen hatte. Er trug die Pferdeäpfel zu dem Schubkarren, tauschte das Stroh aus und reinigte den Futtertrog, bevor er frisches Wasser vom Brunnen holte.

Als er zurückkam, stieß er mit jemandem zusammen und ließ den Eimer fallen. »Verdammt, jetzt muss ich noch einmal gehen! Kannst du nicht besser aufpassen?«, schnaubte er und sah sein Gegenüber an.

Seine Augen weiteten sich. Ein Mädchen mit langem, seitlich geflochtenen Zopf stand in schäbiger Reitkleidung vor ihm. Ihre Haare waren dunkel, aber sie schimmerten im Licht ein wenig rötlich, und sie besaß die schönsten bernsteinfarbenen Augen, die er jemals gesehen hatte. Sie hatte ihre Lippen zu schmalen Strichen zusammengepresst und funkelte ihn zornig an. Er fand sie trotzdem umwerfend.

»Was soll ich denn sagen? Ich habe das ganze Wasser abbekommen!«

Er schluckte ein Grinsen hinunter und ließ seinen Blick über ihren Körper schweifen. Tatsächlich triefte ihre Kleidung und sie stand in einer kleinen Pfütze.

»Tja, dann werden wir beide wohl das nächste Mal besser aufpassen müssen«, meinte Nathaniel und zuckte mit den Schultern.

Sie hob eine Augenbraue.

Ihr Gesicht war makellos. Hätte sie keine schäbige Kleidung getragen, hätte er sie für die Tochter eines Herzogs gehalten, denn alles an ihr wirkte gepflegt. Vielleicht war sie eine Dienerin im Schloss, die einen freien Tag hatte.

»Für gewöhnlich entschuldigt man sich«, murmelte sie und tippte mit ihrem Fuß auf den Boden. Wasser spritzte dabei hoch, aber er ignorierte es.

Nathaniel verschränkte die Arme und hob das Kinn. »Finde ich auch. Du solltest dich wirklich entschuldigen.«

»Was?«, lachte sie und verschränkte ebenfalls die Arme. »*Ich* soll mich entschuldigen? Wohl eher *du*!«

»Nicht einmal, wenn du die Prinzessin wärst, würde ich mich bei dir entschuldigen.«

Ihre Augenbraue wanderte noch höher und ihre Mundwinkel verzogen sich zu einem breiten Lächeln. »Ist das so?«, fragte sie schnippisch.

Sie wollte ihn reizen! Nathaniel trat einen Schritt näher, bis seine Füße die Pfütze berührten. »Ja, das ist so.« Es freute ihn, dass sie zu ihm aufsehen musste. »Also, was ist jetzt mit der Entschuldigung?«

Er war überrascht, als sie ebenfalls einen Schritt auf ihn zu machte und jetzt so dicht vor ihm stand, dass er ihre Wärme fühlen konnte. Und die Nässe ihrer Kleidung.

»Du solltest dir überlegen, wie du mit anderen Menschen sprichst«, raunte sie. »Du weißt nie, wann du ihnen wiederbegegnest oder wer sie wirklich sind.«

»Oh, Verzeihung, Hoheit«, entgegnete er gespielt dramatisch und bemühte sich, diese nasale Art, zu reden, zu imitieren. »Habe ich Euch beleidigt?«

Ihre Miene blieb unverändert, obwohl ihre Mundwinkel zuckten. Sie setzte gerade zu einer Erwiderung an, als ein Tumult am anderen Ende des Stalls ausbrach.

»Gütiger Himmel, Euer Hoheit!«, ertönte eine Frauenstimme, gefolgt von schweren Schritten mehrerer Personen.

Nathaniel hob den Blick und erstarrte. Die Frau, die gerade mit gerafften Röcken durch den Stall lief, gehörte definitiv dem Hofstaat an. Und sie wurde von zwei uniformierten Männern begleitet. Seine Augen wanderten zu der jungen Frau vor sich, die immer noch ihn ansah. Allerdings wirkte sie jetzt nicht mehr kämpferisch, sondern vielmehr verzweifelt.

Sie drehte sich langsam um. »Lady Margret«, murmelte sie und ließ die Arme sinken.

»Prinzessin, bei allen Wunschfeen, wir hatten doch vereinbart, dass Ihr nicht ohne Begleitschutz ausreitet!«

Ein eiskalter Schauer lief Nathaniel durch den Körper, als er ihren Hinterkopf anstarrte.

Die Prinzessin. Das war Prinzessin Alessandra!

Am liebsten hätte er sich mit der Hand gegen die Stirn geschlagen, aber er rührte sich nicht.

»Ich hätte auf die beiden gewartet«, schnaubte Alessandra. »Ich wollte nur zu meinem Pferd …«

»Wie seht Ihr überhaupt aus, Durchlaucht?« Die Gouvernante blieb vor der Prinzessin stehen, schwer atmend und mit so weit aufgerissenen Augen, dass Nathaniel sicher war, er könnte in das Innere ihres Kopfes blicken. »Wir hatten doch vereinbart, dass Ihr in angemessener Kleidung ausreitet.«

»Aber in den Reitkleidern kann ich nicht …«

»Ihr seid die Prinzessin und keine Bauerstochter.« Die ältere Frau seufzte. »Vergebt mir diese Sprache, Hoheit. Von Euch wird ein gewisses Auftreten erwartet und dazu gehören angemessene Reitkleidung und ein Damensattel.«

»Und genau deswegen wollte ich allein reiten«, murmelte die Prinzessin.

Nathaniel musste sich ein Schmunzeln verkneifen. Sie war anders, als er erwartet hatte. Aber in positivem Sinne.

»Doch Ihr habt Glück, Lady Margret. Ich hatte einen kleinen Unfall und muss mich jetzt ohnehin umziehen gehen.«

Der Blick der Gouvernante wanderte erst über die Prinzessin, verfinsterte sich und schoss dann zu Nathaniel. »Hat Euch dieser Stallbursche etwa belästigt?«

Noch ehe Nathaniel etwas erwidern konnte, wurde er von den beiden Männern gepackt und auf die Knie gezwungen. Seine Hände wurden auf seinem Rücken festgehalten, während seine Hose sich mit dem schmutzigen Wasser vollsog. Sein Kopf wurde fest nach unten gedrückt und er überlegte, ob er sich wehren sollte, unterließ es jedoch. Er wusste, er hatte keine Chance gegen zwei gut genährte Soldaten der königlichen Garde.

Dann war die Prinzessin also doch so, wie er erwartet hatte. Sie hatte ihn gewarnt und jetzt ließ sie ihn für seine Frechheit bestrafen.

»Lasst ihn los!«, hörte er sie jedoch sagen. »Es war nicht seine Schuld. Ich habe nicht aufgepasst und bin in ihn hineingelaufen.«

Nathaniel wollte seinen Ohren nicht trauen.

»Ich sagte, ihr sollt ihn loslassen!«, befahl sie schärfer und die Männer lockerten ihre Griffe und zogen ihn hoch.

»Nun, dann hoffe ich, dieser Bursche kommt für den Schaden auf«, fauchte die Gouvernante.

Nathaniel konnte sie schon jetzt nicht leiden.

»Aber Lady Margret«, begann Alessandra und Nathaniel bemerkte überrascht, dass sie dabei lächelte. »Ihr habt doch selbst gesagt, dass diese Kleidung die einer Bauerstochter ist. Welchen Schaden soll er also wiedergutmachen?«

Die ältere Dame stieß den Atem aus. »Wie Ihr meint, Prinzessin. Ich begleite Euch zu Eurem Gemach, damit Ihr Euch umziehen könnt. Die Männer werden inzwischen die Pferde vorbereiten.«

»Geht schon vor, ich möchte dem Stallmeister noch etwas mitteilen«, meinte Alessandra.

Es schien der Gouvernante nicht zu gefallen, aber sie nickte. »Ich warte vor dem Stall.« Der Ton ließ durchklingen, dass sie nicht viel Geduld hatte, aber sie ging tatsächlich.

Die uniformierten Männer holten inzwischen Zaumzeug und verschwanden ebenfalls. Nur Nathaniel und die Prinzessin blieben zurück. Sie verschränkte die Arme wieder und sah ihn erschöpft an.

»Der Stallmeister ist …«, begann Nathaniel, aber sie schüttelte den Kopf.

»Ich habe nichts mit ihm zu besprechen«, flüsterte sie. »Ich wollte nur sichergehen, dass sie dich zufriedenlassen.«

Er schluckte und neigte seinen Kopf. »Ich … danke Euch. Vergebt mir, wenn ich …«

»Nicht«, sagte sie schnell und hob die Hand. »Es war schön, einmal keine Prinzessin zu sein. Ich hoffe allerdings, dass dir kein Nachteil daraus entsteht. Ich werde dafür sorgen, dass man dich deswegen nicht entlässt.«

Nathaniel schluckte erneut. »Ihr seid sehr gütig, Hoheit.«

Er wollte sie ansehen, aber er wagte es nicht mehr. Sie war die Prinzessin. Und sie war wunderschön und kein bisschen arrogant, wie er erwartet hatte.

»Verrätst du mir deinen Namen?«, fragte sie.

Er sah nun doch auf. »Nathaniel, Euer Hoheit.«

Er nahm jedes Detail an ihr wahr, wollte es für immer in seiner Erinnerung verankern. Denn außer der Erinnerung an sie würde ihm nichts bleiben.

»Nathaniel«, schmunzelte sie. »Dann danke ich dir für diesen kurzweiligen Moment. Ich habe ihn wirklich genossen.«

Nathaniel verneigte sich und erhob sich erst wieder, als ihre Schritte verklungen waren. Dann schlug er sich mit der Hand gegen die Stirn.

Die Prinzessin. Er hatte die Prinzessin mit Wasser übergossen und anschließend verlangt, dass *sie* sich dafür entschuldigte. Was für ein Dummkopf er doch war!

Er hob den Eimer auf und lief zum Brunnen zurück. Er musste die verlorene Zeit wieder aufholen. Und noch viel wichtiger … Er musste sich von diesen Augen ablenken, die er nie wieder sehen würde.

3 Alessandra

Sie stieß den Atem aus, als sie ihr Pferd mit diesem fürchterlichen Damensattel erblickte. Sie hasste ihn, denn sie konnte sich überhaupt nicht darin bewegen oder so reiten, wie sie wollte.

Deswegen hatte sie versucht, sich heimlich davonzustehlen. Dummerweise war sie mit dem Stallburschen zusammengestoßen und anstatt ihm klarzumachen, wer sie war, und anschließend einfach in nasser Kleidung zu reiten, hatte sie mit ihm diskutiert. Und es genossen.

Er sah gut aus, dieser Nathaniel. Seine hellbraunen Haare waren seitlich gescheitelt, und diese Augen! Sie wirkten unglaublich groß und besaßen einen grünlichen Einschlag, obwohl sie eher braun waren. Sie sah noch sein schiefes Lächeln vor sich und dieses markante Kinn.

Es hatte ihr Spaß gemacht, diesen Schlagabtausch mit ihm zu führen. Für einen kurzen Moment hatte er sie wie eine normale Frau behandelt. Etwas, das ihr sonst nie widerfuhr. Aber dann hatte er erfahren, wer sie wirklich war, und das Trotzige, das sie so genossen hatte, war verschwunden.

Als ihre Leibwache ihn in die Knie gezwungen hatte, war ihr der Geduldsfaden gerissen. Er hatte nichts Unrechtes getan! Wenn sie eine Kammerzofe gewesen wäre, hätte niemand auch nur einen Finger gerührt. Weil nichts geschehen war! Sie waren zusammengestoßen und hatten sich unterhalten. Nicht mehr, nicht weniger.

Bevor sie sich umziehen gegangen war, hatte sie deswegen doch den Stallmeister aufgesucht und sichergestellt, dass Nathaniel nicht entlassen wurde, ganz gleich, was Lady Margret eventuell fordern würde. Nicht, dass die Gouvernante boshaft war, aber man wusste nie. Der Stallmeister hatte zugestimmt, denn offenbar leistete Nathaniel gute Arbeit, und Alessandra hatte klargemacht, dass es ihr Wunsch war, ihn zu behalten.

Als sie jetzt zu ihrem Pferd ging, hielt sie Ausschau nach dem Stallburschen, konnte ihn aber nicht entdecken. Enttäuscht wollte sie in ihren Sattel steigen und schnaubte unprinzessinnenhaft, als einer ihrer Leibwächter sie hineinhob. Als er auch noch nach den Zügeln ihres Pferdes griff, stöhnte sie.

»Ihr wisst, dass ich sehr gut reiten kann«, meinte sie mit einem Augenrollen.

»Gewiss, Hoheit, aber Lady Margret hat eindeutige Befehle gegeben, da Ihr Euch so kurz vor dem Ball nicht verletzen sollt.«

Alessandra entschied, das Spiel eine kurze Zeit mitzuspielen. Bis sie die Mauern des Palastes hinter sich gelassen hatten. Das Königsschloss lag umgeben von einem schützenden Wall am Rand der Hauptstadt und die Wälder dahinter waren dicht und fast undurchdringlich. Für gewöhnlich mieden die Stadtbewohner sie, denn man verirrte sich zu leicht darin und außerdem lebte Darbur dort. Deswegen umrundete Alessandra bei ihren Reitstunden meist die Stadt oder durchquerte sie, um auf den gepflasterten Straßen, die ganz Soleil durchzogen, bis zur nächsten Stadt zu reiten.

Für diese Reitstunde verfolgte sie aber andere Pläne. Sie wollte in den Wald und die Tatsache, dass ihre Begleiter nicht neben ihr ritten, sondern sie wie ein kleines Kind an den Zügeln führten, spielte ihr in die Karten.

Alles in ihr kribbelte, als sie durch das gesicherte Tor der Palastmauer schritten. Sie verkrampfte ihre Hände um den Sattelknauf und zählte gedanklich bis zwanzig.

Ihre Stute Crysanthen und sie verstanden sich blind. Alessandra beugte sich vor, schnalzte mit der Zunge, das Tier befreite sich aus dem Griff der Wache und sprintete los.

Sie ließen die entsetzten Rufe der Leibwächter hinter sich und brachen durch das dichte Unterholz in den Wald. Alessandra verwünschte erneut den unpraktischen Damensattel, in dem sie sich bei dem Tempo, welches das Pferd vorlegte, nur schwer halten konnte. Sie griff nach den losen Zügeln und Crysanthen wurde langsamer, trabte wie von selbst zu dem Ort, an den die Prinzessin wollte.

Verborgen mitten im Wald, lag eine Höhle, die von den meisten Menschen der Hauptstadt Estrella gefürchtet wurde. Man erzählte sich von den Monstern, die dort angeblich hausten. Nur Alessandra hatte keine Angst, dort hinzureiten. Denn sie hatte mit diesem ›Monster‹ Freundschaft geschlossen.

Vor dem Eingang zur Höhle hielt sie an und stieg ab. Ihre Stute zog sich zurück, um zu grasen. Obwohl sie diesen Ort anfangs nicht gemocht hatte, fühlte sie sich nun ebenfalls wohl und fürchtete den Drachen nicht länger.

Alessandra löste den Sack, den sie am Sattel hatte befestigen lassen. Sie stellte sich vor die Höhle, holte einen Apfel heraus und biss geräuschvoll hinein.

Es dauerte nicht lange, da hörte sie schwere Schritte und scharfe Krallen, die über den Steinboden kratzten. Als das grüne Gesicht eines Drachen erschien, grinste die Prinzessin und biss noch einmal in den Apfel.

»Erst kommst du nicht zu unserer vereinbarten Zeit und dann isst du auch noch meine Äpfel?«, schmollte Darbur, streckte sich und breitete die dunkelgrünen Flügel aus.

»Verzeih mir, ich wurde gestern leider erwischt«, entschuldigte Alessandra sich und hielt den Sack vor die Nase des Drachen. »Aber ich habe dir dafür extraschöne Äpfel und Pfirsiche mitgebracht.«

Darbur schnupperte daran und ließ sich auf seine Hinterbeine nieder. Er war einer jener Drachen, die auf zwei Beinen gehen konnten, wenn sie wollten, setzte sich jedoch zum Essen immer hin. Er war in etwa so groß wie eine ausgewachsene Stute, selbst die Kopfform glich der eines Pferdes. Nur dass sein Maul voller scharfer Zähne und seine Stirn übersät von spitzen Dornen war. Grünlichblaue Schuppen überzogen seinen gesamten Körper und seine Flügel, die er auf dem Rücken trug, waren riesig.

Drachen waren für ihre Schätze gejagt und für ihre Klugheit gefürchtet worden. Ihre Vorderbeine glichen Armen mit viel zu langen, scharfen Krallen an den Fingern, die wie Klauen aussahen. Sie lasen viel und besaßen angeblich alle Bücher, die jemals geschrieben worden waren. Natürlich auf die gesamte Welt verteilt.

Alessandra hatte nie verstanden, warum die Menschen die Drachen fürchteten und nicht verehrten. Es waren sehr weise Wesen.

»Ich weiß, du hast es nicht leicht«, murmelte er mit tiefer Stimme und streckte seine langen Finger nach dem Sack aus.

Alessandra reichte ihm den Beutel und setzte sich ihm gegenüber hin.

»Ich würde nicht mit dir tauschen wollen, Prinzessin. So viele Vorschriften. Und diese Kleider!«

Sie rollte mit den Augen. »Wem sagst du das. Und in einem so abscheulichen Ding muss ich in ein paar Tagen tanzen.« Sie seufzte. »Kannst du mich nicht entführen, Darbur?«

Er lachte und warf sich einen Pfirsich in den Mund. Der Saft der Frucht quoll aus seinem Maul und er wischte sich mit dem Arm darüber. »Du weißt, dass Drachen so etwas nicht machen?«

»Ja«, meinte sie und schüttelte den Kopf. »Was soll ich nur tun? Mein Vater ist immer noch krank, wird immer schwächer und niemand weiß, wie lange er noch leben wird. Deswegen will der Kronrat mich lieber heute als morgen verheiraten, weil ja nur ein Mann König werden kann.« Sie sprang auf und ballte ihre Fäuste. »Dabei erklärt mir jeder, dass kein anständiger Prinz mich wählen würde, weil ich nicht einmal richtig tanzen kann! Was sagt denn die Fähigkeit, sich in einem unförmigen Kleid *anmutig* zu drehen, darüber aus, wie ich als Mensch bin?«

»Nichts«, grunzte Darbur, bevor er noch einen Pfirsich im Ganzen in seinen Mund schob und hinunterschluckte. »Ist doch absolut lächerlich. Du bist schön, klug und freundlich. Du musst nicht tanzen können.«

»Na, laut dem Kronrat bin ich nicht dünn genug und zu groß, meine Haare haben die falsche Farbe und meine Nase ist zu platt. Außerdem interessiert es keinen Prinzen, ob ich hundert Bücher im Jahr lese oder weiß, wie man schwierige mathematische Formeln löst. Am besten wäre es, ich würde nicht einmal meinen Namen schreiben können und keine eigene Meinung haben.«

»Menschenmänner sind doch bescheuert«, meinte Darbur und leckte sich die Finger ab. »Wärst du ein Drache, würde ich dich sofort um deine Hand bitten, sobald ich alt genug dazu wäre. Du hast alles, was man sich wünschen kann.«

Sie setzte sich neben ihn und verbarg ihr Gesicht in den Händen. »Bin ich aber nicht. Ich bin eine Prinzessin, und offenbar eine ziemlich schlechte.«

»Ich wünschte, ich könnte dir helfen«, sagte der Drache beruhigend und legte eine seiner Klauen auf ihren Rücken. »Ich habe übrigens wegen deines Vaters bei den anderen Drachen um Rat gefragt. Bisher habe ich aber keine Antwort bekommen. Noch gebe ich die Hoffnung allerdings nicht auf. Lodring könnte etwas wissen, aber er ist noch nicht von seiner Sommerfrische zurück.«

Sie sah auf. »Was ist denn Sommerfrische bei Drachen?«

»Na ja, es gibt Berge, die Feuer spucken. Ist sehr entspannend für uns, in der geschmolzenen Lava zu schwimmen.«

Alessandra riss die Augen auf. »Es gibt wirklich Berge, die Feuer spucken?«

»Ja, man nennt sie Vulkane. Aber frag mich nicht, wie das funktioniert. Ich habe in Geschichte nicht aufgepasst. Hat irgendwas mit einem Drachenstein und unterirdischen Gängen voll mit extrem heißem Stein zu tun.«

Ihre Augen glänzten. »Ich würde so etwas gern einmal sehen.«

»Oh, Vorsicht, Prinzessin«, erwiderte Darbur, entblößte seine Zähne, als würde er grinsen, und hob einen Finger. »Das ist nichts für Menschen. Du könntest dich verletzen.«

»Nicht, wenn ich auf deinem Rücken fliege.«

Der Drache räusperte sich. »Na ja, ich kann noch keinen Menschen so weit tragen. Aber wenn ich einmal ausgewachsen bin, nehme ich dich mit.«

»Ja, falls ich dann noch nicht die schweigsame Ehefrau eines hochnäsigen Prinzen bin.«

»Ach Alessandra«, murmelte Darbur. »Und wenn einer dabei ist, der dich so mag, wie du bist, und den du magst?«

»Das bezweifle ich«, flüsterte sie und zog die Beine an ihre Brust, was ihr mit dem engen Reitkleid schwerfiel.

Ein Gesicht tauchte vor ihren Augen auf. Eines mit grünlichbraunen Augen und einem schiefen Grinsen.

»An wen denkst du?«, fragte Darbur interessiert und rutschte näher. »Du denkst doch an jemanden, ich sehe es an deinem Blick!«

»Ach, da war heute dieser Stallbursche …«, räusperte sie sich und musste daran denken, wie nahe sie voreinander gestanden hatten. Er gefiel ihr und das machte ihr Sorgen.

»Soso, ein Stallbursche«, überlegte der Drache mit amüsierter Stimme und strich sich über das Kinn. »Ich habe kitschige Bücher gelesen …«

Sie versetzte ihm einen Stoß mit dem Ellbogen. »Verschone mich mit dem Gewäsch«, lachte sie, als sie sich fragte, ob Darbur ihr jemals ein solches Buch leihen würde. Denn der Drache besaß selbst eine beeindruckende Bibliothek. Vieles, das Alessandra lernen wollte, hatte sie aus den Büchern, die sie sich von ihm geborgt hatte. »Ich habe einmal ein solches Buch bei Lady Margret gefunden. Da stehen Dinge drinnen, die ich nicht wissen wollte.«

Darbur verzog seinen Mund und bei einem Menschen hätte es vermutlich wie ein Grinsen ausgesehen. »Ja, die Männer darin sind einfach zu gut gebaut und zu gut bestückt ...«

»Und fast immer Prinzen in Tarnung oder eben Stallburschen, die eine einsame Witwe beglücken«, prustete Alessandra und musste sich den Bauch halten. »Und zwar in den unmöglichsten Situationen.«

»Unterhaltung eben!«, stimmte der Drache in das Lachen ein. Dann räusperte er sich. »Aber zurück zu *deinem* Stallburschen ...«

»Er ist nicht *mein* Stallbursche!«

»Aber er gefällt dir.«

»Und wenn schon. Denkst du, der Kronrat würde so einer Verbindung zustimmen, wo er mich vermutlich nicht einmal selbst entscheiden lässt, welchen der Prinzen ich heirate? Außerdem kenne ich ihn nicht. Vielleicht ist er ein boshafter Schwachkopf.«

»Du hast eine gute Menschenkenntnis, Alessandra«, erklärte Darbur und rieb sich über die Schnauze. Ein Niesen entschlüpfte ihm und eine kleine Flamme zischte zu Boden. Er zuckte mit den Schultern und sah sie wieder an. »Es würde mich wundern, wenn du auch nur einen zweiten Gedanken an den Jungen verschwenden würdest, falls er wirklich ein boshafter Schwachkopf wäre.«

Sie nickte und dachte daran, wie er sie herausgefordert hatte. An seinen Blick, an dieses Schmunzeln. Aber es änderte nichts. Sie war die Prinzessin, er ein Stallbursche.

Vielleicht hätten ihre Eltern einer Verbindung zugestimmt, wenn sie ihn wirklich kennen und lieben gelernt hätte. Aber da der König zu krank war, um zu regieren, übernahmen die fünf Mitglieder des Rates alle Entscheidungen. Und die würden niemals zustimmen.

»In Ordnung, du magst ihn.« Darbur betrachtete sie mit schief gelegtem Kopf und wackelte mit jener Stelle, die bei einem Menschen vermutlich Augenbrauen gewesen wären. Bei ihm hoben sich die Schuppen auf der Stirn ein wenig an.

»Das habe ich doch gar nicht gesagt«, erwiderte Alessandra leise.

»Musst du nicht, ich sehe es dir an. Also, ich setze das auf die Liste der Dinge, für die wir eine Lösung brauchen«, kicherte Darbur und machte mit seinem Finger Zeichen in die Luft. »Vielleicht könnten wir ein Königreich finden, das einen neuen König sucht, und den Stallburschen auf den Thron setzen.«

»Ja«, schmunzelte sie, obwohl sich ihr Magen verkrampfte. »Oder du entführst uns beide und bringst uns irgendwo hin, wo uns niemand findet.«

»Das würdest du wollen?«, fragte der Drache überrascht.

»Im Moment ist es verlockender, als auf diesen Bällen meine nicht vorhandenen Vorzüge zur Schau zu stellen und zu wissen, dass ich danach die Frau eines Mannes werde, den ich mir nicht einmal selbst aussuchen darf.« Sie hob ihren Kopf, als sie laute Rufe hörte, die näher kamen. »Ich sollte gehen, bevor sie uns zusammen finden und versuchen, mich vor dir zu ›retten‹.«

»Ach, meinetwegen mach dir keine Sorgen, Prinzessin«, beruhigte Darbur sie und machte eine wegwerfende Bewegung mit seiner Klaue. »Danke für das Obst.«

»Für dich immer gern, mein Freund«, lächelte Alessandra, nahm den leeren Sack und stieg in den Sattel.

»Ich verspreche dir, wir finden eine Lösung. Für die Krankheit deines Vaters und für deine Herzenssache.«

Ihr Lächeln wurde breiter. »Danke, Darbur. Ich versuche, in zwei Tagen wiederzukommen.«

»Stress dich nicht, Liebes«, erwiderte der Drache und hob die Klaue zum Abschied.

Alessandra ritt gemächlich zwischen den Bäumen hindurch, gab sich keine Mühe mehr, den Rufen auszuweichen, und ließ es zu, gefunden und zum Schloss zurückgeführt zu werden. Sie wusste, Lady Margret würde schimpfen, aber es war ihr gleich. Sie hatte sich längst damit abgefunden, keine perfekte Prinzessin zu sein, es vermutlich niemals zu werden.

Sie würde sich dennoch niemals verstellen, für niemanden. Erst recht nicht für einen dahergelaufenen Prinzen, der dachte, er wäre etwas Besseres als sie, nur weil sie nicht tanzen konnte. Wer auch immer um ihre Hand anhalten würde, sollte sich warm anziehen.

4

Nathaniel

Er ignorierte den Tumult erst, aber als er verstand, dass die Leibwächter der Prinzessin ohne sie zurückgekehrt waren, ließ er seine Mistgabel fallen und lief hinaus.

Pferde wurden hastig gesattelt, mehrere Reiter diskutierten mit den beiden Männern, die Alarm geschlagen hatten und immer noch um Atem rangen. Nathaniel half beim Satteln, konnte sich ein Schmunzeln aber kaum verkneifen. Er hatte geahnt, dass sie ausbrechen würde. Sie gefiel ihm immer mehr.

Er schluckte. Sie gefiel ihm wirklich. Das würde nicht gut für ihn enden, denn selbst wenn sie ihn nicht verachtete, könnte er sie nie zu einem Spaziergang begleiten, mit ihr tanzen oder sie besser kennenlernen. Unmöglich.

Als die Reiter durch das Tor preschten, steckte er seinen Kopf in einen Kübel eiskaltes Wasser, bis ihm die Luft ausging. Es half nichts. Er sah immer noch ihre Bernsteinaugen und dieses aufmüpfige Lächeln vor sich und sein verräterisches Herz schlug dabei schneller. So ein Unsinn! Als könnte er jetzt schon etwas für sie empfinden.

Er ging in den Stall zurück und arbeitete verbissen weiter, bis ihm die Arme vor Schmerzen abzufallen drohten.

Wieder wurden Rufe laut und er hörte, dass die Pferde zurückkehrten. Obwohl er es nicht sollte, ließ er seine Mistgabel sinken und blickte in den Hof hinaus.

Sie saß seitlich auf ihrem Pferd, das dunkelblaue Reitkleid anmutig drapiert. Er erkannte sogar auf diese Entfernung, dass sie es hasste, so zu sitzen, und wie sehr sie sich dagegen sträubte, sich von einem ihrer Leibwächter aus dem Sattel heben zu lassen. Außerdem stand ihr die Farbe des Kleides nicht.

Sie wurde von ihrer Gouvernante in Empfang genommen, die mit lauter Stimme klagte, dass sie eine Prinzessin sei und sich nicht so benehmen dürfe. Alessandra hörte ihr zu, drehte aber ihren Kopf zur Seite, als würde sie etwas suchen.

Nathaniel erschrak, als sie ihn entdeckte, aber er konnte nicht wegsehen. Der Anflug eines Lächelns huschte über ihr Gesicht und auch er lächelte plötzlich.

Dann wurde sie in das Schloss geführt und verschwand aus seinem Blickfeld und mit hoher Sicherheit aus seinem Leben. Vermutlich für immer. Denn Nathaniel war sich nicht sicher, ob man ihn nach diesem Tag entlassen würde, obwohl sie versprochen hatte, dafür zu sorgen, dass er bleiben konnte.

Als er mit der Arbeit fertig war und seinen Lohn abholte, wünschte der Stallmeister ihm einen schönen Abend und erklärte, er solle morgen wiederkommen.

Nathaniel atmete auf. Diese Stellung war die beste, die er seit Langem gehabt hatte. Er freute sich, dass er sie behalten konnte.

Die Sonne senkte sich gerade hinter dem Schloss und Nathaniel verließ den Hof neben Drake, der auf ihn einredete, ohne Luft zu holen, und von der widerspenstigen Prinzessin sprach. Als wäre Nathaniel nicht auch in der Nähe gewesen, nachdem ihre Leibwächter Alarm geschlagen hatten oder sie zurückgebracht wurde.

Er atmete fast erleichtert auf, als Drake sich bei seinem Haus verabschiedete und diesmal nicht fragte, ob Nathaniel mit reinkommen und seine Schwester kennenlernen wollte. Denn nach diesem Tag wollte Nathaniel das noch weniger als zuvor.

»Dann sehen wir uns morgen«, winkte Drake hastig zum Abschied und verschwand hinter der roten Holztür.

Vermutlich berichtete er gerade seiner gesamten Familie von dem Zwischenfall. Als gäbe es nichts Wichtigeres als eine Prinzessin, die ein wenig Freiheit genießen wollte.

Nathaniel schob die Hände in seine zerrissenen Hosentaschen und schlurfte weiter. Er hatte keine Lust, nach Hause zu gelangen und auch noch die vermutlich endlos lange Liste seiner Stiefmutter abzuarbeiten. Ihm gefiel seine Aufgabe im königlichen Stall, aber er merkte, dass die letzten Tage mit zu wenig Essen ihren Tribut gefordert hatten. Außerdem schmerzten seine Arme. Aber all das wäre Pandora gleichgültig. Sie würde ihn ohne Mitleid durch das Haus scheuchen und ihn Sklavenarbeit verrichten lassen.

Die Straßen waren noch recht gut besucht, aber man merkte, dass es Zeit für das Abendbrot wurde. Verführerische Düfte stiegen Nathaniel in die Nase, als er durch das Viertel mit den Gasthöfen streunte. Wie gern wäre er jetzt hineingegangen, hätte sich einen schönen Braten und einen Krug Leichtbier bestellt, sich ausgeruht und versucht, diese bernsteinfarbenen Augen endlich zu vergessen. Oder in einem weiteren Krug Bier zu ertränken.

Er stieß den Atem aus und starrte auf das Kopfsteinpflaster. Es war aussichtslos und doch wünschte er sich nichts mehr, als Zeit mit der Prinzessin zu verbringen.

In dem Moment, als er sich diese Gedanken zugestand, donnerte es über ihm und er hob den Blick zum Himmel, der bis gerade eben wolkenlos gewesen war. Immer noch konnte er keine Wolke erkennen, die einen solchen Donner hätte verursachen können. Aber dafür einen bunten Fleck, der immer größer wurde. Mit geweiteten Augen stellte Nathaniel fest, dass eine Frau vom Himmel zu fallen schien und knapp vor ihm auf dem Bauch landete.

Er hastete zu ihr, sicher, dass sie diesen Sturz nicht überlebt hatte. Wie sie überhaupt dort hinaufgekommen und herabgefallen war, wollte er gar nicht wissen.

Er blieb vor ihr stehen und rechnete mit dem Schlimmsten. Doch sie bewegte sich! Und Nathaniel wusste auch, wieso.

Sie trug ein rosarotes Glitzerkleid und hatte schimmernde Flügel auf dem Rücken. Ihre langen rosaroten Haare funkelten in allen Farben des Regenbogens, wo das Licht der untergehenden Sonne sie berührte. Sie war eindeutig eine Fee. Wenn auch irgendetwas an ihr seltsam wirkte.

»Ist alles in Ordnung?«, fragte Nathaniel, als er sie hochzog.

»Danke, mein Junge«, erwiderte die Fee.

Jetzt wusste Nathaniel, was an ihr seltsam war. Diese Fee war eindeutig ein Feerich, also ein Mann. Er hatte eine tiefe Stimme und bei näherer Betrachtung einen Bartschatten, wenn auch einen hellen.

Die meisten männlichen Feen versteckten ihre Flügel und gaben sich als gewöhnliche Menschen aus oder verdingten sich als einfache Zauberer, also jene, die über wenig Macht verfügten. Es gab nur ausgesprochen wenige männliche Feen, die ihrer Aufgabe als Wunschfee nachkamen. Denn in Wahrheit waren sie dann einfach Männer, die Frauenkleider trugen. Nathaniel hatte das nie verstanden, aber offenbar mussten Feen gewisse Kleidervorschriften einhalten.

»Ich bin noch nicht so geübt mit den Flügeln«, erklärte der Feerich weiter und richtete den Stirnreif, der verrutscht war. Seine Augen hatten dasselbe Rosa wie sein Kleid und sein zerzaustes Haar. Nathaniel fragte sich, ob sie im Dunkeln wohl leuchteten.

»Ja, das hat man gemerkt«, murmelte Nathaniel und schob seine Hände wieder in die Hosentaschen. »Also wenn es dir gut geht, werde ich dann mal weitergehen.«

»Nicht so schnell, Junge«, lächelte der Feerich. »Ich bin nämlich deinetwegen hier.«

»Meinetwegen?«, fragte Nathaniel ungläubig.

»Ja«, kicherte der Feerich. »Du bist doch Nathaniel, Sohn von Milan und Daris?«

Nathaniel nickte.

»Siehst du, dann bin ich hier, um *deinen* Wunsch zu erfüllen.« Er klopfte sich den Staub vom Kleid. »Ich bin übrigens Rosalinda.«

»Ehrlich?«, lachte Nathaniel und rausperte sich, als der Feerich ihn finster ansah. »Verzeihung, also Rosalinda.«

»Ja, und ich bin deine gute Fee, bis dein Wunsch sich erfüllt hat.«

»Das ist wirklich nett«, meinte Nathaniel und zog die Schultern hoch, »aber offen gesagt glaube ich nicht daran, dass Wünsche wirklich so wahr werden, wie man es möchte.«

Er musste an einen Schulkollegen denken, als er sechs Jahre alt gewesen war. Eine unerfahrene Fee hatte ihm einen Wunsch gewährt. Er wollte größer als alle anderen sein. Als Resultat zauberte sie ihm Schuhe, die so hoch waren wie das höchste Gebäude von Estrella. Das arme Kind hatte sich nicht bewegen können und tagelang auf den Schuhen, die mit ihm verwachsen waren, festgesessen. Denn nur die Fee, die den Wunsch erfüllt hatte, konnte ihn wieder lösen. Und die war unglücklicherweise unauffindbar.

»Doch, doch, mit der richtigen Fee an deiner Seite«, zwinkerte Rosalinda. »Ich meine, ich habe schon ein paar Wünsche erfüllt und das zur vollsten Zufriedenheit meiner Mentorin. Die leider nicht hier sein kann. Du weißt ja, wie es um den König steht. Alle Feen mit langjähriger Erfahrung suchen gerade nach einem Heilmittel für ihn.« Er seufzte und ließ aus dem nichts einen Zauberstab mit rosarotem Stern an der Spitze erscheinen. »Also bin ich für dich hier, mein Junge. Du hast dir diesen Wunsch mehr als verdient.«

»Wie ich schon sagte«, begann Nathaniel, aber der Feerich legte ihm einen Finger auf die Lippen.

»Ah, ah, ah, mein Junge, wir glauben doch beide an die Kraft der Wünsche, sonst wären wir nicht hier. Außerdem«, meinte Rosalinda und legte den Kopf schief, »bin ich so lange an dich gebunden, bis dein Wunsch erfüllt ist. Ganz gleich, ob du willst oder nicht, ich bleibe, bis du dir etwas gewünscht hast und ich dafür gesorgt habe, dass du es bekommst. Altes Feengesetz. Denk also nach.«

»Und es ist egal, was ich will?«

»Ja. Nein. Warte«, räusperte sich der Feerich und zauberte eine alte Schriftrolle hervor, die er entrollte und mit dem Zauberstab darauf tippte. »Die Regeln für Wünsche. Der Wunsch muss ein Herzenswunsch sein, ansonsten zählt er nicht und die Fee muss ihn nicht erfüllen.«

Nathaniel schnaubte, aber Rosalinda ließ sich nicht aufhalten, weiterzulesen.

»Außerdem gilt es folgende Dinge zu beachten. Erstens: Ein anderes Lebewesen zu töten, ist Feen nicht gestattet. Zweitens: Der Kopf und die Erinnerungen lassen sich beeinflussen, das Herz nicht. Jemanden dazu zu bringen, einen zu mögen oder nicht mehr wütend zu sein, ist nicht möglich, wohl aber kann das Ereignis, das zur Wut oder Ablehnung geführt hat, aus der Erinnerung gestrichen werden. Drittens: Das Wünschen weiterer Wünsche ist unmöglich. Viertens kann nichts gewünscht werden, was es nicht gibt.« Er rollte das Schriftstück wieder zusammen. »Klar soweit?«

Nathaniel hob die Hände. »Ich bin wirklich ein Glückspilz«, erklärte er augenrollend.

»An diesem Ton sollten wir dringend arbeiten«, meinte Rosalinda und legte seinen Arm um Nathaniel. »Also, mein Junge, dann reden wir mal über deinen Herzenswunsch.«

»Gut, ich möchte frei von meiner Stiefmutter und ihren Töchtern sein«, sagte Nathaniel rasch.

Der Feerich schnalzte mit der Zunge. »Das ist nicht dein Herzenswunsch, obwohl er ziemlich nah dran ist.«

Nathaniel stöhnte. »Und was ist dann mein Herzenswunsch?«

»Also wirklich«, kicherte Rosalinda. »Natürlich der, an den du gedacht hast, kurz bevor ich erschienen bin. Na los, sprich ihn aus!«

Er wollte nicht daran denken, denn er wusste sehr genau, was er sich gewünscht hatte. Etwas, das unmöglich war. Er würde diese Aushilfswunschfee nie loswerden.

»Ja, genau da ist er, der Herzenswunsch«, lächelte Rosalinda. »Ganz genau der. Ein hübsches Ding hast du dir ausgesucht.«

»Kann ich mir nicht etwas anderes wünschen?«, schnaubte Nathaniel. »Das ist doch lächerlich. Niemand kann mir diesen Wunsch erfüllen.«

»Nichts ist unmöglich, wenn man an etwas Zauber und die Magie der Liebe glaubt.«

»Oh bitte«, knurrte Nathaniel. »Ich habe sie heute das erste Mal gesehen. Jetzt von Liebe zu sprechen, ist unsinnig.«

»Nein«, widersprach der Feerich energisch und wackelte mit dem Finger vor Nathaniels Gesicht herum. »Es gibt Liebe auf den ersten Blick. Der König und die Königin sind so ein Beispiel. Sie haben sich gesehen, und zack – verliebt. Ein anderes prominentes Beispiel sind dieser Romeo und seine Julia aus den Märchenbüchern. Es ist nur kein Märchen, sondern wirklich so passiert. Ging nicht gut für sie aus, aber bei euch wird das anders!«

»Sicher, weil du die Gesetze ändern kannst. Außerdem hast du doch gesagt, du könntest ihre Gefühle nicht ändern.«

»Muss ich auch nicht«, schmunzelte Rosalinda. »Weißt du, mit Liebe auf den ersten Blick ist es so …«

Nathaniel hob genervt die Hand. »Verschone mich. Wenn du nicht aufhörst, so viel zu reden, wird das mit *uns* nicht gut enden.« Er beobachtete eine Frau, die ihnen entgegengekommen war und mit missbilligendem Blick die Straßenseite gewechselt hatte. »Wo wir schon dabei sind … Kann dich außer mir noch jemand hören oder sehen?« Er flüsterte zur Sicherheit, denn vor ihnen ging ein Mann mit breiten Schultern, den er nicht auf sich aufmerksam machen wollte.

»Nur die, die ebenfalls das Recht haben, einen Herzenswunsch erfüllt zu bekommen. Darüber entscheiden die ältesten und weisesten Feen. Natürlich muss man würdig sein, ein gutes Herz besitzen und anderen helfen. Also deine Familie scheidet vollkommen aus.«

»Wird immer besser«, murmelte Nathaniel und rieb sich die Schläfen. »Das heißt, jeder wird denken, ich führe Selbstgespräche.« Er sah Rosalinda an. »Dann werde ich ab jetzt nicht mehr mit dir sprechen.«

»Das solltest du aber, sonst kann ich dir nicht helfen, deinen Wunsch zu erfüllen, und bin für den Rest deiner Tage an deiner Seite.«

»Hilfst du im Haushalt?«, fragte Nathaniel und der Feerich verzog sein Gesicht. »Das heißt wohl Nein.«

»Na ja, ich werde dir bestimmt ein wenig zur Hand gehen können«, meinte Rosalinda zerknirscht. »Was sich eben mit Zauber so richten lässt. Aber erwarte keine Wunder.« Er räusperte sich. »Außer bei deinem Wunsch, natürlich, da werde ich auf den Putz hauen!«

Nathaniel rollte mit den Augen und blieb vor seinem Haus stehen. Rechtlich gehörte es ihm, allerdings erst, wenn er einundzwanzig wurde. Bis dahin konnte Pandora darüber verfügen. Es war so ziemlich das Letzte, das er noch besaß.

Er haderte mit sich, bevor er die Tür öffnete und eintrat. Im Inneren lagen Stoffmuster verteilt und seine Stiefschwestern Mia und Tia stritten sich gerade um einen olivgrünen Fetzen, während Pandora auf einem Stuhl saß und etwas schrieb.

Sie sah kurz auf, als Nathaniel die Tür schloss. »Du bist spät«, zischte sie, streckte ihre Hand aus und blickte wieder auf das Papier vor sich.

Pflichtbewusst ging Nathaniel zu ihr und reichte ihr die Silbermünze, die er verdient hatte. Es war deutlich mehr, als er sonst nach Hause brachte, trotzdem rümpfte seine Stiefmutter die Nase.

»Hast du etwas von deinem Lohn einbehalten?«

»Nein, Pandora. Das ist der ganze Lohn.«

»Dann hast du offenbar nicht die beste Arbeit geleistet. Du solltest an deiner Einstellung feilen.«

»Blöde Schnepfe«, zischte Rosalinda im Hintergrund und trat mit seinen glitzernden Schuhen einige Stoffproben im Zimmer herum.

Es fiel niemandem außer Nathaniel auf.

»Wie dem auch sei. Es wartet Arbeit im Haus auf dich. Unser neuer Untermieter will, dass sein Zimmer neu gestrichen wird, und dann ist da noch jede Menge Wäsche, die sich nicht von selbst macht. Wenn du fertig bist, bekommst du etwas Brot. Mehr haben wir derzeit nicht, denn wir müssen für die Kleider deiner Schwestern sparen.«

Nathaniel verschränkte die Arme. Er würde nie fertig werden, bevor sich seine Stiefmutter schlafen legte, also würde er auch nichts zu essen bekommen. »Die Arbeit im Stall ist anstrengend. Ich brauche mein Essen heute wirklich, sonst schaffe ich es morgen vielleicht nicht …«

»Dann solltest du dich beeilen, Junge«, murmelte Pandora und schrieb weiter. »Und im Stall solltest du dich auch mehr ins Zeug legen. Ich habe hier den Kostenvoranschlag für die Kleider und wie es aussieht, werden wir noch mehr einsparen müssen, um sie uns leisten zu können. Es sei denn, du möchtest etwas von dir verkaufen?«

»Du weißt so gut wie ich, dass ich nichts mehr besitze«, raunte Nathaniel und musste sich zusammenreißen, um seinen Zorn zu verbergen.

Diesmal sah Pandora auf und ein kaltes Lächeln breitete sich über ihrem Gesicht aus. »Du besitzt dieses Haus und dein Leben. Es gibt dunkle Zauberer, die viel Geld dafür zahlen würden, frisches Blut zu bekommen.«

Ein Schauer lief über seinen Rücken, aber er schwieg. Diese Genugtuung würde er ihr nicht geben.

Pandora wandte sich wieder dem Papier zu. »Ich sehe, du hast verstanden. Also an die Arbeit, mein Junge.«

»Widerliches Weib«, gab Rosalinda von sich, als er ihm die Treppe hinauf in den Raum folgte, der einmal sein Zimmer gewesen war.

Wie oft hatte er hier schon die Farbe verändert, Möbel umgestellt und sich gewünscht, es wäre wieder so wie damals, als seine Eltern noch gelebt hatten. Er seufzte und zog sich seine verschwitzte Tunika aus, bevor er die Möbel abdeckte und die Farbeimer öffnete.

Rosalinda pfiff anerkennend. »Also wenn deine Prinzessin dich so gesehen hat, wundert es mich nicht, dass sie schockverliebt war.«

Nathaniel blickte an sich hinunter. Natürlich hatte er Muskeln von der harten Arbeit, aber er war auch ausgemergelt von dem wenigen Essen. Er warf dem Feerich einen finsteren Blick zu. »Hilfst du mir jetzt oder nicht?«

»Oh Schätzchen, beim Ausmalen bin ich wirklich nicht hilfreich, auch mit meiner Magie nicht. Aber ich kann dich inzwischen unterhalten.«

»Lieber nicht.«

»Nein? Dann willst du nicht hören, dass ich einen Plan habe, wie wir dich zu deiner Prinzessin bringen?«

Nathaniel schnaubte. »Na schön. Nur aus Interesse, was für einen Plan hast du?«

»Na, du gehst auf die Bälle und tanzt mit ihr. Und dann heiratet ihr und ich bin endlich eine richtige Fee.«

»Was?« Nathaniel ließ den Pinsel fast fallen. »Eine richtige Fee? Heiraten?«

»Oh, das mit der Fee sind nur Details«, grinste Rosalinda. »Abgesehen davon ist der Plan wasserdicht.«

»Du meinst, wenn man außer Acht lässt, dass ich keine Einladung zum Ball habe.«

»Das sind auch Details, über die ich noch nachdenke. Aber es wird klappen.«

»Genau«, stöhnte Nathaniel und tauchte den Pinsel in Farbe. Er bemalte dieselbe Stelle zum zehnten Mal in diesem Jahr neu.

Rosalinda hörte er schon längst nicht mehr zu, als er seinen Plan weiter erklärte. Denn Nathaniels Gedanken kreisten bereits um bernsteinfarbene Augen und er hoffte insgeheim, dass er sie wirklich wiedersehen würde. Obwohl er trotz des plappernden Feerichs neben sich nicht daran glauben konnte.

5

Alessandra

Noch während Lady Margret ihr ein Ohr abgekaut hatte, wie sich eine Prinzessin zu verhalten hatte, war ihre Mutter zu ihnen gestoßen. Die Königin hatte Alessandra halbherzig getadelt und sie anschließend zum Zimmer des Königs mitgenommen.

Auf dem Weg dorthin hatten sie geschwiegen, doch kaum war die Tür hinter ihnen zugefallen, hatte Königin Vanya ihre Tochter umarmt. »Bitte sag mir, dass Darbur etwas herausgefunden hat«, flüsterte sie mit tränenerstickter Stimme.

Natürlich wusste ihre Mutter von Alessandras Freundschaft mit dem Drachen, obwohl sie ihn nie persönlich getroffen hatte. Anfangs hatte sie sich um ihre Sicherheit gesorgt, genau wie ihr Vater, König Stephan, aber mittlerweile hatte Alessandra sie überzeugt, dass Darbur herzensgut und ganz sicher nicht gefährlich war.

»Leider nicht, aber er setzt große Hoffnung auf einen Drachen namens Lodring. Nur leider ist er noch nicht von seiner Sommerfrische zurück.« Sie erzählte ihrer Mutter von dem feuerspuckenden Berg, um sie abzulenken.

Aber die Königin ließ ihren Kopf sinken. Alessandra betrachtete ihre Mutter besorgt. Seitdem ihr Vater krank war, hatte auch Vanya kaum geschlafen und wenig gegessen. Sie sah fast so ausgemergelt aus wie der König selbst. Ihr Kleid saß so locker, dass es hätte geändert werden müssen, und ihre kastanienbraunen Haare wirkten stumpf und waren von unzähligen weißen Strähnen durchzogen. Ihr Gesicht sah fahl und eingefallen aus. Als würde die Krankheit auch sie dahinraffen. Sie war in diesen wenigen Wochen um Jahre gealtert.

»Mutter, vielleicht weiß Lodring wirklich einen Rat. Wir dürfen nicht aufhören, an ein Wunder zu glauben.«

Ihre Mutter blickte zum Bett des Königs und Alessandra wandte ihren Kopf ebenfalls in diese Richtung. Ihr Vater lag mit grauem Gesicht auf seinem Lager. Seine Haut wirkte wie aus Wachs und sein Atem ging rasselnd. Er schlief mittlerweile fast den ganzen Tag und in den wenigen wachen Momenten war er verwirrt und so schnell erschöpft, dass er kaum etwas zu sich nehmen konnte.

»Wir werden ein Wunder brauchen, das sagt auch Azura«, schluchzte Vanya.

Azura war die Wunschfee der Königin, seit diese ein junges Mädchen war. Alessandra konnte die Wunschfeen, die sich um ihren Vater bemühten, sehen und hören. Es hieß, sie hätte einen Herzenswunsch, den man bald erfüllen würde, und deswegen war es ihr möglich, die Feen wahrzunehmen. Außer ihr und der Königin gelang das nur Lady Margret, was Alessandra immer verwundert hatte, ebenso wie die Tatsache, dass Azura seit all den Jahren die

Wunschfee der Königin war. Wie es schien, hatte sie ihr niemals den Herzenswunsch erfüllen können, weswegen sie immer noch an Vanyas Seite war und ihr half. Aber den König konnte auch die Wunschmagie der Feen nicht heilen.

»Ich kann ihn nicht verlieren«, wimmerte die Königin. »*Wir* können ihn nicht verlieren. Er muss gesund werden, bevor der letzte Ball zu Ende geht, und dem Kronrat Einhalt gebieten.«

Alessandra wusste, dass ihre Mutter sich auch wegen ihr Sorgen machte. Vanya hieß die Entscheidungen der fünf Männer des Rates, die genauso alt und verstaubt waren wie die einstigen Regeln des Königreiches, nicht gut. Aber auch ihr waren die Hände gebunden, obwohl ihr Gemahl alles versucht hatte, um sowohl seiner Frau als auch seiner Tochter mehr Rechte zu gewähren. So wie allen Frauen des Reiches.

»Ist schon gut, Mutter. Du musst dir um mich keine Gedanken machen«, lächelte Alessandra.

Die Königin zog einen Mundwinkel hoch. »Du magst andere mit diesem Lächeln täuschen können, aber nicht mich. Ich weiß, wie es dir geht, und ich wünschte, ich könnte dir all das ersparen.«

Seufzend sank Vanya auf einen Stuhl vor dem Bett ihres Gemahls.

»Ich werde mitspielen und auch hier auf ein Wunder hoffen«, erklärte Alessandra und setzte sich neben ihre Mutter. »Oder Darbur überreden, mich doch zu entführen.«

Sie hatte es als Scherz gemeint, aber Vanya begann zu weinen.

»Nein, Mutter, nicht. Ich mache doch nur Spaß. Ich würde euch niemals verlassen.«

Sie tätschelte die Hand der Königin, die sich eiskalt anfühlte. Fast so kalt wie die des Königs. Ob ihre Mutter es verkraften würde, wenn ihr Vater starb? Was, wenn sie dann jeglichen Lebenswillen aufgab und Alessandra ganz allein zurückblieb?

»Ich hoffe, sie erlauben dir, im Ernstfall selbst eine Entscheidung zu treffen«, raunte Vanya, ohne sie anzusehen. »Ich wünschte, wir hätten dich selbst wählen lassen können. In ein paar Jahren, wenn du die Welt bereist hättest, andere Länder hättest besuchen dürfen und dir sicher sein könntest, dass du mit jemandem dein Leben teilen willst.« Sie schluchzte noch einmal. »Wieso, Alessandra? Wieso musste es ihn treffen? Er ist so ein guter Mann, hat immer das Richtige getan. Er verdient das nicht. Ich müsste an seiner Stelle hier liegen.«

Alessandra schluckte. Sie wusste, es stand nicht gut um ihren Vater und niemand konnte ihnen sagen, wie lange er noch durchhalten würde. Bisher hatte ihre Mutter immer darauf beharrt, dass er alles überstehen konnte, dass er nicht sterben würde. Aber offenbar hatte auch Vanya aufgehört, zu hoffen. Oder es gab etwas anderes, das sie erfahren hatte und nicht mit Alessandra teilen wollte.

»Mutter, er wird wieder gesund. Ich glaube ganz fest daran.«

Die Königin schwieg und schloss ihre Augen, während sie über die dürren Hände des Königs strich. Alessandra hatte immer das Gefühl, dass ihre Mutter ihr etwas sagen wollte, aber es nicht über sich brachte. Sie fragte sich, was Vanya so quälte.

Einige Zeit saßen Mutter und Tochter schweigend nebeneinander, bis die Diener kamen, um die Kerzen zu entzünden, weil die Nacht hereingebrochen war. Alessandra hatte gar nicht bemerkt, dass sie so viel Zeit im Zimmer ihres Vaters verbracht hatte.

»Du solltest schlafen gehen, mein Kind«, raunte die Königin. Ihre Stimme brach bei diesen wenigen Worten und ihre Lippen bebten.

»Ich kann noch bleiben. Ich will hier sein, wenn er aufwacht«, erwiderte die Prinzessin.

»Ich lasse dich rufen, falls er wirklich aufwachen sollte. Aber du brauchst Schlaf. Ich weiß, dass Lady Margret dich morgen den ganzen Tag mit Tanzunterricht quälen wird.«

Alessandra stöhnte und ein schwaches Lächeln huschte über das Gesicht der Königin.

»Sieh es so … falls doch der Mann unter den Prinzen ist, für den du bestimmt bist, ist es ihm egal, wie du tanzt.«

»Ja, das tröstet mich«, murmelte Alessandra, als sie aufstand. Sie hauchte einen Kuss auf die eiskalte Stirn ihres Vaters, bevor sie ihre Mutter umarmte. »Du rufst mich, wenn er aufwacht?«

»Ja. Gute Nacht, mein Liebes.«

Noch einmal warf Alessandra einen Blick zurück, dann ging sie in ihr Zimmer. Ihre Kammerzofe hatte ihr ein Bad richten lassen, das mittlerweile nur noch lauwarm war. Dennoch stieg sie seufzend hinein. Endlich hatte sie das hässliche und viel zu enge Reitkleid ablegen können, auf das der Kronrat neuerdings beharrte. Es stand ihr nicht und sie fühlte sich darin fast so eingeengt wie in den Ballkleidern, die man ihr schneiderte.

Während sie an diese unansehnlichen und viel zu pompösen Kleider dachte, klopfte es und Lady Margret trat ein, gefolgt von sechs Dienerinnen.

»Euer Hoheit«, grüßte die Gouvernante sie mit einem Kopfnicken. »Vergebt mir die Störung zu später Stunde, aber wir müssen die Kleider jetzt anprobieren. Ich wollte Euch nicht vom Krankenlager Eures Vaters wegrufen lassen, aber es muss heute noch sein.«

Alessandra seufzte. »Wieso das denn? Wir hatten doch schon mindestens fünf Anproben in den letzten zwei Tagen.«

»Weil die Details sitzen müssen.« Selbst Lady Margret schien an der Notwendigkeit dieser Anproben zu zweifeln.

»Schön«, brummte Alessandra und erhob sich.

Sofort wurde sie abgetrocknet, in ein Unterkleid gesteckt und bekam eine Korsage angelegt. Zwei Zofen führten sie zu ihrem Bettpfosten, wo sie sich pflichtbewusst festhielt, während die Schnüre enger gezogen wurden.

Alessandra war froh darüber, keine Zeit für ein Abendessen gehabt zu haben, denn dieses hätte sie jetzt unter Garantie wieder nach oben befördert. Sie hätte gern gekeucht, aber es war fast unmöglich, Luft zu holen, so eng hatte man die Korsage gebunden.

Lady Margret trat mit einem Maßband zu ihr und notierte einige Zahlen. Dann seufzte sie kopfschüttelnd. »Immer noch nicht dünn genug für den Rat«, murmelte sie.

»Ich kann nicht atmen«, presste Alessandra hervor, während man den ausladenden Reifrock festband und ihr das erste Kleid überstülpte.

»Prinzessin, wir werden Euren Essensplan noch weiter reduzieren müssen, sonst entsprecht Ihr nicht den Vorgaben des Rates.«

»Jenem Rat, der selbst aus Dickbäuchen besteht?«, fragte Alessandra atemlos. »Dann bin ich froh, wenn ich ihrem Ideal nicht nahekomme!«

»Das sind Männer, Hoheit. Ihr seid ein Mädchen und als Mädchen habt Ihr gewisse Vorgaben einzuhalten, wenn man Euch gut verheiraten will.« Die Gouvernante seufzte noch einmal. »Sie wollten Euch schon vor Jahren die Taille abbinden und werden sich jetzt beschweren, dass ich es nicht zugelassen habe. Es wird unmöglich sein, in drei Tagen genug abzunehmen, um ihre Vorgaben zu erreichen.«

»Dann ist es so. Ein Prinz sollte mich nicht wollen, nur weil ich schlanker bin, als gesund ist, oder tanzen kann wie jemand, der in seinem Leben nichts anderes gemacht hat.«

»Hoheit, ich mache die Regeln nicht, ich befolge sie nur. Das solltet Ihr auch«, meinte Lady Margret und betrachtete Alessandra. »Aber dieses Kleid hebt Eure Vorzüge wirklich hervor.«

Alessandra wandte sich zum Spiegel und hätte am liebsten wieder gekeucht, aber es ging nicht. Sie trug ein Kleid, dessen Stoff von Silberfäden durchwirkt war und schimmerte wie der Mond selbst. Es war so tief ausgeschnitten, dass sie fürchtete, ihre Brüste würden bei der kleinsten Bewegung herausspringen, und der Rock war so breit, dass sie vermutlich durch keine Tür hindurchkommen würde. Sie hasste diesen Fetzen.

»Wunderschön, nicht wahr?«, strahlte Lady Margret.

»Wenn Ihr das sagt«, murmelte Alessandra und ließ sich geduldig dieses Kleid ausziehen, bevor sie das nächste übergestülpt bekam.

Jenes für den zweiten Tag sah aus wie das für den ersten, nur dass es mit Gold durchwirkt war. Sie hasste es noch mehr als das vorige Kleid, weil es wie die Sonne strahlte und sie blass wirken ließ.

Dann wurde ihr das dritte angezogen. Es war so blütenweiß, dass es fast unwirklich erschien. Überall waren winzige Edelsteine angebracht worden, die funkelten wie frisch gefallener Schnee, bevor die ersten Menschen darüber gelaufen waren. Der Ausschnitt saß noch tiefer, falls das überhaupt möglich war, und im Gegensatz zu den anderen beiden Kleidern hatte es keine Träger, sondern nur durchsichtigen Stoff, der von dem tiefen Dekolleté bis hinauf zu ihren Schultern lief und sie somit zumindest ein wenig bedeckte.

»Oh Hoheit«, hauchte Lady Margret und schlug die Hände vor ihrem Herzen zusammen. »Ihr seht umwerfend aus!«

Alessandra warf einen Blick auf die kurze Schleppe, die dieses Kleid besaß. Ihr kam ein fürchterlicher Gedanke.

»Lady Margret, bitte sagt mir, dass ich nicht sofort auf dem Ball verheiratet werde!« Sie hielt den Atem an und beobachtete die Gouvernante.

»Nun«, begann Lady Margret und zupfte an einem ihrer Ärmel herum, »es wäre für den Rat der Idealfall. Aber natürlich würde danach eine weitere Hochzeit stattfinden, damit das Volk ebenfalls daran teilhaben kann.«

Alessandra stieß den Atem aus und verschränkte die Arme, damit niemand das Zittern ihrer Hände bemerkte. »Das würde dem Rat so passen, nicht wahr? Und wenn ich mich weigere?«

Waren diese Männer noch bei Trost?

Der Blick der Lady wurde mitfühlend. »Mein liebes Kind, so sehr ich Euch auch verstehe … Ihr seid unmündig und der König im Moment nicht in der Lage, Entscheidungen zu fällen. In diesem Fall obliegt dies dem Rat und Ihr müsst ihm Folge leisten.«

Sie ließ die Worte auf sich wirken, dann begann Alessandra, an dem Kleid zu zerren und sich darin zu winden.

»Wartet, Prinzessin, Ihr zerstört es«, rief eine Zofe ängstlich und half Alessandra heraus.

»Nehmt den Rock und die Korsage weg, sofort!«, wütete die Prinzessin und als die Zofe sich nicht rührte, da sie gerade das Kleid behutsam weglegte, fing sie selbst an, ihren Rücken nach den Bändern des Korsetts abzutasten.

»Bei allen Wunschfeen«, stöhnte Lady Margret und wedelte energisch mit der Hand, um die anderen Zofen aufzuscheuchen, die sich daraufhin in Bewegung setzten. »Prinzessin, ich verstehe, dass Ihr aufgebracht seid …«

»Nein, Lady Margret. Ihr versteht nicht!«, fauchte Alessandra. »Ihr habt Euren Gemahl selbst erwählt, nicht wahr? Ihr wurdet nicht wie Frischfleisch auf einem Bauernmarkt ausgestellt, damit jemand, den Ihr nicht kennt, sich eine Meinung über Euch bilden kann, die nicht dem entspricht, was Ihr seid! Euer Vater liegt nicht im Sterben und Ihr müsst auch noch zusehen und könnt nichts machen oder Eurer Mutter beistehen, die ebenfalls jeden Tag ein Stück stirbt.« Alessandra wischte sich die Tränen aus dem Gesicht, die sie so verzweifelt versucht hatte, zurückzuhalten. »Also sagt mir nicht, dass Ihr mich versteht.«

Stille senkte sich über den Raum. Niemand schien zu atmen. Bis Lady Margret mit einer Handbewegung die Zofen hinausscheuchte und Alessandra in ihrem Unterkleid anstarrte, bis die Tür geschlossen wurde.

»Nein, mein Kind, ich weiß nicht, wie es ist, in so einer grotesken Situation zu stecken«, flüsterte die Gouvernante, ging zu Alessandra und zog sie zu ihrem Bett, wo sie sich mit ihr auf die Kante setzte. »Und auch ich finde es ungerecht, wie mit Euch umgegangen wird. Es ist die Reaktion alter Männer, die nicht verstehen, wie ein König seiner Tochter so viele Freiheiten erlauben konnte, und dies nun korrigieren wollen.«

»Weswegen Ihr mich jetzt auf Essensentzug setzt und meine Taille so abschnüren lasst, dass ich fast keine Luft mehr bekomme?«, fragte Alessandra trotzig.

»Wenn ich es nicht wäre, würde jemand anderes es machen«, erwiderte Lady Margret. »Ich versuche wirklich, es nicht zu übertreiben. Ihr wisst nicht, was der Rat tatsächlich fordert. Ginge es nach ihm, würdet Ihr bis zum Ball wohl überhaupt nichts mehr essen dürfen.«

Alessandra stieß den Atem aus. »Es kann doch nicht sein, dass diese Männer so etwas machen dürfen! Ich meine, ich muss doch irgendein Mitspracherecht haben!«

»Das versuche ich herauszufinden, Prinzessin«, murmelte die Gouvernante. »Aber behaltet es für Euch. Mit etwas Glück kann man eine erzwungene Ehe abwenden.«

Der Blick von Lady Margret war so sanft wie schon lange nicht mehr. Alessandra atmete auf. Vielleicht konnte sie doch Hoffnung schöpfen. Und wenn sie nach dem dritten Ball in etwa einer Woche nicht zwangsverheiratet worden war, gab es vielleicht auch noch ein Wunder für ihren Vater.

»Klammert Euch an diesen Strohhalm, mein Kind«, sagte Lady Margret, als sie sich erhob. »Und hofft, dass auch ich mich nicht in irgendeiner unsinnigen Idee verrenne. Aber noch müssen wir daran glauben, dass sich alles zum Guten wendet.« Sie tätschelte Alessandra die Wange und ging zur Tür. »Ihr seid jung und verdient es, glücklich zu sein. Es wundert mich, dass noch keine Wunschfee zu Euch gekommen ist, um Euch zu helfen, denn Ihr seid ein guter Mensch. Aber vermutlich sind alle damit beschäftigt, Eurem Vater zu helfen. Also müssen wir zusehen, dass wir auch ohne Magie etwas ausrichten können.«

»Lady Margret«, rief Alessandra ihr nach, als sie an der Tür angekommen war. »Denkt Ihr, es wäre möglich, dass ich übermorgen eine Stunde unbewacht bin?«

Die Gouvernante schmunzelte. »Oh ja, das könnte möglich sein. Aber zum Stall müsst Ihr Euch diesmal vorsichtiger schleichen und möglichst nicht wieder mit Wasser übergießen lassen. Sonst könnte auffallen, dass Ihr nicht am Bett Eures Vaters wacht.« Sie verneigte sich. »Ich wünsche eine gute Nachtruhe, Hoheit.«

Alessandra blieb auf dem Bett sitzen und betrachtete ihre Hände. Sie kannte Lady Margret schon lange. Sie war immer für sie da gewesen, hatte aber in den letzten Wochen eine strenge Seite gezeigt und Alessandra hatte sie verflucht. Dass sie nun hinter dem Rücken des Rates Nachforschungen anstellte, überraschte sie sehr. Vielleicht hatte sie ihr unrecht getan. Wenn sie ihr wirklich half, musste sie all die schlechten Gedanken zurücknehmen, die sie in letzter Zeit gehegt hatte.

Sie schlüpfte unter ihre Decke und löschte das Licht. Aber einschlafen konnte sie nicht. Sobald sie die Augen schloss, sah sie ein schiefes Lächeln vor sich und fragte sich, wieso ihr Herz sich dabei fast überschlug. Sie hatte sich nie etwas aus den adeligen Männern gemacht, mit denen sie immer wieder zwangsläufig zu tun hatte. Aber Nathaniel … er ging ihr nicht aus dem Kopf.

Wo waren die Wunschfeen, wenn man sie brauchte? Sie hätte sich jetzt wirklich gern etwas gewünscht. Nämlich dass ihr Vater gesund wurde und ihr erlaubte, ihre eigene Wahl zu treffen. Denn sie hätte tatsächlich den Stallburschen besser kennenlernen wollen …

Sie seufzte und schloss die Augen. Vielleicht konnte sie zumindest träumen, dass König Stephan wieder gesund wurde und sie die Bälle an der Seite von Nathaniel verbrachte.

6

Nathaniel

»Aufstehen, edler Prinz!«

Nathaniel schlug um sich, als ihn der pudrige Zuckerduft einer verfluchten Wunschfee in der Nase kitzelte. Es kam ihm vor, als hätte er sich gerade erst hingelegt, und vielleicht entsprach das sogar den Tatsachen.

Da Rosalinda beim Streichen nicht geholfen und anschließend eher Chaos mit der Wäsche angerichtet hatte, war er erst sehr spät ins Bett gekommen. Wobei Bett nicht stimmte, er lag auf einem Strohsack in der Küche direkt neben der Asche.

Zumindest hatte der Feerich ihm etwas zu essen gezaubert, das Nathaniel gierig verschlungen hatte. Es war eine Art Brot und schmeckte etwas zu süß, aber das störte ihn nicht. Er hatte Hunger und er wusste, seine Stiefmutter würde ihn ohne Frühstück zur Arbeit scheuchen.

»Nathaniel, wenn du nicht gleich aufstehst, werde ich dich mit einem Eimer Wasser übergießen!«

»Wenn du das wagst, reiße ich dir die Flügel aus«, knurrte Nathaniel und zwang sich, zu blinzeln.

Die ersten orangen Sonnenstrahlen fielen durch die geschlossenen Fensterläden. Wärme drang durch die Rillen der Tür herein. Es würde ein heißer Sommertag werden, genau wie der Tag zuvor. Was bedeutete, dass es im Stall vermutlich unerträglich sein würde.

»Na, gut geschlafen, mein kleiner Prinz?«, schmunzelte Rosalinda, als Nathaniel ihn anstarrte.

»Wenn du kein Frühstück dabeihast, solltest du jetzt besser gehen.«

Nathaniel hasste es, früh aufzustehen. Besonders nach einer Nacht wie dieser. Außerdem hatte er gerade geträumt, er wäre der Prinzessin tatsächlich auf dem Ball übermorgen begegnet. Er hätte zu gern gewusst, wie dieser Traum weitergegangen wäre …

»Was bist du doch für ein Sonnenschein«, lachte der Feerich und wedelte mit süß duftendem Gebäck vor Nathaniels Nase herum. »Hoffentlich bist du nach meinen Butterschnecken besser gelaunt.«

Nathaniel nahm das Gebäckstück und biss hinein. Er hatte noch nie etwas so Köstliches gegessen. Noch bevor er damit fertig war, hielt Rosalinda ihm ein weiteres Stück hin und er schlang es hastig hinunter.

»Also selbst wenn du als Fee bisher keine große Unterstützung bist, dein Gebäck ist großartig.«

Rosalinda verzog den Mund. »Na, vielen Dank auch, ich habe mich wirklich ins Zeug gelegt«, murmelte er. »Was kann ich dafür, dass die Wäsche so eigensinnig ist und ich nicht malen kann?«

»Vergiss es«, schnaubte Nathaniel, goss sich Wasser in einen Becher und trank ihn aus. »Ich muss jetzt das Frühstück für die drei Langschläferinnen herrichten.«

»Das habe ich schon erledigt«, meinte der Feerich und deutete mit dem Kinn auf drei Tabletts mit duftendem Speck, gebratenen Eiern und heißem Kaffee.

»Gut, wenn das mit dem Herzenswunsch nicht klappt, bist du als Küchenhilfe eingestellt.«

»Es wird klappen und wir werden heute den ersten Schritt dafür machen«, erklärte Rosalinda entschieden. »Schaffst du es, das ganze Essen allein zu tragen?«

»Ich mache das ja erst seit drei Jahren«, knurrte Nathaniel und nahm alle drei Tabletts auf.

Wie üblich schliefen seine Stiefmutter und die beiden Nervensägen noch. Er klopfte an, öffnete die Vorhänge, ließ sich von seinen Stiefschwestern beschimpfen und schaffte auf den Tischen Platz, um das Essen dort abzustellen. Dann sammelte er die Wäsche ein und trug sie hinaus, bevor er zu seiner Stiefmutter ging. Auch bei ihr klopfte er und öffnete als Erstes die Vorhänge. Er hütete sich jedoch, zum Bett zu sehen, denn er wusste längst, dass Pandora weit entfernt von schön war. Ihr Gesicht glich dem eines Trolls, wenn man es genauer betrachtete. Wobei der Troll bei diesem Vergleich vermutlich beleidigt gewesen wäre.

Als er das Essen abgestellt hatte und das Zimmer mit der aufgesammelten Wäsche verlassen wollte, rief ihn die kratzige Stimme seiner Stiefmutter zurück. »Nate, auf ein Wort.«

Er hielt inne, ließ die Wäsche in seinen Händen sinken und starrte auf den Boden. Er konnte nur hoffen, dass sie etwas anhatte, denn sie schälte sich gerade aus dem Bett. Wenn sie ihn aufforderte, sie anzusehen, wollte er nicht den nächsten Schock seines Lebens bekommen.

»Du hast gestern viel zu lange gebraucht«, tadelte sie ihn und ließ sich dabei an ihrem Tisch nieder. »Ich dulde solche Nachlässigkeit nicht. Hoffentlich warst du zumindest gründlich.«

Nathaniel schluckte die Worte hinunter, die sich ihm aufdrängten, nämlich dass er kein Sklave war, obwohl sie ihn so behandelte, und sie auch arbeiten gehen könnte, um die Rechnungen zu bezahlen. Er räusperte sich und sagte stattdessen: »Ich habe mein Bestes gegeben, Pandora.«

»Das scheint aber nicht genug zu sein, nicht wahr?«

Seine Finger krampften sich um die Wäsche. Sollte sie es doch selbst machen!

»Wie dem auch sei«, meinte seine Stiefmutter und begann, ihr Frühstück zu essen. »Heute möchte ich, dass du dich nicht so lange auf dem Heimweg aufhältst. Der neue Untermieter wird morgen früh einziehen und bis dahin müssen die Möbel neu geschliffen und gestrichen werden und das Zimmer gereinigt sein.«

»Wie soll ich das denn machen?«, entfuhr es Nathaniel. »Ich arbeite bis Sonnenuntergang! Selbst wenn ich mich beeile, bin ich bis zum Morgengrauen nicht damit fertig!«

»Das ist aber wirklich nicht meine Sorge«, entgegnete Pandora und trank von ihrem Kaffee. »Sieh zu, dass du fertig wirst. Wie, ist mir egal.«

Sie wedelte mit ihrer Hand und Nathaniel ging rückwärts aus dem Zimmer. Er lief mit dem Berg Wäsche in die Küche zurück, schleuderte alles in einen Bottich und schrie aus Leibeskräften, während er gegen die Holzscheite neben dem Ofen trat.

»Ja, an deinem Temperament sollten wir auch arbeiten«, hörte er Rosalinda sagen. Der rosarote Feerich saß auf dem Tisch, die Beine übereinanderschlagen, und beobachtete Nathaniel interessiert.

»Kannst du diese drei Miststücke nicht einfach in Mäuse verwandeln? Du musst sie nicht töten, es reicht, wenn du sie in etwas verwandelst, das mich nicht nerven kann!«

»Aber gerade *weil* sie dich so quälen, bist du in den Wunschtopf gekommen, Nathaniel. Außerdem«, er sprang bei diesen Worten vom Tisch und seine Schuhe klapperten auf dem Boden, »verspreche ich dir, heute mehr zu helfen. Ich werde üben, damit ich die Wäsche machen kann, während du die Möbel schleifst und neu streichst.«

»Trotzdem werde ich diese Nacht kaum schlafen.«

»Vorbereitung auf übermorgen, mein Lieber«, schmunzelte Rosalinda. »Denn dann wirst du zum Ball gehen und die Prinzessin retten.«

Nathaniel lachte. »Du hast Vorstellungen. Wird dort etwa ein Drache sein, vor dem der Stallbursche als Opfergabe präsentiert wird?«

»Oh, ich bitte dich, die Drachen sind keine Menschenfresser, auch wenn sie keine sehr angenehmen Zeitgenossen sind und ich sie nicht leiden kann«, winkte Rosalinda ab. »Nein, du wirst sie auf andere Weise retten.«

»Wie der Prinz in glänzender Rüstung«, schnaubte Nathaniel. »Gut, ich muss jetzt zum Stall. Kommst du mit oder bleibst du hier?«

»Ich bleibe nicht freiwillig in diesem Haus, wenn die drei Furien anfangen, sich herzurichten. Das sollte niemand!« Rosalinda legte seinen Arm um Nathaniels Schultern. »Also los, du wirst deine Prinzessin heute sehen und einen großen Schritt in Richtung Wunscherfüllung machen.«

»Wenn du das sagst …«, meinte Nathaniel.

Er konnte nicht wirklich daran glauben. Trotzdem verließ er das Haus mit einem Grinsen. Er wusste zwar noch immer nicht, wie er auf den Ball kommen sollte, aber vielleicht konnte er mit seiner Stiefmutter darüber reden. Er hatte es immerhin geschafft, die alte Festtagskleidung seines Vaters zu retten. Sie war zwar nicht nach der neuesten Mode, aber er konnte damit getrost auf der königlichen Feier auftauchen.

Rosalinda verschwand irgendwo in der Nähe des Palastes, aber sein zuckriger Geruch hing weiterhin in der Luft. Nathaniel wurde wieder zum Ausmisten eingeteilt. Die Aussicht auf die stickige Luft war nicht gerade erfreulich, aber in Wahrheit störte es ihn nicht wirklich. Die Pferde sprachen zumindest nicht ununterbrochen und Nathaniel konnte die Ruhe nach der letzten Nacht gut gebrauchen.

Zur Mittagszeit redete Drake auf ihn ein, erzählte von seiner Schwester und rätselte, warum die Prinzessin am Vortag geflüchtet war. Aber Nathaniel hörte kaum zu. Er war damit beschäftigt, zuzusehen, wie Rosalinda über den Köpfen der Wachen im Hof mit seinem Zauberstab herumfuchtelte. Es sah zwar komisch aus, ergab für Nathaniel aber keinen Sinn. Zumindest schien keiner der Männer und Frauen, die im Hof beschäftigt waren, den rosa Feerich zu bemerken. Also schlang er sein Essen hinunter und tat so, als würde er seinem Freund zuhören.

»Kommst du heute Abend mit zu uns?«, fragte Drake, als sie ihr Geschirr zurückbrachten.

»Tut mir leid, aber ich habe heute Abend so viel zu erledigen, dass ich vermutlich morgen Mittag noch nicht fertig bin.«

»Warum lässt du dir das gefallen, Nate?«, wollte Drake wissen.

»Weil ich gesetzlich ihr gehöre, bis ich einundzwanzig bin, und es dem Richter gleichgültig ist, wie sie mich behandelt.«

»Das sollte es aber nicht sein«, meinte sein Freund.

Nathaniel zuckte mit den Schultern. »Wollen wir wirklich darüber reden?« Er beobachtete Rosalinda, der nun auch über dem Dach des Stalls zauberte. »Wir sollten wieder an die Arbeit. Ich glaube, ich vertrage die Sonne nicht.«

Drake verabschiedete sich und Nathaniel verschwand in einer Pferdebox, um seine Arbeit fortzusetzen. Er mistete gerade aus, als er Schritte vernahm. Erst dachte er sich nichts dabei, aber dann hörte er eine Stimme. Die einer Frau.

Und er kannte diese Stimme …

Vorsichtig stellte er die Mistgabel ab und schlich aus der Box zu jener, in der das Pferd der Prinzessin stand. Er hatte sich nicht getäuscht, sie war es tatsächlich. Sie stand mit dem Rücken zu ihm und ihre langen, rötlich schimmernden Haare hingen ihr offen über die Schultern. Das Kleid, das sie trug, war dunkelgrün und der Rock für einen Stallbesuch zu breit. Aber die Farbe stand ihr deutlich besser als jene des Reitkleides.

»Hier, meine Schöne«, flüsterte sie und strich dem Pferd über die Seite. »Du musst mir morgen helfen, schneller als der Wind zu reiten. Es ist sehr wichtig.«

Nathaniel musste schmunzeln. Sie redete mit dem Tier, als könnte es sie verstehen. Er riss allerdings die Augen auf, als das Pferd den Kopf hob und senkte, als würde es zustimmend nicken. Das konnte nur ein Zufall gewesen sein.

Er betrachtete die Prinzessin und lehnte sich an das Holz der Box. Er hätte gern mit ihr geredet, aber das wäre zu weit gegangen. Diese kurzen Momente, in denen er sie betrachten durfte, mussten ihm genügen.

Doch in dem Augenblick, als er wieder an seine Arbeit gehen wollte, fiel hinter ihm etwas zu Boden und die Prinzessin fuhr erschrocken herum. Nathaniel bemerkte aus den Augenwinkeln, wie sich etwas Rosarotes, Glitzerndes entfernte. Dieser Fee würde er die Flügel definitiv ausreißen!

Als ihre Blicke sich trafen, breitete sich ein schwaches Lächeln auf Alessandras Gesicht aus. Es täuschte nicht über ihre Erschöpfung hinweg, aber diese Augen …

»Vergebt mir, Hoheit, ich wollte nicht lauschen …«, stammelte Nathaniel und vergaß dabei, sich zu verneigen. Er konnte nicht anders, als sie anzusehen, und bemerkte, wie auch seine Mundwinkel sich schließlich hoben.

»Du musst dich nicht entschuldigen«, sagte sie und strich mit ihren Fingern durch die Mähne des Pferdes. »Ich wollte nur einen Moment Ruhe.«

Sie hielt sich die Hand vor den Mund, als sie gähnte. Obwohl sie lächelte, strahlte sie etwas Trauriges, Verzweifeltes aus. Er hätte sie gern getröstet, aber er wusste nicht, wie.

Da hörte er Schritte und Stimmen und die Prinzessin riss ängstlich den Kopf hoch. »Nein, so schnell?«, flüsterte sie.

Nathaniel zögerte keinen Augenblick. Er griff nach ihrer Hand, zog sie in eine andere Box, in der ein alter Hengst stand, und schloss die Tür. »Sagt kein Wort«, wisperte er ihr zu, als sie ihn erschrocken ansah.

Sie nickte und trat dicht an die Wand der Box, während Nathaniel wieder die Mistgabel aufnahm und Heu auswechselte.

»Sie muss hier sein«, erklang eine tiefe Männerstimme.

Nathaniel blickte nicht auf, als zwei Gardisten neben ihn traten.

»He, Stallbursche«, sprach ihn einer der beiden unfreundlich an. »Du hast nicht zufällig die Prinzessin hier durchlaufen gesehen?«

Schnaubend ließ Nathaniel die Mistgabel sinken und sah sich um. »Hier ist niemand vorbeigekommen. Warum sollte sich eine so feine Dame in den Ställen herumtreiben?«

Die Wachen warfen sich einen Blick zu und grinsten. »Tja, weil sie gern Dinge macht, die sie nicht sollte«, erklärte der Ältere der beiden.

»Kann ich verstehen«, meinte der andere. »All diese Regeln. Irgendwie tut es mir ja leid, sie wieder zum Unterricht schleifen zu müssen, aber Befehl ist Befehl.«

Nathaniel zuckte mit den Schultern. »Hier ist jedenfalls außer euch beiden niemand durchgekommen.« Er hob die Gabel an. »Hätte ich bemerkt.«

Die Gardisten blickten sich um. Die Türen zu allen Boxen standen offen. Alle, bis auf eine. Zielstrebig gingen sie darauf zu.

»Da würde ich nicht reinschauen, wenn ich ihr wäre«, meinte Nathaniel gleichgültig, obwohl ihm das Herz gerade in den Magen rutschte. »Der alte Hubert hat etwas Falsches gegessen und fürchterliche Blähungen. Deswegen ist die Tür zu.«

Er stellte zufrieden fest, wie die Gardisten zögerten, und als ein lautes Pupsen ertönte, musste er fast erleichtert grinsen. Sein Blick wanderte zu dem rosaroten Geschöpf, das neben den Gardisten herumhüpfte und mit einem Blasebalg diese Geräusche erzeugte.

»Gut, dann wird die Prinzessin *da* wohl nicht drinnen sein«, stellte der Ältere fest und der Jüngere nickte zustimmend.

»Dann müssen wir woanders suchen. Danke, Junge.«

Damit liefen sie hinaus, während Rosalinda leise kicherte wie ein kleines Mädchen und sich den Bauch hielt. Fast wäre er umgefallen, stützte sich aber an der Wand ab. Er zog seinen Zauberstab und berührte sich selbst auf der Stirn, dann schrumpfte er und schwirrte als winziges rosarotes Licht im Stall herum. Nathaniel beobachtete ihn und schüttelte grinsend den Kopf.

Er ging zu der Box, in der Alessandra wartete, und schob die Tür zur Seite. Er riss die Augen auf, als sie ihm um den Hals fiel und sich vor Lachen schüttelte. Nathaniel wusste nicht, ob er die Arme um sie legen oder sie von sich wegschieben sollte.

Aber da löste Alessandra sich bereits von ihm und räusperte sich. »Danke, das war einfach … unglaublich lustig.« Sie hielt sich die Hand vor den Mund und brach erneut in ein Lachen aus. »Wie du diese Geräusche gemacht hast, musst du mir irgendwann erklären. Ich hätte zu gern ihre Blicke gesehen!«

Nathaniel schmunzelte. »War mir ein Vergnügen, Hoheit.«

»Weißt du, ich sollte eigentlich nicht versuchen, mich ständig davonzustehlen«, seufzte sie und ging wieder zu ihrem Pferd. »Aber seitdem mein Vater krank ist, quält mich der Rat mit allen möglichen Vorgaben, die ich nicht erfüllen kann.«

Nathaniel betrachtete sie, wie sie gedankenverloren neben ihrer Stute stand und sich an ihren Kopf schmiegte. »Aber was könnten sie an Euch auszusetzen haben?«, fragte er.

Alessandra sah ihn gequält an. »So ziemlich alles. Ich bin zu frech, zu wenig vornehm, ich kann nicht tanzen und ich bin zu dick.«

»Was?«, entfuhr es ihm. »Das ist nicht Euer Ernst! Soweit ich das beurteilen kann, seid Ihr perfekt.« Er räusperte sich und hoffte, dass sein Kopf nicht so rot anlief, wie es sich anfühlte. »Ich meine …«

»Ich weiß es zu schätzen«, schmunzelte sie. »Sie würden das auch nicht wagen, wenn mein Vater nicht so krank wäre.«

»Vergebt mir, wenn ich das frage, aber … es gibt so viele Gerüchte um die Erkrankung des Königs und das Volk ist besorgt. Ich schwöre, ich verrate es keinem! Ich würde nur gern wissen, was dem König fehlt.«

Ihr Blick wurde wieder ernst und sie stieß den Atem aus. »Ich wünschte, ich könnte es dir sagen, aber keiner weiß, was meinem Vater fehlt«, begann sie und strich wieder über den Hals ihres Pferdes. »Er ist von einem Tag auf den anderen krank geworden. Erst war es ein Fieber und wir dachten, es wäre eine Erkältung. Aber dann klang das Fieber ab und er wurde trotzdem immer schwächer. Als würde jemand seine Lebensenergie aus ihm herausziehen. Meine Mutter und die Feen sprechen zwar nicht offen darüber, aber … ich bin mir ziemlich sicher, dass dunkle Magie im Spiel ist.« Sie riss die Augen auf und starrte ihn an. »Aber das musst du unbedingt für dich behalten!«

Nathaniel nickte und erkannte, wie sehr sie darunter litt. Wäre sie ein gewöhnliches Mädchen gewesen, hätte er sie in seine Arme gezogen und ihr erklärt, dass alles gut werden würde. Aber sie war die Prinzessin und er ein Stallbursche. Es stand ihm nicht zu, ihr nahe zu kommen.

»Wir haben alles versucht, aber weder die Ärzte noch die Zauberer oder die Feen wissen einen Rat, wie wir ihm helfen können. Meine letzte Hoffnung sind die Drachen.«

»Ihr sprecht mit Drachen?«, fragte er verwundert.

Als sie ihn ansah, lächelte sie schwach. »Genau genommen nur mit einem. Aber er ist sehr nett und hat die anderen seiner Art kontaktiert. Sie können sich mithilfe ihres Feuers Nachrichten schicken. Bisher hat aber noch keiner etwas herausgefunden. Ich hoffe allerdings auf morgen.«

Sie trat auf ihn zu und griff nach seiner Hand. Ein Schauer lief durch ihn hindurch, während er in ihre Augen blickte und sich darin verlor.

»Würdest du mir das Pferd morgen nach der Mittagspause satteln? Ich muss so schnell wie möglich in den Wald.«

»Allein?«, stammelte er und versuchte, die richtigen Worte zu finden. »Der Wald ist gefährlich, es haben sich schon so manche darin verlaufen und …«

»Du musst dich nicht sorgen«, schmunzelte sie. »Ich war schon sehr oft dort. Aber wenn du möchtest, kannst du gern mitkommen. Wir dürfen nur kein Aufsehen erregen.« Sie hielt inne und legte den Kopf schief. »Am besten wäre es, du würdest die Pferde zum Tor führen, dann wären wir noch schneller.«

»Ihr wollt wirklich, dass ich mitkomme?«, raunte er.

»Natürlich nur, wenn du keine Probleme bekommst! Ich möchte nicht, dass du meinetwegen deine Stellung verlierst.«

Diesmal schluckte sie und legte ihren Kopf schief. Sie hatte mit fester Stimme gesprochen, aber in ihren Augen lag etwas Bittendes.

»Sag ihr, dass du mitkommst«, hörte er einen piepsenden Rosalinda ganz nah an seinem Ohr.

Der Feerich war winzig klein, wie eine Fliege, und surrte um Nathaniels Kopf herum. Am liebsten hätte er ihn fortgewischt, aber er wagte nicht, sich zu bewegen. Alessandra hielt immer noch seine Hand und er wollte diese Berührung auskosten.

»Ich sorge dafür, dass niemand bemerkt, dass ihr weg seid. Also los, sag ihr endlich, dass du mit ihr gehst!«, flüsterte der Feerich, bevor er wieder fortflog.

Nathaniel konnte nur hoffen, dass Alessandra nichts von dem Gespräch gehört hatte. Aber da sie ihn immer noch mit ihren wunderschönen Augen ansah und die vermeintliche Fliege nicht beachtete, konnte er durchatmen.

»Ich begleite Euch«, sprach Nathaniel die Worte aus, bevor er ihre Bedeutung verstand.

Sie lächelte. »Gut, dann treffen wir uns morgen an der Mauer.« Alessandra drückte seine Hand. »Ich danke dir.«

Dann ließ sie ihn los, verabschiedete sich von ihrer Stute und eilte aus dem Stall.

Nathaniel fühlte immer noch die Wärme ihrer Hand auf seiner Haut. Er betrachtete seine Finger, die gerade noch ihre gehalten hatten.

»Liebe auf den ersten Blick«, kicherte Rosalinda und wurde hinter ihm wieder groß.

»Hör auf, das immer zu sagen«, knurrte Nathaniel.

»Oh, aber dein Gesicht spricht Bände, mein Junge. Ihres übrigens auch.«

Nathaniel nahm seine Mistgabel wieder in die Hand und kehrte in die Box zurück. »Wozu hast du dich eigentlich klein gemacht?«

Der Feerich zuckte mit den Schultern. »Wollte kein Risiko eingehen. Die Prinzessin ist einer der Menschen, die einen Wunsch verdienen könnten. Sie soll mich nicht sehen.«

Nathaniel hob eine Augenbraue und deutete auf den Misthaufen vor sich. »Genug geplaudert. Entweder hilfst du mir oder du lässt mich jetzt in Ruhe arbeiten!«

»Ich lasse dich in Ruhe, ich muss für morgen und für den Ball noch ein wenig vorbereiten. Immerhin gilt es, deinen Herzenswunsch zu erfüllen und sie zu retten.« Der Feerich zwinkerte. »Ich komme am Abend wieder.«

Er löste sich in rosa Glitzerstaub auf und Nathaniel schnaubte. Immerhin hatte der Feerich recht damit behalten, dass er die Prinzessin treffen würde. Aber er wollte weder an dieses ›Liebe auf den ersten Blick‹-Geschwätz glauben noch daran, dass er jemals das Herz der Prinzessin gewinnen konnte. Oder ihre Hand.

Trotzdem lächelte er, als er daran dachte, dass er morgen Zeit mit ihr verbringen würde. Selbst wenn es nur ein Traum war, den er damit verlängerte. Er wollte diese Chance nutzen und genießen.

7 Alessandra

»Das kann doch nicht so schwer sein!«, knurrte Rupert und riss an ihrem Arm. »Ihr müsst Euch doch nur von mir führen lassen.«

»Vielleicht *solltet* Ihr dann auch führen«, knurrte Alessandra zurück und befreite ihre Hand aus seinem Griff. »Denn in Wahrheit schleudert Ihr mich nur durch die Gegend, ganz gleich, wie ich mich bewege.«

»Weil das die Schrittfolge des Tanzes ist«, stöhnte Rupert und griff sich an die Stirn. »Und Ihr solltet Euch wie eine richtige Prinzessin benehmen und Euch von einem Edelmann wie mir leiten lassen.«

»Ich habe genug!«, fauchte Alessandra und stampfte mit ihrem Fuß auf. »Seit Tagen mache ich nichts anderes als gute Miene zum bösen Spiel. Ihr seid ein arroganter, aufgeblasener Gockel mit einer hässlichen Perücke und ich will nicht mehr!«

»Hoheit!«, mischte sich Lady Margret streng ein. »Ich verstehe Eure Frustration, aber das gibt Euch nicht das Recht, den Herzog so zu behandeln oder seine Frisur zu beleidigen.«

»Was erwartet Ihr von einer unerzogenen Göre?«, murmelte Rupert und tastete an seiner Haarpracht herum.

Alessandra setzte schon zu einer Erwiderung an, aber Lady Margret kam ihr zuvor. »Und Ihr, Herzog, solltet Euch ebenfalls zurückhalten! Es steht Euch nicht zu, die Prinzessin zu kritisieren!«

Rupert schob sein Kinn vor, gab diesen Schnarchlaut von sich und funkelte die Gouvernante an. Dann schnaubte er, stellte sich wieder in die Mitte des Raumes und hielt Alessandra auffordernd seine Hand hin, ohne sie anzusehen. Genauso schnaubend ergriff die Prinzessin diese und ließ sich wieder von ihm über das Parkett wirbeln.

Nachdem Lady Margret ein Einsehen mit ihr hatte, schleppte sie sich in das Zimmer ihres Vaters. Ihre Mutter saß vor dem Bett und lag mit dem Oberkörper über die Matratze gebeugt.

Alessandra deckte sie zu und betrachtete die Hände ihrer Eltern, die miteinander verschlungen waren. Ihr Vater war seit zwei Tagen nicht aufgewacht und falls das überhaupt möglich war, wirkte seine Haut noch grauer und sein dunkelbraunes Haar klebte an seiner Stirn. Alessandra stieß erleichtert den Atem aus, als er leise schnarchte, sonst hätte sie nicht mit Sicherheit sagen können, ob er noch lebte.

Draußen dämmerte es, aber das Zimmer wurde plötzlich von bläulichem Licht erhellt. Alessandra drehte sich um und fand sich einer Fee gegenüber, deren Gesicht von dunkelblauen Locken umrahmt wurde. Ihr Kleid bestand aus Blütenblättern, die in verschiedenen Blautönen unterschiedlich lang über ihre Beine flossen, und ihre Flügel klingelten wie Glöckchen.

»Euer Hoheit«, murmelte die Fee mit weicher Stimme und neigte den Kopf.

»Azura, bitte sag mir, dass du hier bist, weil du ihm helfen kannst«, flüsterte Alessandra und griff nach der Hand der Fee.

»Ich wünschte, es wäre so, Prinzessin«, erwiderte Azura, die Wunschfee ihrer Mutter, und betrachtete das Königspaar. »Aber ich habe nichts gefunden.«

»Und wenn es mein Herzenswunsch wäre? Du sagtest doch, dass ich einen bekäme!«

»Aber Hoheit, Ihr wisst, dass die Regeln anders sind«, seufzte die Fee. »Ihr seid auf der Liste für Herzenswünsche, aber selbst wenn Ihr erwählt werden würdet, sind unsere Kräfte dennoch begrenzt. Wir könnten dem König nicht mehr helfen, als wir es zum gegenwärtigen Zeitpunkt bereits tun.« Sie legte eine Hand an Alessandras Wange. »Aber ich sehe einen Hoffnungsschimmer, Prinzessin. Und solange werden wir alles daransetzen, Euren Vater am Leben zu erhalten.«

Alessandra schluchzte und schloss die Augen. »Ich versuche, stark zu sein, Azura. Aber nach den letzten Tagen …«

»Vertraut darauf, dass Ihr jede Aufgabe bewältigen werdet, Hoheit. Wenn der letzte Ball zu Ende geht, wird sich Euer Schicksal entscheiden und auch das Eures Vaters. Ihr könnt es zum Guten wenden.«

»Woher weißt du das?«, raunte Alessandra und betrachtete das Bild ihrer Eltern. Es war eine unglaublich tiefe Liebe, die sie verband, und doch schien sie nicht stark genug, sie beide zu retten.

»Weil ich es in einem Traum sah. Ich sehe die Hoffnung, aber ich sehe nicht, wie genau sich das Schicksal entfalten wird.«

Alessandra stieß den Atem aus. »Das ist alles etwas schwammig«, murmelte sie.

»Ja, das ist es, aber manchmal muss man an Magie glauben, auch wenn man sie nicht sieht«, schmunzelte Azura und zückte ihren Zauberstab.

Die Fee schwebte zum Bett des Königs und ließ ihren Zauberstab über seinem Kopf kreisen. Funkelnder blauer Staub rieselte auf das Gesicht von Alessandras Vater hinab. Sein Atem wurde ruhiger und seine Haut weniger grau. Dafür leuchtete das Licht der Fee ein wenig schwächer und sie sank neben dem Bett auf die Knie.

Alessandra eilte zu ihr und hielt ihren zitternden Körper fest.

»Ihr wisst bestimmt, dass Euer Vater durch Magie erkrankt ist?«, fragte die Fee und Alessandra nickte stumm. »Die Magie, die ihn krank macht, wird stärker. Ich weiß nicht, wo sie herkommt und wer sie ausgesprochen hat, aber sie wächst, je schwächer der König wird.«

»Gibt es etwas, das wir dagegen unternehmen können?«, fragte Alessandra und fühlte sich unsagbar nutzlos.

»Ihr sprecht mit den Drachen, nicht wahr?«, meinte Azura schwach. »Das ist mehr, als wir verlangen können. Vielleicht wissen sie einen Rat. Aber bis dahin kann ich Euch nur raten, zu vertrauen. Auch wenn es schwerfällt.«

Alessandra rollte innerlich mit den Augen. Vertrauen. Worauf? Die Fee hatte leicht reden. Wenn ihr Vater starb, würde das Königreich um ihn trauern, sie aber würde daran zerbrechen, ebenso wie ihre Mutter. Und sie blickte einer ungewissen Zukunft entgegen, denn der Kronrat hätte sie bis dahin mit jemandem verheiratet, den diese Männer für würdig hielten.

Azura blieb noch eine Weile, ehe sie sich verabschiedete. Nachdem die Fee gegangen war, ließ Alessandra sich neben ihrer Mutter nieder und strich ihr über den Rücken. Die Königin sah fast noch kränker aus als der König. *Vielleicht sollte eine der Feen auch meiner Mutter mit Magie helfen*, dachte Alessandra.

Sie blieb, bis ihr die Augen zufielen, dann schleppte sie sich in ihr Zimmer, wo sie bereits von Lady Margret erwartet wurde. Diesmal musste sie sich nur abmessen lassen und die Gouvernante seufzte.

»Ihr seht müde aus, Hoheit«, murmelte sie, als sie die Zahlen auf einem Blatt notierte. »Und obwohl Ihr kaum abgenommen habt, kann ich nicht sagen, dass ich unglücklich darüber bin.«

»Dann werden wir die Kleider wohl etwas weiter machen lassen müssen«, meinte Alessandra gereizt und fuhr sich über das Gesicht. »Bitte sagt mir, dass das möglich ist.«

Lady Margret schmunzelte. »Ich denke, ein wenig schummeln können wir.«

»Gut. Ihr wisst noch, dass ich morgen ein wenig unpässlich sein werde?«

»Natürlich, ich werde Euch morgen beim Tanzunterricht furchtbar tadeln und Euch auf Euer Zimmer schicken«, erklärte die Gouvernante ernst.

»Muss ich denn wirklich noch üben? Ich mache doch keine Fortschritte mehr …«

»Prinzessin«, sagte Lady Margret mit einem gequälten Ausdruck in den Augen. »Seht es doch so, dass es Euch davon ablenkt, wie es um Euren Vater steht. Es wird der letzte Unterricht sein, übermorgen ist immerhin schon der Ball.«

»Ja«, schnaubte Alessandra und musste an die Porträts der Prinzen denken, die sich angekündigt hatten. Sie würden für ihren Aufenthalt in Estrella einquartiert werden und man hatte ihr vorab die Bilder jener Prinzen gezeigt, die zugesagt hatten. Jeder der Männer, die gemalt worden waren, wirkte schön anzusehen, aber hochnäsig. Keiner von ihnen reizte sie. Besonders, wenn sie an diese grünlichbraunen Augen dachte und das dazugehörige schiefe Lächeln.

Ob Nathaniel tanzen konnte?

»Ihr hört mir ja gar nicht zu, Hoheit«, seufzte Lady Margret. »Wo seid Ihr nur wieder mit Euren Gedanken?«

»Vergebt mir, es war ein langer Tag«, erwiderte Alessandra geknickt.

»Natürlich. Ich habe Euch gerade erklärt, wie der Ball ablaufen wird, aber wir können morgen noch einmal darüber sprechen. Vielleicht solltet Ihr jetzt ruhen?«

Alessandra nickte. »Ja, ich sollte mich ausruhen. Damit ich Rupert mit genug Kraft auf die Zehen steigen kann.«

Die Gouvernante räusperte sich, aber Alessandra war sich sicher, dass sie ein Kichern unterdrückte. »Ihr solltet dem armen Jungen dankbar sein. Er gibt sich Mühe.«

»Bestimmt«, brummte Alessandra. »Ich wünsche Euch eine angenehme Nacht, Lady Margret.«

Die Gouvernante verneigte sich und verließ das Zimmer.

Seufzend ließ sich Alessandra auf ihr Bett sinken. Erst jetzt dachte sie darüber nach, dass sie Nathaniel gebeten hatte, sie zu Darbur zu begleiten. Der Drache mochte keine fremden Menschen. Es hatte lange gedauert, bis er sie akzeptiert hatte, obwohl er ihr nach ihrem ersten Treffen dankbar gewesen war, da sie ihn gerettet hatte.

Wieso hatte sie ihn eingeladen? Sie kannte ihn doch kaum. Aber wenn sie an ihn dachte, wurden ihre Knie weich und in ihrem Bauch flogen Hunderte Schmetterlinge wild umher.

Sie schüttelte den Kopf. In Wahrheit hatte sie keine Zeit für derartig absurde Tagträume. Und doch sah sie Nathaniel, wenn sie die Augen schloss.

Azura hatte gemeint, sie müsse Vertrauen haben, denn es würde sich alles zum Guten wenden. Vielleicht hatte sie ihn deswegen gebeten, sie zu begleiten. Weil er irgendetwas mit ihrer Zukunft zu tun hatte. Aber vielleicht waren das auch wieder nur Tagträume.

Wie dem auch sein mochte, sie freute sich auf die kurze Verschnaufpause und darauf, Nathaniel an ihrer Seite zu haben.

8 Nathaniel

Seine Arme fielen ihm fast ab, als er seiner Stiefmutter das Tablett auf den Tisch stellte und die Wäsche aufsammelte. Er hatte kaum geschlafen. Obwohl Rosalinda ihm tatsächlich geholfen hatte, war er erst im Morgengrauen in die Küche gekommen und wie ein Stein auf den Strohsack gefallen. Pandora selbst hatte ihn vor wenigen Augenblicken aufgescheucht, ihn wüst beschimpft und angetrieben, seinen Pflichten nachzukommen.

Wie sollte er nach so einer Nacht seine Arbeit im Stall erledigen? Oder die Prinzessin begleiten? Er wollte es sich nicht eingestehen, aber bereits bei dem Gedanken daran schlug sein Herz vor Aufregung schneller. Doch was, wenn er einschlief und vom Pferd fiel? Oder schlimmer, wenn er sich gar nicht bis zu ihrem Treffen wach halten konnte und sie seinetwegen nicht in den Wald kam?

»Träumst du schon mit offenen Augen?«, fauchte Pandora, während sie sich die Haare hochsteckte.

Graue Strähnen durchzogen ihr einst schwarzes Haar. Egal, wie viele magische Mittel sie verwendet hatte, die Farbe wollte nicht wiederkehren. Nathaniel vermied es, ihr ins Gesicht zu sehen, das sich nach der Nacht trotz der magischen Cremes, die sie verwendete, um jung auszusehen, noch nicht wieder verwandelt hatte. Auch magische Gesichtscreme konnte nicht sofort Wunder vollbringen.

»Verzeihung, ich bin ein wenig gerädert«, knurrte er.

Seine Stiefmutter fuhr zu ihm herum. »Von was denn? Das Zimmer ist eine Katastrophe! Wenn der neue Mieter sich weigert, dort einzuziehen, wirst du für den Schaden aufkommen!«

Das Zimmer war keine Katastrophe. Rosalinda hatte es wunderschön eingerichtet und gesäubert. Aber es war sinnlos, mit Pandora zu streiten.

»Wir brauchen das Geld für die Ballkleider. Es soll ein unglaubliches Fest werden und wir dürfen dem Adel in nichts nachstehen.«

»Frag sie, ob du mitgehen darfst«, flüsterte Rosalinda. Der Feerich stand in seinem rosaroten Traum von einem Glitzerkleid an der Tür und lehnte sich etwas zu lässig an den Rahmen.

Nathaniel schüttelte heftig den Kopf.

»Hast du Alkohol getrunken oder warum verhältst du dich so merkwürdig?«, schnaubte Pandora.

»Oh, ich … Also, der Ball … Denkst du, ich … könnte vielleicht mitgehen?«

Seine Stiefmutter musterte ihn mit zusammengezogenen Augenbrauen, dann brach sie in Gelächter aus. »Du? Als was? Unser Hausdiener? Selbst dafür taugst du nichts. Du bist nicht eingeladen.«

»Das ist so nicht richtig«, widersprach Nathaniel. »In jeder Einladung steht, dass alle Bewohner des Hauses kommen dürfen. Das würde mich mit einschließen, zumal es mein Haus ist.«

»Werde nicht frech, undankbarer Junge«, zischte Pandora. »Ich habe dich aufgenommen, als dein Vater starb, sonst wärst du im Waisenhaus gelandet. Und abgesehen davon habe ich zwei eigene Töchter, die es zu versorgen gilt.«

Sie hatte sich erhoben und starrte Nathaniel mit so zornigen Augen an, dass er meinte, eine dunkle Fee in ihr zu erkennen. Aber plötzlich veränderte sich ihre Miene und er wusste, dass ihr etwas eingefallen war, mit dem sie ihn quälen konnte.

»Aber wenn du unbedingt mitwillst«, begann sie mit seidenweicher Stimme, »will ich deinem Glück nicht im Weg stehen. Allerdings musst du zuerst alle Aufgaben erledigen, die ich dir stelle. Natürlich nachdem du von deiner Arbeit im königlichen Stall zurückkehrst. Und du musst selbst für Kleidung sorgen. Ich habe keine Mittel, dich auch noch auszustatten.«

»Einverstanden«, erklärte Nathaniel.

Pandora nickte mit einem zufriedenen Lächeln. »Du bekommst heute Abend die Liste. Bevor du nicht alle Aufgaben erfüllt hast, brauchst du mir nicht unter die Augen zu treten.« Sie setzte sich an den Tisch zurück. »Und jetzt geh, sonst kommst du noch zu spät und wirst nicht bezahlt.«

Nathaniel warf Rosalinda einen prüfenden Blick zu, als er den Raum verließ. Der Feerich hüpfte auf dem Weg zur Küche neben ihm her.

»Na, das war doch gar nicht so schwierig«, strahlte Rosalinda.

»Du denkst aber nicht, dass sie mir ein, zwei einfache Aufgaben gibt, oder? Sie wird mich vermutlich das Dach decken lassen.«

»Na, soll sie doch«, grinste der Feerich. »Du wirst jede Aufgabe meistern, ich verspreche es. Und morgen Abend gehst du mit deiner Prinzessin zum Ball und verdrehst ihr so richtig den Kopf.« Er hüpfte klatschend neben Nathaniel auf und ab, während dieser sich anzog. »Oh, das wird so gut, denn nach heute Nachmittag wird sie dir sowieso verfallen sein.«

Nathaniel schnaubte und stopfte sich eines der süßen Gebäckstücke von Rosalinda in den Mund. »Los jetzt, sonst komme ich zu spät«, murmelte er, nahm noch zwei Gebäckstücke für den Weg mit und lief über die gepflasterten Straßen zum Schloss.

Er wurde wieder für das Ausmisten eingeteilt, was er mittlerweile fast als angenehm empfand. So merkte keiner, wie er gedanklich schon bei der Prinzessin war und vermutlich etwas verwirrt seiner Arbeit nachging.

Beim Mittagessen beobachtete er, wie Rosalinda wieder mit seinem Zauberstab über den Köpfen der Wachleute und anderen Arbeiter Glitzerstaub verteilte. Dabei vergaß er fast, sich eine zweite Portion zu holen. Drake erinnerte ihn daran und Nathaniel war zum ersten Mal richtig dankbar darüber, ihm gegenüberzusitzen.

Er kehrte in den Stall zurück und begann mit flauem Gefühl im Magen, die Stute der Prinzessin und ein zweites Pferd zu satteln. Immer wieder sah er sich um, ob ihn jemand beachtete. Erst da bemerkte er, dass er sich allein im Stall befand. So wie am Vortag. Das war ungewöhnlich, denn bei der Größe des Gestüts befanden sich immer mehrere Stallburschen hier. Aber seit dem Mittagessen hatte er niemanden gesehen.

Ob Rosalinda daran beteiligt war? Immerhin hatte er in den letzten Tagen ziemlich viel Glitzer verteilt.

Nathaniel schüttelte den Kopf. Was auch immer es war, er konnte es sich nicht leisten, Zeit zu verschwenden. Er musste die Pferde fertig machen und zum Treffpunkt kommen, ohne aufgehalten zu werden.

Als er die Tiere an den Zügeln nahm und hinausführte, erwartete er, jeden Moment angesprochen zu werden. Niemand hatte ihm einen Auftrag erteilt, zwei Pferde vorzubereiten. Doch obwohl er an einigen Leuten vorbeiging, schien ihn niemand zu beachten. Als wäre er gar nicht da.

Nathaniel hielt Ausschau nach der rosaroten Wolke von Fee, aber er konnte Rosalinda nicht entdecken.

Je näher er der Mauer kam, umso zittriger wurden seine Beine. Was, wenn er die Prinzessin verpasst hatte? Oder wenn doch noch jemand misstrauisch wurde und ihn festnehmen ließ? Er wäre dann ein Pferdedieb!

Aber niemand rief nach ihm, auch nicht, als er direkt neben dem Tor nach draußen stehen blieb und wartete. Ein Geräusch ließ ihn allerdings stutzig werden und er blickte nach oben in einen der Bäume. Dort lag Rosalinda auf einem Ast und schnarchte lauter als ein betrunkener Kartenspieler.

Nathaniel grinste und wollte gerade nach dem Feerich rufen, da wurde er an der Schulter angestupst. Ertappt riss er den Kopf herum und verlor sich in den bernsteinfarbenen Augen der Prinzessin. Sie lächelte und sein Herz machte einen Sprung. Alessandra trug wieder ihre schlichte, abgetragene Reitkleidung und ihr Haar war erneut zu einem seitlichen Zopf geflochten. In dieser Aufmachung gefiel sie ihm besser als in den Kleidern, die er an ihr gesehen hatte.

»Wollen wir? Wir haben nicht viel Zeit«, sagte sie und nahm ihm die Zügel ihrer Stute ab.

»Natürlich, Hoheit«, meinte er und wollte ihr in den Sattel helfen, doch sie lachte nur.

»Das kann ich selbst, aber danke«, schmunzelte sie, stieg mit einem Fuß in den Steigbügel und schwang sich elegant auf den Rücken ihres Tieres. In der Hand hielt sie einen Beutel, den sie in eine der Satteltaschen stopfte, bevor sie sich über ihr Pferd beugte und beruhigend auf es einsprach.

Nathaniel war sich nicht sicher, ob er auch nur im Entferntesten so gut würde aufsteigen können. Er war noch nie auf so einem großen Pferd geritten. Als er ein Junge war, hatte sein Vater Pferde besessen und Nathaniel hatte auf einem Pony reiten gelernt. Aber nachdem Pandora in ihr Leben getreten war, hatte sein Vater alle Tiere verkauft.

Da er sich keine Blöße geben wollte, wartete er, bis sie ein Stück entfernt war, und hievte sich dann mit aller verbliebenen Kraft in den Sattel. Die Arbeit der letzten Tage und Nächte machte sich eindeutig bemerkbar.

»Wir können«, meinte er, als er seinen Atem wieder beruhigt hatte.

»Gut. Versuch, mich nicht zu verlieren«, schmunzelte sie und ließ ihr Pferd durch das Tor schreiten.

Kaum waren sie außer Sichtweite, beschleunigte sie das Tempo und führte sie beide sicher zwischen den Bäumen hindurch. Die

Pflanzen wirkten hier grüner, satter, fast so, als würde eine starke Magie sie nähren.

Nathaniel bewunderte, wie selbstsicher Alessandra im Sattel saß und ihr Pferd auch über unwegsame Pfade führte. Er selbst hatte Mühe, mitzuhalten, und es gelang ihm vermutlich nur, weil sein Tier der Stute folgte.

Alessandra wurde langsamer, ließ ihn aufschließen. »Ich muss dir noch etwas zu Darbur erzählen«, sagte sie und wirkte mit einem Mal angespannt. »Er mag Fremde nicht besonders.«

»Soll ich hier auf Euch warten?«, schlug Nathaniel vor.

Sie schüttelte den Kopf. »Nein, aber gib ihm Freiraum, wenn er ihn braucht. Er ist vermutlich noch ein Kleinkind unter den Drachen, obwohl er bereits sehr weise ist. Bleib auf jeden Fall hinter mir, sonst machst du ihm vielleicht Angst.«

Nathaniel musste sich ein Grinsen verkneifen. *Er* sollte einem Drachen Angst machen? Aber er wollte weder die Prinzessin noch die Bestie verärgern, also nickte er und hing seinen Gedanken nach. Etwa, welche Gemeinheiten sich Pandora ausgedacht hatte oder ob Alessandra ihn überhaupt ansehen würde, wenn er auf dem Ball erschien.

»Falls du Schwierigkeiten wegen des Ausritts bekommst, werde ich mit dem Stallmeister sprechen«, verkündete sie plötzlich. »Er ist einer der wenigen, die nicht auf den Kronrat hören.«

Sie klang bedrückt und Nathaniel fühlte, wie Wut in ihm aufstieg, die er sich nicht erklären konnte. Bevor er jedoch etwas sagen konnte, hielten sie. Ein Höhleneingang befand sich direkt vor ihnen und die Prinzessin stieg von ihrem Pferd und holte den Beutel aus der

Satteltasche, zog einen Pfirsich heraus und biss hinein, während Nathaniel absprang.

Donnernde Schritte näherten sich und Nathaniel musste sein Pferd festhalten, das unruhig zu tänzeln begann. Die Stute der Prinzessin graste indessen ruhig weiter. Scheinbar war sie den Drachen bereits gewohnt. Aber sein Tier riss an seinen Zügeln und wich panisch zurück. Bis Alessandra zu dem Pferd trat und eine Hand nach dem Kopf ausstreckte. Augenblicklich beruhigte sich das Tier und lehnte seine Stirn gegen die Handfläche der Prinzessin.

Nathaniel war so in den friedlichen Anblick der beiden vertieft, dass er gar nicht bemerkte, wie das Poltern aufhörte.

»Du hast hoffentlich mehr zu essen mitgebracht, wenn du nicht allein kommst«, ertönte plötzlich eine laute, tiefe Stimme hinter ihnen.

Nathaniel riss den Kopf herum und erstarrte. Nur zwei Armeslängen von ihm entfernt saß ein Drache auf seinen Hinterläufen und richtete sich auf. Er hatte schon Bilder von diesen Bestien gesehen, aber nicht erwartet, dass er tatsächlich einmal einem kleinen Exemplar gegenüberstehen würde. Die dunklen Augen des Drachen waren auf Nathaniel gerichtet und er öffnete sein Maul leicht, um seine spitzen Zähne zu entblößen.

Der Drache legte seinen Kopf schief, ohne den Blick von Nathaniel zu nehmen. »Stellst du mir den Jungen auch vor oder ist er mein Abendessen?«

Alessandra schnalzte mit der Zunge. »Hör auf, Darbur. Er ist unser Freund, du musst ihn nicht glauben lassen, dass Drachen Monster sind. Ich habe ihm nämlich gesagt, dass es nicht so ist.« Sie stellte sich vor Nathaniel und stemmte ihre Hände in die Hüften. »Außerdem hast du keinen Platz mehr für deine Pfirsiche, wenn du ihn isst, und die sind diesmal besonders süß.«

Die Augen des Drachen wurden groß. »Ein Name wäre trotzdem nett«, knurrte er.

»Er heißt Nathaniel und arbeitet in den Ställen. Und ich vertraue ihm.«

»Wie lange kennst du ihn schon?«, fragte der Drache und streckte seine Arme nach dem Sack in der Hand der Prinzessin aus.

»Seit zwei Tagen.«

Darbur schnaubte. »Großartig. Immerhin nicht erst seit gestern.«

»Ich kann es auch nicht erklären«, meinte Alessandra und warf Nathaniel einen verwirrten Blick zu. »Aber irgendetwas sagt mir, dass ich ihm vertrauen kann.«

Er musste etwas sagen. Etwas Geistreiches. »Das könnt Ihr auch, Prinzessin.« Am liebsten hätte er sich mit der Hand auf die Stirn geschlagen. Wie dämlich klang *das* denn?

Aber Alessandra lächelte. »Ja«, flüsterte sie.

Darbur räusperte sich. »Die Pfirsiche, Prinzessin? Vielleicht erkläre ich dir dann, warum du ihm vertraust.«

Alessandra wandte sich um. »Sag mir lieber, was du herausgefunden hast.«

9 Alessandra

Alessandra hielt Darbur den Beutel hin. Sie hatte es ernst gemeint. Sie vertraute Nathaniel, obwohl sie ihn erst so kurz kannte. Sie sah ihm noch einmal in die Augen. Selbst aus der Nähe war sie sich nicht sicher, ob sie braun oder grün waren. Alles in ihr wollte noch näher an ihn herangehen, ihre Hände an sein Gesicht legen und ihn zu sich herabziehen, um ihm noch tiefer in die Augen zu sehen und vielleicht … Nein, sie sollte nicht weiterdenken. Sie *sollte* nicht auf die Idee kommen, herausfinden zu wollen, wie sich seine Lippen anfühlten.

Rasch wandte sie sich wieder dem Drachen zu. Der entblößte seine spitzen Zähne, als er grinste und nach dem Sack schnappte. Er warf sich gleich drei Pfirsiche auf einmal in sein Maul und kaute genüsslich darauf herum.

»Du hast nicht zu viel versprochen, Prinzessin. Sie sind köstlich.«

»Das freut mich«, schmunzelte sie und verschränkte die Arme. »Also, konntest du etwas wegen meines Vaters in Erfahrung bringen?«

»Ja, Lodring hat geantwortet«, schmatzte der Drache und schob sich den nächsten Pfirsich in den Rachen. »Er sagte, es gibt einen alten Zauber, auf den die Beschreibung der Symptome passen könnte.«

Alessandra wartete, aber Darbur sprach nicht weiter. Sie tippte nervös mit den Fingern auf ihrem Arm herum. »Und hat er auch gesagt, wie man meinem Vater helfen kann?«, fragte sie schließlich.

»Ja, das hat er«, raunte Darbur. »Aber ich weiß nicht, ob du das hören willst.«

»Sprich, ich flehe dich an!«

Das war die letzte Hoffnung, die sie hatte. Wenn es tatsächlich ein Zauber war, so wie die Feen vermuteten, wenn man ihn lösen konnte … dann wäre alles wieder in Ordnung! Ihre Eltern würden gesund werden und sie müsste nicht irgendeinen Prinzen heiraten!

Sie merkte erst, dass sie ihre Fingernägel tief in ihre Arme gegraben hatte, als Nathaniel sie an der Schulter berührte und sie besorgt musterte. Selbst durch den Stoff ihrer Bluse konnte sie den Schmerz jetzt fühlen.

»Es ist so«, begann Darbur und ließ den halb vollen Sack Obst sinken. »Wenn es das ist, was Lodring vermutet, handelt es sich um einen Seelenvertrag-Zauber.«

»Das musst du mir erklären«, murmelte Alessandra. »Ich kenne mich mit Magie nicht so gut aus.«

»Nun«, räusperte sich der Drache und schien zu überlegen, wie er es ihr verständlich machen konnte. Er kratzte sich mit seinen langen

Nägeln auf der Nase. »Es gibt in Soleil Wunschfeen, wie du weißt. Sie kommen zu jenen, die es verdienen, und gewähren ihnen Wünsche.«

»Mir ist nicht klar, was das mit der Erkrankung meines Vaters zu tun hat.«

Darbur sah sie mitfühlend an. »Es gibt Herzenswünsche, die Feen nicht erfüllen können, Prinzessin«, raunte er und begann, an seinen Fingerspitzen zu knabbern. »Etwa, dass sich jemand in einen verliebt oder jemand von den Toten zurückkehrt, weil die Feen nur den Körper erwecken könnten … Oder wenn man sich ein Kind wünscht, aber keines bekommen kann.«

Alessandra hielt inne. Eine Kindheitserinnerung drängte sich ihr auf. Sie, auf dem Schoß ihrer Mutter, als sie fragte, ob ihr Vater traurig war, nur eine Tochter zu haben, denn die Diener redeten davon, dass ihre Eltern keine weiteren Kinder bekommen konnten. Sie schluckte.

»Dein Vater hat deswegen einen anderen Weg gesucht«, fuhr der Drache leise fort. »Und es scheint, er hat ihn gefunden.«

Seine Augen ruhten auf ihr und Alessandra fühlte, wie ihre Beine weich wurden. Ein Arm schlang sich um ihre Taille, als sie umknickte, und sie hob den Kopf, um in das ernste Gesicht von Nathaniel zu blicken. Er wirkte unsicher, ob er sie so berühren durfte, aber hätte er nicht den Arm um sie gelegt, wäre sie vermutlich neben ihm zusammengesunken.

Sie wandte sich von Nathaniel ab und sah den Drachen wieder an. »Er stirbt wegen … wegen mir?«, flüsterte sie und ein Brennen kroch ihren Hals hinauf. »Er stirbt, weil sie mich bekommen haben?«

»Nein, Prinzessin«, unterbrach Darbur sie schnell. »Er ist einen Vertrag eingegangen, um einen Herzenswunsch gewährt zu bekommen, den keine Fee erfüllen durfte. Und er konnte oder wollte den Preis, der jetzt fällig wurde, nicht bezahlen.«

Alessandra klammerte sich an Nathaniel fest, als ihr schwindelig wurde. Ihre Eltern hatten sich sie gewünscht? Und deswegen lag ihr Vater seit Tagen mehr tot als lebendig auf seinem Bett?

»Wie können wir ihn retten?«, hörte sie Nathaniel sagen und starrte ihn an. Seine Kiefer mahlten und sein Blick war grimmig. Er hatte mittlerweile auch den zweiten Arm um sie geschlungen, weil ihre Beine vollkommen unter ihr nachgegeben hatten.

»Lodring ist sich nicht sicher«, antwortete Darbur und schnaufte. »Er meint, man müsste den Zauberer finden, der diesen Vertrag geschlossen hat, und ihm etwas bieten, das er anstelle des eigentlichen Preises will. Beides nicht gerade einfache Aufgaben. Denn besonders dunkle Zauberer lassen sich ungern finden und wenn der König bereits nicht in der Lage war, den Preis zu bezahlen, ist es noch unwahrscheinlicher, dass die andere Forderung niedriger ausfällt und leichter zu erfüllen ist. Ihr müsst wissen: Ist ein solcher Seelenvertrag einmal geschlossen, kann der Zauberer ihn nicht auflösen, ohne eine Gegenleistung einzufordern. Das ist ein altes Gesetz der Magie, also hilft es auch nicht, wenn wir ihn verzweifelt bitten würden, die Schuld zu erlassen. Außerdem bezweifle ich, dass ein dunkler Zauberer ein Herz besitzt und darauf eingeht.«

»Aber wie könnte man den Zauberer finden?«, hakte Nathaniel nach. »Das musst du doch wissen, oder?«

Der Drache fauchte leise. »Ich bin noch sehr jung, mein Freund«, murmelte er. »Aber ich werde versuchen, alles in Erfahrung zu bringen.«

»Darbur, wir haben nicht mehr viel Zeit«, sagte Alessandra mit zitternder Stimme. »Morgen ist der erste Ball! Ich werde also nicht mehr so frei herkommen können und nach dem dritten Ball wollen sie mich vermählen. Falls mein Vater überhaupt so lange durchhält!«

»Ich versuche, alles in meiner Macht Stehende zu tun, Prinzessin«, versprach Darbur. »Ich werde nochmals alle Drachen um Hilfe bitten. Aber du musst noch einmal kommen, denn ich kann nicht einfach ins Schloss spazieren. Gib mir bis zum Tag des dritten Balls Zeit. Das sind drei Tage. Vielleicht weiß ich dann, wie wir deinem Vater helfen können.«

Sie zitterte, legte ihre Hände auf Nathaniels Arme und hielt sich an ihm fest. »Was, wenn er nicht so lange durchhält?«

Darbur kratzte sich wieder am Kopf. »Warte einen Moment«, meinte er und stapfte in die Höhle.

Alessandra schloss die Augen, als sich wieder alles zu drehen begann. Ihr Atem ging zittrig und sie sank mit Nathaniel zu Boden. Er hielt sie fest und sie lehnte sich an ihn.

»Prinzessin«, flüsterte er. Sie drehte ihren Kopf und sah ihn erschöpft an. »Ich weiß, es sieht nicht so aus, aber es wird alles gut werden. Ihr dürft die Hoffnung nicht aufgeben.«

Alessandra lächelte schwach. Seine Worte klangen so aufrichtig, dass sie gern daran geglaubt hätte.

»Hier«, rief Darbur, als er aus der Höhle zurückkehrte. »Das sollte ihm etwas Zeit verschaffen.« Er hielt ihr eine Kette mit einem glutroten Stein daran vor die Nase. »Es ist alte Drachenmagie. Sie wird ihn mit Lebenskraft versorgen, aber ihre Macht ist begrenzt. Leg sie ihm an und sie wird ihn schützen.«

»Wie kann ich dir je dafür danken?«, fragte Alessandra ergriffen, als sie die Kette an sich nahm.

»Bring mir weiterhin alle paar Tage Pfirsiche und Äpfel und ertrage meinen Gesang, dann ist das für mich vollkommen ausreichend.«

Sie schmunzelte. »Ich danke dir.«

Der Drache nickte und sah Nathaniel an. »Ich verlasse mich darauf, dass du sie sicher ins Schloss zurückbringst.«

»Ich werde sie mit meinem Leben beschützen«, erwiderte er ernst.

»Das ist ein Drachenwald«, lachte Darbur. »Die einzige Gefahr hier sind Menschen. Aber ich weiß es zu schätzen, dass du dich um sie kümmerst.« Er wandte sich wieder an Alessandra. »Willst du jetzt wissen, warum du ihm vertraust?«

»Ich denke, das weiß ich bereits«, raunte sie.

In ihrem Bauch tanzten Tausende Schmetterlinge, als sie Nathaniel betrachtete. Seine markanten Wangen, das schiefe Grinsen, diese faszinierenden Augen … Sie hatte längst begriffen, dass sie mehr für ihn empfand, als sie sollte. Nur warum, das war ihr nicht klar. Sie kannte ihn doch kaum.

»Falls du es doch wissen willst, gib Bescheid«, meinte der Drache und nahm wieder einen Pfirsich aus dem Sack. »Drei Tage, Prinzessin. Ich werde versuchen, alle Antworten zu bekommen.«

»Ich danke dir, mein Freund«, sagte sie und neigte ihren Kopf. »Zumindest darf ich jetzt noch hoffen.«

»Wenn es eine Möglichkeit gibt, werden wir sie finden«, versprach Darbur. »Wir sehen uns in drei Tagen.«

Diesmal nahm Alessandra die Hilfe von Nathaniel an, als sie auf Crysanthen aufsaß. Sie zitterte immer noch und obwohl sie eine erfahrene Reiterin war, wusste sie nicht, ob sie allein in den Sattel gekommen wäre.

Sie ließ den Kopf sinken, als ihre Stute langsam durch den Wald trabte.

»Ihr freut Euch nicht auf den Ball, oder?«, fragte Nathaniel in die Stille, die sich über sie beide gelegt hatte.

Alessandra war froh, dass er sprach und sie abzulenken versuchte. »Würdest du dich freuen, wenn du von lauter Fremden angestarrt wirst, denen du nicht gut genug bist, und am Ende einen davon heiraten musst, weil jemand anderes das so für dich bestimmt hat?«, stellte sie die Gegenfrage.

»Vermutlich nicht«, überlegte er laut. »Müsst Ihr denn heiraten?«

Sie meinte, etwas aus seiner Stimme herauszuhören. Bedauern vielleicht, oder Mitleid. Schwerfällig nickte sie. »So mein Vater nicht aufwacht und dem Kronrat Einhalt gebietet, wird man mir einen Ehemann aussuchen, der neuer König über Soleil werden soll. Diesen Männern ist es vollkommen gleichgültig, dass ich durchaus in der Lage wäre, zu regieren, ungeachtet dessen, welche Zugeständnisse ich ihnen bereits gemacht habe.« Sie seufzte und sah ihn an. »Wirst du auf dem Ball sein?«

Alessandra hoffte, dass es nicht so verzweifelt klang, wie sie sich fühlte. Aber sie wollte wirklich, dass er dort war, und wenn es nur dazu diente, sich nicht so einsam und ungenügend zu fühlen.

Doch Nathaniel schüttelte den Kopf. »Meine Familie hat eine Einladung, aber … Ich denke nicht, dass meine Stiefmutter mich mitnehmen würde. Sie meinte zwar, ich dürfe mitkommen, wenn ich alle ihre Aufgaben erledigt habe, aber selbst wenn ich das schaffen sollte, würde sie einen Grund finden, mich zurückzulassen.«

»Das ist schade«, murmelte sie und räusperte sich, als ihr bewusst wurde, dass sie die Worte laut ausgesprochen hatte. »Ich meine, es ist ungerecht für dich.«

»Ich mache mir an sich nichts aus solchen Festen«, erklärte er schulterzuckend.

Alessandra fühlte einen Stich in ihrem Herzen und die Schmetterlinge, die gerade noch getanzt hatten, fielen wie Steine zu Boden. Vielleicht hatte sie sich getäuscht, aber sie hatte gehofft, dass er ihretwegen gern gekommen wäre. Sie stieß den Atem hörbar aus und wandte ihren Blick von ihm ab. »Kann ich verstehen. Ich würde auch nicht hingehen, wenn ich nicht müsste.«

Von da an schwiegen sie, bis sie die Mauer erreichten. Nathaniel half ihr vom Pferd und sie standen sich einen kurzen Moment gegenüber. Alessandra wollte das peinliche Schweigen schon beenden, da holte er tief Luft. »Soll ich Euch in drei Tagen wieder begleiten?«

Sie lächelte. Sie wusste nicht, wieso, aber sie lächelte und die dummen Schmetterlinge in ihrem Bauch tanzten wieder. »Das würde mich sehr freuen«, erwiderte sie.

Sein Mundwinkel wanderte nach oben und das Flattern in ihrem Bauch nahm zu. Da war es, das schiefe Schmunzeln, das sie so an ihm mochte.

»Wieder nach der Mittagspause?«

»Ja, an dem Tor zum Wald. Ich hoffe nur, ich schaffe es, den Prinzen zu entfliehen.«

Sie rollte mit den Augen. Ab dem ersten Ball würde sie vermutlich ständig von den Männern umgeben sein, die sie heiraten wollten. Die Vorstellung gefiel ihr nicht.

»Ich muss jetzt leider gehen«, meinte sie und machte doch keine Anstalten, sich zu bewegen.

Fast hätte sie all ihren Mut zusammengenommen und wäre auf ihn zugegangen, da ertönten Rufe aus dem Schlosshof. Sie erkannte Lady Margrets Stimme darunter und unterdrückte einen Fluch.

»Sag ihr, sie soll sich keine Sorgen machen«, hörte sie eine Männerstimme über sich und blickte auf.

Eine Fee in rosarotem Kleid mit ebenso rosafarbenem Haar saß auf einem Ast. Aber etwas war merkwürdig an dieser Fee.

»Was ist das?«, flüsterte sie und die Fee riss die Augen auf, verlor das Gleichgewicht und fiel wie ein Stein zu Boden.

Alessandra starrte von der Fee zu Nathaniel, der zu lachen begonnen hatte. »Du siehst sie?«, fragte die Prinzessin.

Er nickte und hielt sich den Bauch. »Ja, leider höre ich ihn auch gut.«

»Ihn?«

Die Fee rappelte sich hoch und richtete ihr Kleid. »Liebe Güte, erschreck mich nicht so«, murmelte sie, strich sich durch die Haare und setzte ein übertriebenes Lächeln auf. »Aber ich hatte ja bereits vermutet, dass du mich sehen kannst.«

»Deine Stimme«, raunte Alessandra und legte den Kopf schief. Hatte diese Fee wirklich einen Bartschatten im Gesicht?

»Ich bin Rosalinda, Nathaniels gute Fee«, erklärte die Wunschfee und streckte ihre Hand aus.

»Und außerdem ist *sie* ein Mann«, prustete Nathaniel.

»Das erklärt die Stimme«, grinste Alessandra.

»Wie auch immer«, winkte der Feerich ab. »Da du mich hörst, kann ich es dir selbst sagen. Also: Ich lenke sie ab, du schleichst dich ins Schloss. Nathaniel bringt die Pferde inzwischen zurück und niemand merkt, dass jemals jemand im Wald war.«

»Das kannst du?«, fragte Alessandra ungläubig.

»Ich habe euch auch geholfen, von hier wegzukommen«, meinte Rosalinda, schob seine Lippen zu einem Schmollmund nach vorn und stemmte seine Hände in die Hüften. »Etwas mehr Vertrauen, bitte.« Er schlug mit seinen Flügeln und erhob sich in die Lüfte. »Also, ich zaubere und ihr verabschiedet euch und haltet euch an den Plan. Viel Glück.«

Damit flog der Feerich über die Mauer und Alessandra hörte, wie seine Flügel klingelten. Sie schüttelte belustigt den Kopf. »Kann er das wirklich?«, wollte sie von Nathaniel wissen.

»Immerhin hat er uns wohl wirklich geholfen. Also ja.«

»Und was ist dein Herzenswunsch?«

Er schluckte und wandte den Blick ab.

Alessandra räusperte sich. »Entschuldige, das geht mich nichts an«, ruderte sie zurück und wünschte sich, einen Fächer zu haben, um ihr Gesicht dahinter zu verbergen. Was für eine dumme Frage! »Wir sehen uns spätestens in drei Tagen.«

Er verneigte sich. »Ich werde hier sein.«

»Auf Wiedersehen, Nathaniel.«

Sie wartete nicht, bis er etwas sagen konnte, sondern lief durch das Tor. Gardisten eilten umher, Lady Margret scheuchte einige Dienstboten herum. Aber keiner schien sie zu beachten. Auch nicht, als sie mitten zwischen ihnen hindurchlief. Offenbar hatte der Feerich nicht zu viel versprochen.

Als sie in ihrem Zimmer ankam, zog sie sich hastig um und schlenderte dann durch das Schloss. Bis einer der Bediensteten sie fand.

»Hier ist die Prinzessin!«, rief er und in wenigen Augenblicken war sie umringt von Dienern und Lady Margret.

Die Gouvernante warf ihr einen neugierigen Blick zu, bevor sich ihre Miene verfinsterte. »Wo wart Ihr?«, fauchte sie.

»In meinem Zimmer«, erwiderte Alessandra unschuldig.

»Wir müssen die Kleider ein letztes Mal anprobieren und Ihr hättet schon längst im Salon eintreffen sollen!«

»Dahin wollte ich gerade gehen«, meinte die Prinzessin. »Aber leider komme ich nicht durch.«

»Macht Platz für die Prinzessin«, schnaubte Lady Margret und die Diener lösten den Kreis auf, den sie um Alessandra geschlossen hatten.

»Danke«, nickte sie ihnen zu und schritt erhobenen Hauptes an ihnen vorbei.

Sie tobte innerlich, denn eigentlich wollte sie unbedingt mit ihrer Mutter sprechen. Aber das musste warten, bis die Anprobe vorbei war. Und dann hatte sie einiges mit ihr zu klären.

10 Nathaniel

Nachdem er die Pferde versorgt hatte, staunte Nathaniel nicht schlecht, dass seine Arbeit nicht liegen geblieben war. Hatte Rosalinda ihm etwa auch dabei geholfen?

Er hielt nach dem Feerich Ausschau, aber auch als sich der Lärm im Hof gelegt hatte, kehrte er nicht zu Nathaniel zurück. Erst nachdem die Glocke zum Ende der Arbeit läutete, fand Nathaniel den Feerich schnaufend an der Wand neben dem Haupttor zum Schlosshof lehnend.

»Langer Tag?«, grinste er.

Rosalinda stieß den Atem aus. »Du hast keine Vorstellung, wie viel Kraft mich diese Aktion gekostet hat.«

Nathaniel fühlte sich schuldig. Er steckte seine Hände in die Hosentaschen und holte tief Luft. »Danke«, presste er hervor.

Ein Lächeln stahl sich auf Rosalindas Gesicht. »Dafür sind wir Feen da.« Er rappelte sich auf und hakte sich bei ihm unter. »Wie war denn dein Ausflug mit der Prinzessin? Schon geküsst?«

»Spinnst du?«, knurrte Nathaniel. »Sie ist die Prinzessin und ich ein Stallbursche oder Sklave, je nachdem, welche Tageszeit wir haben. Welches Recht habe ich, sie zu küssen?«

»Denkst du, es ist für sie wichtig, was du bist?«, zwinkerte Rosalinda. »Sie mag dich, das weißt du, oder?«

»Ich glaube, du hast zu viel Glitzer eingeatmet«, murmelte Nathaniel und schwieg dann, weil Drake zu ihm gelaufen kam.

»Wollen wir in einen Gasthof gehen? Wir haben heute kaum gesprochen. Die Prinzessin scheint schon wieder ausgebüxt zu sein«, begann sein Freund, während sie aus dem Tor in Richtung Stadt traten.

»Ich kann nicht. Ich muss zu Hause arbeiten«, erwiderte Nathaniel und versuchte, so normal wie möglich zu gehen. Was schwierig war, da ein Feerich mit ausladendem rosaroten Kleid an seinem Arm hing und sich nicht abschütteln ließ.

»Also, diese Prinzessin ist schon ausgesprochen wild«, grinste Drake und stopfte sich Kautabak in den Mund. »Soll ja angeblich sehr hübsch sein.« Er spuckte aus. »Natürlich ist meine Schwester auch hübsch! Nur falls du daran zweifelst.«

Nathaniel rollte mit den Augen. »Hör mal, Drake, ich mag dich, aber ich kann mir im Moment wirklich nicht vorstellen, mit deiner Schwester auszugehen«, erklärte er und fügte gedanklich hinzu: *Erst recht nicht, seitdem ich mit Alessandra gesprochen habe.*

Drake zuckte mit den Schultern. »Schade. Ihr wärt ein schönes Paar.« Er verabschiedete sich von Nathaniel, als er andere Bekannte auf der Straße traf und ihnen den neusten Hofklatsch berichten musste. Drake schien es zu gefallen, mit Leuten zu sprechen.

»Vielleicht wären seine Schwester und du ein schönes Paar, aber nicht so schön wie die Prinzessin und du«, trällerte Rosalinda.

»Es gibt kein Reich in dieser Welt, in dem eine Prinzessin etwas für einen Stallburschen empfinden könnte«, brummte Nathaniel leise.

»Oje, du weißt wohl nicht viel von der Welt«, kicherte der Feerich. »Und außerdem bist du wohl blind. Na, du wirst schon sehen. Fürs Erste müssen wir die Aufgaben deiner Stiefmutter erfüllen, damit du auf den Ball kommst. Ansonsten wird es schwer mit dem Herzenswunsch.«

Nathaniel blieb wie angewurzelt stehen. »Sag mal ... wenn eine Fee einen Herzenswunsch nicht erfüllen kann ... an wen wendet man sich dann?«

»Untersteh dich«, zischte Rosalinda. »Wir erfüllen deinen Herzenswunsch. Kein Grund, deine Seele zu verkaufen. Denn das ist es, was du tun müsstest. Das weißt du, oder?«

»Ich frage wegen ...« Nathaniel sah sich um, beugte sich näher an den Feerich und flüsterte, so leise er konnte: »Wegen des Königs.«

»Wieso?«, fragte Rosalinda, bevor er seine Augen aufriss und sich gegen die Stirn schlug. »Deswegen ist er krank! Natürlich! Wie habt ihr das herausgefunden?«

»Ein Drache hat es uns geflüstert.«

»Ich meine es ernst. Hör auf, lustig sein zu wollen.«

»Ich meine es auch ernst. Die Prinzessin ist mit einem Drachen befreundet und er hat es herausgefunden.«

»Erstaunliches Mädchen«, schmunzelte der Feerich.

»Ja«, stimmte Nathaniel zu und grinste. »Aber um auf meine Frage zurückzukommen ...«

»Oh, also, wie du weißt, gibt es für Wünsche Einschränkungen. Zumindest für uns Feen. Wenn man aber einen so starken Herzenswunsch hat, dass man bereit ist, jedes Risiko dafür einzugehen, könnte man sich an einen dunklen Zauberer wenden.« Rosalinda tippte sich mit der Spitze seines Zauberstabs gegen die Wange und rosa Glitzer blieb daran haften. »Lass mal sehen. Wenn ich mich nicht irre, gibt es höchstens fünf Zauberer, die dazu fähig wären, einen Herzenswunsch zu erfüllen, den keine Fee erfüllen kann. Und ich würde lieber keinen davon zum Feind haben.«

»Was ist denn für gewöhnlich der Preis, den man für so etwas zu zahlen hat?«

»Das kommt auf die Magie an, die nötig ist, um den Wunsch zu erfüllen. Mächtige Magie hat immer einen Preis. Herzenswünsche, die Feen wahr werden lassen, schenken uns die Magie, die wir dafür aufwenden. Aber etwas noch Größeres … Was hat er sich denn gewünscht?«

»Ich denke, er hat sich ein Kind gewünscht.«

Rosalinda keuchte. »Die Prinzessin? Liebe Güte …«

Nathaniel setzte sich wieder in Bewegung, weil die Leute auf der Straße ihn bereits komisch anstarrten. Er zupfte Rosalinda am Ärmel und der Feerich hastete neben ihm her, während er angestrengt nachzudenken schien.

»Also, wenn er sich ein Kind gewünscht hat, vermute ich, war der Preis sehr hoch. Ein Leben vielleicht, oder ein magisches Artefakt, falls er eines besaß. Vielleicht seine Seele, wenn er stirbt, und der Zauberer wollte nicht mehr darauf warten.«

»Und was ist der Preis, wenn man den Vertrag brechen will?«

»Liebe Güte, Nathaniel. Mal abgesehen davon, dass ich nicht sicher bin, ob man einen solchen Vertrag auflösen kann … Zwei Seelen? Zwei Leben? Es kommt darauf an, was der Zauberer begehrt und wie sehr er es will. Denn um solch mächtige Magie aufzubringen, zahlt auch er einen Preis und ist an den Vertrag genauso gebunden wie derjenige, der ihn eingehen wollte.«

»Wie finde ich das heraus?«

»Dazu wirst du mit dem Zauberer selbst sprechen müssen. Wenn du Glück hast, lässt er dich danach sogar am Leben.«

»Also außer dem Zauberer selbst weiß keiner den Preis, den er gefordert hat?«

»Na ja, der König sollte es wissen, denkst du nicht?«

Sie hatten sein Haus erreicht und diesmal trat Nathaniel schnell ein. Er wollte zum einen so rasch wie möglich mit der Arbeit beginnen, zum anderen hoffte er, noch mehr Informationen aus Rosalinda herauszubekommen.

Als er den Salon betrat, saßen Pandora und ihre Töchter nicht allein vor den Resten ihres Abendessens. Ein Mann, etwa in Nathaniels Alter, saß zwischen ihnen und wischte sich gerade den Mund ab.

»Du bist spät«, knurrte Pandora und warf ihre Serviette auf den Tisch. »Wir haben bereits gegessen, aber du hast dir deinen Anteil ohnehin noch nicht verdient.« Sie räusperte sich und schenkte dem Mann neben sich ein höfliches Lächeln. »Herzog Mayo, darf ich Euch meinen missratenen Stiefsohn vorstellen? Er steht Euch natürlich während Eures Aufenthalts zur Verfügung. Nathaniel, ich erwarte, dass du Seiner Durchlaucht jeden Wunsch von den Augen abliest. Er ist für die Zeit des Balls unser Untermieter und gehört einer ranghohen Familie aus dem Königreich Saphir an. Behandle ihn also mit Respekt.«

Herzog Mayo hob seine Nase noch ein Stück höher. Seine hellblonden Haare und der blasse Teint ließen ihn kränklich erscheinen. Andererseits kannte Nathaniel viele Adelige, die genauso blass waren. Es galt als nobel. Alessandra hingegen hatte einen leicht gebräunten Teint. Was wohl ihren Ausflügen in den Wald geschuldet war. Nathaniel konnte sich vorstellen, dass sie gern Zeit im Freien verbrachte und die Sonne genoss und nicht mied.

Pandora räusperte sich genervt und Nathaniel verneigte sich zähneknirschend. »Ich wünsche einen angenehmen Aufenthalt«, säuselte er gekünstelt.

Ihm war klar, dass der Herzog nicht so vornehm sein konnte, wenn er sich im Haus einer verarmten Kaufmannsfamilie einquartierte. Aber solange er zahlte und Nathaniel nicht auch noch sich selbst verkaufen musste, um die Kleider von Mia, Tia und Pandora zu finanzieren, sollte ihm das gleichgültig sein.

Seine Stiefmutter sah ihn an, als hätte sie seine Gedanken erraten, und streckte ihre Hand aus. »Dein Lohn, Junge. Der Schneider kommt morgen zur letzten Anprobe und da muss ich ihm sein Geld geben.«

Nathaniel hätte gern eine bissige Bemerkung von sich gegeben, aber er schluckte sie hinunter. Stattdessen überreichte er Pandora die Münze und blieb erwartungsvoll vor ihr stehen.

Sie hob eine Augenbraue, aber ein höhnisches Grinsen umspielte ihren Mund. »Du möchtest wissen, welche Aufgaben ich für dich gewählt habe, richtig?« Sie zog eine Schriftrolle aus ihrem Ärmel. »Hier. Du kannst dich gleich an die Arbeit machen. Aber denk daran, dass du unsere wohlverdiente Nachtruhe nicht störst, sonst ist unsere Vereinbarung nichtig. Verstanden?«

»Ja, Pandora.«

»Du darfst jetzt gehen, Nathaniel.«

Er verneigte sich und wollte schon hinausstürmen, als Mayo ihn zurückrief. »Ich erwarte morgen früh ein ausgiebiges Frühstück und dass meine Galauniform gestärkt und gesäubert bis zum Ball in meinem Zimmer auf mich wartet. Verstanden, Bursche?«

»Sehr wohl«, rang Nathaniel sich ab und ballte beim Hinausgehen die Fäuste.

Er hasste den Herzog jetzt schon. Aber zumindest hatte dieser aufgeblasene Pfau keine Chance, in die Nähe der Prinzessin zu gelangen, und vielleicht würde Pandora es irgendwie schaffen, dass er eine ihrer Töchter heiratete. Mia oder Tia war bestimmt angetan von diesem hochnäsigen Holzkopf.

Als er die Küche betrat, wartete Rosalinda mit dem Abendessen auf ihn. Kochen konnte der Feerich wirklich.

Nathaniel öffnete die Schriftrolle, während er sich einen Löffel nach dem anderen vom Eintopf in den Mund schob. Kauend las er die Aufgaben und hätte er nicht solchen Hunger gehabt, wäre ihm der Appetit vergangen.

»Und, was fordert sie?«, fragte Rosalinda und beugte sich zu ihm.

»Fensterläden streichen, Feuerstellen reinigen, sämtliche Bettwäsche waschen, Tafelsilber polieren, Saatgut sortieren.« Er schob den leeren Teller von sich und Rosalinda ließ ihn verschwinden. »Was bedeutet *Saatgut sortieren*?«

In dem Moment ging die Küchentür auf und Pandora kam mit drei prall gefüllten Beuteln herein. »Hier, das hätte ich fast vergessen, dir zu geben«, meinte sie kalt und warf sie Nathaniel zu. »Saatgut. Schon ein wenig älter, vermutlich sind also einige der Samen Blindgänger. Die musst du sortieren.«

»Wozu? Wir bestellen den kleinen Gemüsegarten schon lange nicht mehr«, stellte Nathaniel mit finsterem Blick fest.

»Ja, weil wir nicht sicher sein können, dass die Saat aufgeht!«, erwiderte seine Stiefmutter. »Also sortiere sie und dann können wir sie ausbringen.«

Sie lachte zufrieden, als sie wieder hinausging.

Rosalinda schüttelte den Kopf. »Was für ein giftiges Weib. Aber bald bist du sie los und sie wird schon sehen, was sie davon hat, wenn du erst König bist.«

»Du hast *definitiv* zu viel Glitzer eingeatmet«, seufzte Nathaniel. »Erstens wird der Kronrat niemals zustimmen, dass die Prinzessin mich heiratet ...«

»Aber der König«, warf der Feerich ein.

Nathaniel ignorierte es. »Und zweitens müsste ich dazu irgendwie auf den Ball kommen. Hast du die Liste gesehen? Das ist unmöglich, selbst wenn ich morgen nicht im Stall arbeiten würde.«

»Oh Schätzchen«, schmunzelte Rosalinda. »Ich kümmere mich um alles, abgesehen von den Fensterläden. Die solltest du jetzt schnell machen. Der Rest wird erledigt sein, wenn du morgen heimkommst.«

Nathaniel hob eine Augenbraue. »Ich darf dich an dein letztes Wäschedebakel erinnern? Ich will außerdem nicht wissen, wie es hier aussieht, wenn du die Feuerstellen reinigst!«

»Ich mache das doch nicht alles selbst, ich hole mir auch Hilfe.« Der Feerich streckte ihm die Hand entgegen. »Gib mir das Saatgut und ich zeige dir, was ich meine.«

Immer noch zweifelnd, reichte Nathaniel ihm die Beutel.

Rosalinda hob den Zauberstab, der zu leuchten begann, und flüsterte: »Zipp, zapp, zupp!«

Kaum waren die Worte verklungen, hörte Nathaniel winzige Füßchen und das Fiepen von Mäusen. Scharenweise kamen sie aus den Wänden und versammelten sich um Rosalinda, der ihnen die Beutel überreichte. Die Mäuse stellten sich auf zwei Beine, nahmen zu acht je eines der Säckchen und leerten es aus.

Nathaniel schlug sich mit der Hand an die Stirn. »Wie genau soll das helfen?«

»Etwas mehr Vertrauen, bitte!«, schimpfte der Feerich und deutete auf die Tiere, die sich um die getrockneten Erbsen und Bohnen scharten.

Fünf Mäuse hatten eine Schüssel gebracht, in die einige der Samen geworfen wurden, während sie andere zur Seite legten. Nathaniel betrachtete das Treiben interessiert.

»Sie sortieren tatsächlich«, murmelte er und begutachtete die weggelegten Erbsen.

Sie zerfielen in seinen Fingern. Damit wären sie nie aufgegangen, wenn man sie ausgebracht hätte.

»Und welche Tiere willst du für die Wäsche oder das Silber einsetzen? Und wer reinigt die Feuerstellen?«

»Das lass meine Sorge sein«, zwinkerte der Feerich. »Los, mach dich an die Fensterläden und dann schlaf. Ich kümmere mich um den Rest.«

Nathaniel nickte und holte Farbeimer und Schmirgelpapier. In Anbetracht dessen, dass Rosalinda ihn und Alessandra an diesem Nachmittag gerettet hatte, wollte er ihm vertrauen. Und Schlaf konnte er auch gut gebrauchen, falls er wirklich auf den Ball ging.

Denn plötzlich fühlte er sich mutig. Er wollte mit Alessandra tanzen, und wenn es nur für wenige Augenblicke war. Ob er überhaupt noch tanzen konnte? Er hatte es nicht mehr versucht, seit sein Vater Pandora geheiratet hatte. Danach waren seine Tanzstunden gestrichen worden.

Aber daran wollte er nicht denken. Es genügte ihm schon, wenn er Alessandra ansehen durfte. Außerdem gab es vielleicht Hoffnung für den König und damit vielleicht auch für seinen Herzenswunsch, den er sich endlich eingestand: mit der Prinzessin zusammen sein zu können.

11

Alessandra

Königin Vanya lag wieder einmal mit dem Oberkörper auf dem Bett ihres Gemahls, als Alessandra eintrat. Sie schlief, genau wie der König.

Die Fee Azura stand neben den beiden, ihre Stirn glänzte vor Schweiß und ihr Atem ging stoßweise. Es roch sauer in dem Zimmer und das schwache Licht der Kerzen tauchte alles in eine gespenstische Atmosphäre. Als wäre dies der Schauplatz eines schaurigen Romans. Oder ein Zeugnis des Ablebens des Königs. Sie konnte nur hoffen, dass sie nicht zu spät kam.

Alessandra war froh, dass Lady Margret sie begleitet hatte und jetzt stützte. Die Sorge um ihre Eltern, das Gespräch mit Darbur und nicht zuletzt ihre Tanzstunden und ihre strengen Essensvorgaben hatten sie viel Kraft gekostet. Sie schloss ihre Finger um den Drachenstein und betete gedanklich, dass er helfen würde.

Azura sah auf, als sie die beiden bemerkte, und wollte sich verneigen, aber Alessandra hob die Hand und die Fee nickte dankbar. »Hoheit«, raunte sie. »Ich habe alles getan, was ich konnte, aber …«

Alessandra hastete an das Bett und stieß erleichtert den Atem aus, als sie feststellte, dass ihr Vater noch lebte. Seine Haut war zwar grau und sein Gesicht noch eingefallener als am Vortag, aber sein Brustkorb hob und senkte sich.

»Es geht zu Ende mit ihm und ich kann es nicht mehr aufhalten«, flüsterte die Fee.

»Das wird ihm helfen«, erklärte Alessandra entschlossen und hob den Kopf ihres Vaters behutsam an, um ihm die Kette anzulegen.

Der Stein leuchtete auf und Stephans Gesicht entspannte sich augenblicklich, während sich eine rosige Farbe auf seiner Haut ausbreitete.

»Ein Drachenstein«, flüsterte die Fee und lachte dann. »Ihr erstaunt mich immer wieder, Prinzessin. Nicht genug, dass Ihr mit ihnen sprecht, sie schenken Euch auch so etwas Kostbares.«

Alessandra ließ sich auf den Stuhl neben der Königin sinken. »Können wir meine Mutter aufwecken? Ich muss mit ihr über das sprechen, was ich erfahren habe.«

»Sie ist schwach, Hoheit, aber wenn es notwendig ist«, meinte Azura und zog ihren Zauberstab heraus. Sie berührte den Hinterkopf der Königin mit dessen Spitze und diese schlug gähnend ihre Augen auf.

»Was ist geschehen?«, fragte sie und ihr Blick fiel erst auf ihren Gemahl, dann auf Alessandra. »Ich habe geträumt, er wäre gestorben …« Tränen traten in ihre Augen und sie wischte sie hastig weg. »Wie lange ist er schon nicht mehr aufgewacht?«

»Bald drei Tage, Hoheit«, erwiderte Lady Margret mit dünner Stimme. »Bitte, Ihr müsst uns kurz anhören. Die Prinzessin hat etwas Wichtiges herausgefunden.«

Vanya rieb sich die Augen und nickte. Sie richtete sich auf und ergriff Alessandras Hände. Ihre Miene war angespannt und Alessandra fragte sich, ob es an ihrer Erschöpfung lag, an der Sorge um ihren Gemahl oder welchen Grund es sonst haben mochte.

»Darbur meinte, Papa wäre wegen eines Seelenvertrags krank geworden.« Sie betrachtete das Gesicht ihrer Mutter, die ein seltsames Geräusch von sich gab, als würde sie innerlich schreien. Doch die Königin sagte nichts, also fuhr Alessandra fort. »Er meinte, Papa hatte einen Wunsch, den keine Fee erfüllen konnte.« Sie fühlte sich schuldig und schluckte die Tränen hinunter, die sich ihren Weg bahnen wollten. »Mama, bitte sag mir die Wahrheit. Hat Papa sich an einen dunklen Zauberer gewandt, weil ihr … weil ihr keine Kinder bekommen konntet?«

Vanyas Lippen bebten, als sie tief Luft holte und den Kopf schüttelte. »Es war nicht dein Vater, der so verzweifelt war«, flüsterte sie, während Tränen über ihre fahlen Wangen liefen. »Ich war es.«

Alessandra riss die Augen auf und die Königin schluchzte.

»Wenn ich das erklären dürfte«, meinte Azura und Vanya nickte. »Ich war die Wunschfee Eurer Mutter, Prinzessin. Und als sie Euren Vater traf, war es Liebe auf den ersten Blick. Euer Vater setzte sich durch und durfte Vanya heiraten, aber der Kronrat war stets gegen sie. Und als sie einige Jahre vermählt waren, jedoch kein Kind geboren wurde, gab es Bestrebungen, die Ehe aufzulösen.«

Die Königin schluchzte erneut und drückte die Hand ihrer Tochter.

»Stephan hätte es nie zugelassen, aber Eure Mutter wollte ihm das Kind schenken, das er sich so wünschte. Doch so sehr ich es wollte, ich konnte ihr nicht helfen. Aber jemand anderes kam und versprach, ihr den Wunsch zu erfüllen.«

»Er gab mir einen Zaubertrank und weissagte mir, wenn ich ihn trinken würde, würde ich bald ein Kind unter dem Herzen tragen«, raunte Vanya und fuhr sich über die Augen. »Als ich fragte, was er dafür wollte, hüllte er sich in Schweigen und meinte, er käme wieder, wenn die Zeit reif wäre. Ich war damals bereit, alles zu zahlen. Ich habe nicht nachgedacht und als du geboren warst, habe ich alles verdrängt, weil ich so unsagbar glücklich war, dich in meinen Armen halten zu dürfen.«

»Jahrelang hörte niemand etwas von dem Zauberer, bis er plötzlich vor Eurer Mutter stand«, berichtete die Fee weiter. »Und er nannte ihr den Preis.«

Die Königin nickte schwach. »Er wollte mein Herz«, flüsterte sie und ihre Stimme zitterte. »Er sagte, er hätte mir mehr Zeit gelassen, als ich verdient hätte, und nun wäre der Augenblick gekommen, an dem ich ihm gebe, was er braucht. Ich fühlte bereits seine eisigen Finger, die sich in meine Brust bohrten und mein Herz umklammerten, als dein Vater einschritt. Er stieß ihn weg und erklärte, er würde nicht zulassen, dass der Zauberer mein Herz bekäme, denn es gehöre bereits ihm. Der Zauberer lachte und meinte, dann würde er erst ihn seiner Lebenskraft berauben und sich anschließend holen, was er verdiente.«

»Erst geschah nichts«, fuhr Azura fort und legte Vanya eine Hand auf die Schulter. »Aber dann wurde der König krank. Egal, was wir versuchten, er wurde nicht gesund und bald schon bemerkte ich, dass es Magie war, die ihn schwächte.«

»Ihr wusstet es also die ganze Zeit«, presste Alessandra zwischen ihren Zähnen hervor. »Ihr wusstet es und habt kein Wort gesagt. Dass ich der Grund dafür bin, dass mein Vater …«

»*Ich* bin der Grund!«, schluchzte ihre Mutter. »Nicht du, mein Liebling. Aber ich habe mir dich so sehr gewünscht, dass ich die Augen vor den Konsequenzen verschlossen habe. Und weil dein Vater mich beschützen wollte, liegt er an meiner statt auf diesem Bett und kämpft um sein Leben.«

»Aber wieso hast du es mir nicht gesagt? Dann hätte ich Darbur gezielt danach fragen können. Er meinte, man kann einen solchen Vertrag brechen, wenn man den Zauberer findet und ihm etwas anbietet, das er will. Wir haben Zeit verloren!«

Sie fühlte Wut aufkommen. Ihre Mutter und Azura hatten bereits gewusst, was ihren Vater krank machte. Sie sprang auf und lief unruhig im Zimmer auf und ab.

»Es tut mir so leid«, raunte Vanya. »Ich habe mich so schuldig gefühlt. Ich wusste nicht, wie ich es ertragen sollte, wenn du mich dafür hasst, dass ich dein Leben zerstört habe.«

Alessandra hielt inne und starrte ihre Mutter an. Bevor sie etwas sagen konnte, ergriff Azura das Wort.

»Wir wussten nicht, dass es eine Möglichkeit gibt, den Vertrag zu brechen.«

»Selbst wenn«, hauchte die Königin. »Was könnte er als Tausch für das Leben deines Vaters nehmen? Ich habe ihn schon mehrfach gerufen, um ihm mein Herz zu geben. Stephan soll leben und du sollst glücklich sein. Aber er ist nicht zurückgekommen.« Sie schluchzte wieder.

Alessandra war zu zornig, um Mitgefühl aufbringen zu können. »Das heißt, du weißt auch nicht, wie man den Zauberer findet? Auch nicht seinen Namen?«

Ihre Mutter schüttelte den Kopf.

»Ich werde mich umhören«, schlug Azura vor. »Der König ist dank des Geschenks des Drachen für einige Zeit sicher. Ich werde die anderen Feen zusammenrufen und sie ausschwärmen lassen. Vielleicht weiß eine von ihnen, wofür der Zauberer ein Herz brauchen könnte. Dann wissen wir, was er als Tausch akzeptieren würde.«

Alessandra nickte. »Gut. Ich muss sofort in den Wald und Darbur informieren.«

Die Königin keuchte. »Es ist bereits Nacht, du kannst nicht …«

»Ich müsste nicht gehen, wenn ihr mich früher eingeweiht hättet!«, fauchte Alessandra und wandte sich an Lady Margret. »Bitte helft mir. Niemand darf mich sehen.«

»Natürlich, Prinzessin. Ich schleuse Euch hinaus, aber Ihr solltet zurückkommen, bevor die letzte Anprobe stattfindet.«

Alessandra verdrehte die Augen. Am Nachmittag hatte sie bereits eine Anprobe hinter sich gebracht, aber die Kleider mussten noch etwas weiter gemacht werden. Sie konnte nur hoffen, dass die Schneiderinnen es wirklich schafften.

»Ich beeile mich«, versprach sie und folgte Lady Margret durch die Gänge bis zur Küche.

Die Gouvernante scheuchte das Personal hinaus und Alessandra schlich sich hindurch, direkt bis zu den Ställen. Es war ihr gleichgültig, dass sie ein aufwendiges Kleid trug, das sie vollkommen verschmutzte. Sie sattelte ihr Pferd, schwang sich hinauf und ritt in halsbrecherischem Tempo durch den dunklen Wald.

Sie wusste, sie musste keine Angst haben, aber die Dunkelheit und die Geräusche ließen ihren Herzschlag trotzdem schneller werden. Alessandra atmete erleichtert durch, als sie die Höhle im Mondschein erkannte.

Ihr Pferd war noch nicht stehen geblieben, als sie schon absprang und auf den Eingang zustolperte. »Darbur!«, rief sie atemlos. »Darbur, bitte!«

Polternd kam der Drache heraus und betrachtete sie mit schief gelegtem Kopf. »So lange kann ich unmöglich geschlafen haben«, murmelte er.

»Es war nicht mein Vater«, keuchte Alessandra. »Es war meine Mutter! Sie hat den Vertrag abgeschlossen und der Zauberer wollte ihr Herz. Mein Vater hat ihn aufgehalten, als er es holen wollte. Sie hat es die ganze Zeit gewusst und geschwiegen. Ich könnte sie … Wir müssen den Zauberer finden!«

»Langsam, Prinzessin«, redete der Drache beruhigend auf sie ein. »Der Zauberer wollte das Herz deiner Mutter als Austausch für die Magie? Dann weiß ich vermutlich, wer er ist.«

»Großartig!«

»Aber ich weiß nicht, wo man ihn findet oder wie. Oder was man ihm anbieten könnte, denn das Herz will er, um seine Liebste zu erwecken. Er sucht schon sehr lange nach einer Möglichkeit, sie von ihrem Fluch zu erlösen.«

Alessandra sank zu Boden. »Meine Mutter hat ihn bereits gerufen, aber er kam nicht. Sie wollte ihm ihr Herz geben, damit mein Vater leben kann.« Sie schlang ihre Arme um sich. Das Kleid war nicht gerade dafür geeignet, mitten in der Nacht im Wald zu sitzen. »Was soll ich tun, Darbur?«

»Ich schicke Nachricht an alle Drachen. Wir finden den Zauberer und eine Möglichkeit, sowohl deinen Vater als auch deine Mutter zu retten.«

Er kam zu ihr und setzte sich neben sie. Alessandra lehnte ihren Kopf an die schuppige Schulter des Drachen. Darbur war ihr nie so nahe gekommen, aber er schien zu merken, dass sie jetzt nicht allein sein wollte.

»Es bleibt dabei, wir sehen uns in drei Tagen. Bis dahin werde ich kein Auge zutun! Hoffe ich.«

Sie schmunzelte. »Ich dachte, Drachen schlafen sowieso nicht.«

»Ich bin noch jung, ich brauche meinen Schlaf«, erwiderte Darbur und drückte sie an sich. »Lass die Wut los, Prinzessin. Deine Mutter leidet fürchterliche Qualen und sie hat einen Fehler gemacht, es dir nicht zu sagen. Aber sie tat es, weil sie dich liebt.«

»Ich weiß, aber ich bin so unglaublich zornig! Uns läuft die Zeit davon und sie hat geschwiegen!«

»Weil sie dachte, sie würde dich so schützen.« Er zeigte seine Zähne, was bei Drachen wohl einem Lächeln gleichkam. »Menschen machen Fehler. Oder erkennen einiges erst zu spät. Ich hoffe, du erkennst zur rechten Zeit, was dein Herz sich wünscht.«

Alessandra sah ihn verwirrt an und Darbur zuckte mit den Schultern. Sie hatte jetzt andere Sorgen als das, was ihr Herz sich vielleicht wünschte. Oder sich sicher wünschte. Denn das Erste, woran sie bei diesen Worten dachte, war Nathaniel.

»Ich muss zurück«, sagte sie entschlossen und löste sich von Darbur. »Falls du vor Ablauf der Zeit etwas herausfindest …«

»Werde ich ins Schloss kommen, selbst wenn das meinen Tod bedeutet.«

»Darbur …«

»Nicht viele Menschen wissen, dass Drachen keine Monster sind. Aber ich denke, die meisten würden mich ohnehin nicht erkennen. Ich weiß, dass ich ohne Flügel wie ein grünes Pferd aussehen würde. Ich muss also nur auf allen vieren gehen und seltsame Geräusche von mir geben.«

Sie lächelte und stieg auf ihre Stute. »Pass auf dich auf«, flüsterte sie.

»Und du auf dich«, erwiderte der Drache.

Sie ritt durch die Nacht, während sie darüber nachdachte, was Darbur gesagt hatte. Der Zauberer brauchte das Herz, um seine Geliebte zu erwecken. Das musste sie Azura mitteilen.

12 Nathaniel

Die ersten Sonnenstrahlen drangen durch die frisch gestrichenen Fensterläden, als Nathaniel die Lider aufschlug. Er rieb sich die Augen und sah sich um. Die Mäuse, die noch vor wenigen Stunden in der Küche emsig die Samen sortiert hatten, waren verschwunden. Stattdessen standen zwei prall gefüllte Schüsseln auf dem Tisch. Es war vollkommen still, von lautem Schnarchen abgesehen.

Nathaniel drehte seinen Kopf und blickte in das schlafende Gesicht von Rosalinda. Er stieß einen Schrei aus und der Feerich riss entsetzt die Augen auf.

»Was zur Hölle suchst du auf meinem Schlafsack?«, knurrte Nathaniel, als er aufsprang und sich durch die Haare fuhr.

»Ich war müde und am Tisch gingen die Mäuse noch ihrer Arbeit nach, also habe ich mich zu dir gelegt. Bin wohl eingeschlafen.« Rosalinda streckte sich, während er gähnte. »Aber dafür ist die

Arbeit so gut wie erledigt und den Rest machen wir heute, wenn deine Familie abgelenkt ist. Pandora wird übrigens nicht bemerken, dass wir fertig sind, bis du da bist. Ich habe sie mit einem Zauber belegt. Ein Glück, dass sie niemals für einen Herzenswunsch in Betracht kommen würde. Aber etwas an ihr ist seltsam.«

Nathaniel ging nicht auf die Bedenken des Feerichs ein. »Ich weiß nicht, was ich sagen soll …«, murmelte er und fuhr sich durch die Haare.

»Danke vielleicht?«

Nathaniel versetzte Rosalinda einen Schlag gegen die Schulter. »Übertreib es nicht. Aber trotzdem … Danke.«

Der Feerich grinste breit. »Gut, dann kommen wir auf ein Thema zu sprechen, das mir schon länger im Magen liegt«, begann er und Nathaniel wappnete sich innerlich, während Rosalinda ihn zappeln ließ. »Kannst du tanzen?«

Nathaniel stieß den Atem aus. »Sagen wir, ich habe es einmal gelernt, aber es ist schon länger her.« Er räusperte sich. »Denkst du, ich sollte es vor dem Ball üben?«

»Unbedingt«, rief der Feerich aus und klatschte in die Hände. Die Möbel verschwanden und leise Musik erklang. Er umfasste den Saum seines Kleides und ging in einen Knicks über. »Für gewöhnlich fordert der Prinz seine Herzensdame auf, aber ich sehe darüber hinweg.«

Nathaniel rieb sich die Augen. »Das ist jetzt nicht dein Ernst! Du willst mit mir tanzen üben?«

»Ja, und jetzt zier dich nicht«, schnaubte der Feerich und tippte mit seinem glitzernden Schuh auf den Boden. »Na los, einen Tanz schaffen wir.«

Nathaniel rollte mit den Augen, ergriff aber Rosalindas Hand. »Wir verlieren darüber nie wieder ein Wort«, brummte er, als er sich zu drehen begann.

»Achte auf deine Füße«, schimpfte der Feerich, als Nathaniel fast über sein Kleid stolperte.

Je länger sie tanzten, umso sicherer fühlte Nathaniel sich. Fast so, als würde er durch Magie seine Fähigkeiten verbessern.

Die Musik verstummte und Nathaniel ließ Rosalinda los. »Ich denke, du bist für den Ball bereit«, meinte der Feerich zufrieden.

»Ich … Danke», murmelte Nathaniel

»Gern. Frühstück für die feinen Herrschaften steht schon bereit, du musst es ihnen nur bringen.«

Nathaniel brachte zuerst das übliche Essen zu seinen Stiefschwestern und Pandora, bevor er sich zu Herzog Mayo aufmachte. Er klopfte und öffnete die Tür, ohne eine Antwort zu erwarten. Das Zimmer lag dunkel vor ihm, aber der Herzog saß bereits auf seinem Bett.

»Für gewöhnlich wartet man, bis man hereingebeten wird«, fauchte Mayo.

»Verzeihung, ich habe nicht damit gerechnet, dass jemand außer mir wach ist«, rechtfertigte Nathaniel sich und schluckte die bissigen Worte hinunter.

»Du bist also ungehobelt und einfältig«, stellte Mayo fest und ging zu dem Tisch, auf dem Nathaniel das Essen abstellte. »Kein Wunder, dass Pandora sich deinetwegen schämt.«

Nathaniel schwieg und warf dem Herzog einen neutralen Blick zu. Er wollte sich gerade umdrehen und hinausgehen, als Mayo weitersprach.

»Man sollte nicht versuchen, über seine Verhältnisse zu leben, denkst du nicht?«

»Entschuldigt mich bitte, ich muss noch andere Arbeit verrichten«, murmelte Nathaniel.

»Genau, mach die Schmutzarbeit. Das ist dein Platz. Denk daran.«

»Wenn das alles ist«, knurrte Nathaniel und Mayo vollführte eine lässige Handbewegung, um ihn zu entlassen.

»Hör nicht auf ihn«, meinte Rosalinda, der neben ihm her hüpfte. »Ich glaube, der führt etwas im Schilde.«

»Ist mir gleich«, fuhr Nathaniel den Feerich an. Als dieser erschrocken keuchte, fühlte er sich schlecht. »Entschuldige. Es ist nur …«

»Hör auf, darüber nachzudenken. Konzentrier dich auf die Arbeit. Und wenn du auf dem Ball bist, konzentrier dich auf die Prinzessin und alles wird gut.«

Nathaniel schnaubte und nickte. Er aß das Frühstück, das Rosalinda ihm zubereitet hatte, und machte sich dann auf den Weg zum Schloss.

Froh darüber, mit niemandem reden zu müssen, quälte er sich durch den Vormittag, nickte ein paarmal, als Drake mit ihm sprach, und war dann doch erstaunt, als sein Freund ihm eröffnete, dass auch seine Familie zum Ball gehen würde.

Immer wieder hielt Nathaniel Ausschau nach Alessandra, die sich nicht zeigte. Vermutlich wurde sie bereits den Prinzen vorgestellt, die im Laufe des Nachmittags auf dem Schlosshof ankamen und von Dutzenden Dienern in Empfang genommen wurden.

Als der Nachmittag sich dem Ende zuneigte, reisten die Prinzen ab. Sie würden erst zum Ball zurückkehren. So wie Nathaniel. Er drängte Drake, sich zu beeilen, und hastete dann zu seinem Haus.

Ohne ein Wort überreichte er Pandora seinen Lohn und erklärte dann, er müsse seine Aufgaben fertigstellen. Seine Stiefmutter nickte mit eisigem Lächeln, dann forderte sie ihre Töchter auf, sich für den Ball umzuziehen.

Nathaniel eilte in die Küche, wo Rosalinda an dem Anzug seines Vaters und dem des Herzogs herumbürstete.

»Alles sauber und vorzeigbar!«, verkündete er. »Bring Seiner Durchlaucht die Uniform und dann kannst du dich umziehen. Deine Aufgaben sind erledigt.«

Er konnte sich ein Grinsen fast nicht verkneifen, als er die Uniform entgegennahm und sie in das Zimmer von Mayo hinauftrug. Dieser nahm ihm alles mit einem Naserümpfen ab.

»Zumindest Kleidung sauber bürsten scheinst du zu beherrschen.«

Nathaniel verneigte sich und lief wieder hinunter in die Küche. Er wusch sich mit eiskaltem Wasser und Seife, frisierte sich die Haare mehrfach um und entschied sich dann doch wieder für seinen Seitenscheitel. Dann schlüpfte er in die Hose und die Jacke, die einst seinem Vater gehört hatten. Rosalinda musste sie umgenäht haben, denn sein Vater war kleiner gewesen als er und doch passte ihm alles wie angegossen.

Als er Stimmen im Treppenhaus hörte, trat er aus der Küche und stellte sich vor Pandora auf, die in ihrem dunkelroten Kleid mit den schwarzen Haaren fast wie eine feine Dame aussah. Mia und Tia hingegen wirkten wie dumme Gänse in viel zu teuren Kleidern. Ihre Haare waren ebenso schwarz wie jene von Pandora, aber bei Weitem nicht so kunstvoll aufgesteckt. Sie kicherten, als sie sich die Ausschnitte ausstopften, während sie die Stufen hinunterstolperten.

Die Farbe der Kleider stand ihnen nicht. Sie hatten ein blasses Gelb gewählt und wirkten darin kränklich.

Als sie Nathaniel bemerkten, hielten alle drei inne und starrten ihn an.

»Ich habe alle Aufgaben erledigt«, erklärte er und unterdrückte das triumphierende Grinsen.

»Das musst du erst beweisen«, forderte eine seiner Stiefschwestern ihn auf.

»Gern«, meinte er, reichte Pandora das Saatgut, führte sie durch das Haus und zeigte ihr alles.

»Es scheint, ich muss an meinen Aufgaben für dich arbeiten«, erklärte sie abfällig und nickte. »Also schön, eine Vereinbarung ist eine Vereinbarung. Und dann hast du noch diesen alten Anzug gefunden. Oh!« Sie trat auf Nathaniel zu und fuhr über seine Schulter. »Was haben wir denn hier? Ein loser Faden?«

Sie grub ihre Krallen tief in den Stoff der Jacke und bevor Nathaniel reagieren konnte, hatte sie ihm den halben Ärmel abgetrennt.

»Was zur …«, keuchte er.

»Wie dumm, da hast du wohl nicht gut gearbeitet«, säuselte Pandora und schnalzte mit der Zunge. »Ein Unglück, dass du nicht mehr genug Zeit hast, das zu richten. Aber falls du meine neuen Aufgaben löst«, sie reichte ihm ein Stück Papier, »kannst du es morgen noch mal versuchen.«

Hinter ihr kicherten Mia und Tia und auch Mayo, der zu ihnen gestoßen war, brach in Lachen aus. Nathaniel fühlte, wie seine Wangen vor Wut glühten, und knüllte die neue Liste in seinen Händen zusammen.

»Nimm es nicht zu schwer. Löse die Aufgaben, dann hast du morgen noch eine Chance. Wenn du die Jacke nähen kannst.«

Sie lachte, als sie hinausging und die Tür hinter ihr ins Schloss fiel.

Nathaniel atmete zweimal tief durch, dann brüllte er seinen Zorn hinaus und warf die Liste fort. Er zerrte an seiner Jacke und wollte sie auf den Boden schleudern, aber Rosalinda hielt ihn ab, indem er seine Arme umfasste.

»Warum habe ich auf dich gehört? Sie hatte nie vor, mich mitzunehmen! Wegen dir habe ich mir Hoffnungen gemacht!«

»Es musste sein«, meinte der Feerich und seufzte. »Weil sie dich nie aus den Augen gelassen hätten. Jetzt denken sie, du bist gebrochen und sitzt in deiner Küche, dabei wirst du auf dem Ball mit der Prinzessin tanzen.«

Nathaniel riss wieder an seiner Jacke herum. »In dem Aufzug? Die lassen mich so oder so nicht hinein! Schon gar nicht, wenn ich wie ein Landstreicher aussehe.«

Rosalinda schmunzelte. »Da kann ich helfen«, meinte er, schwenkte den Zauberstab und berührte Nathaniel an der Schulter.

Rosa Glitzer vernebelte seine Sicht und Nathaniel musste husten und niesen. Er kniff die Augen zusammen und hielt den Atem an, bis er dachte, der Staub hätte sich gelegt. Als er anschließend an sich hinabblickte, keuchte er.

Seine alte schwarze Hose und die zerrissene graublaue Jacke waren einer eng anliegenden dunkelblauen Hose mit silbernem Streifen und einer Jacke in derselben Farbe gewichen. Der Kragen war aufgestellt und entsprach der Mode dieser Zeit, im Gegensatz zu dem, was er davor getragen hatte. Die Jacke war mit silbernen Kordeln verziert, die in geschwungenen Mustern aufgenäht waren.

Dieses Muster nahm seine Weste auf, die so silbern wie sein Hemd und seine Krawatte schimmerte. Selbst seine alten Schuhe hatten sich verändert. Er trug nun eng anliegende Stiefel, die fast bis zu den Knien reichten. Sogar ein Schwertgürtel mit Säbel hing an seiner Hüfte.

»Aber wie … Ich kann doch nicht … Jeder wird denken, ich bin ein Prinz! Noch dazu einer mit schlechtem Modegeschmack! Silber geht gar nicht.«

»Du hast keine Ahnung, und außerdem ist die Farbe beabsichtigt. Du wirst übrigens auch als Prinz angekündigt. Du bist der Prinz aus dem Reich jenseits von Mitternacht.«

»Das wird nicht gelingen. Man wird mich erkennen!«

»Die Menschen erkennen nur, was sie erkennen wollen. Für jeden wirst du ein Prinz aus einem fremden Reich sein. Abgesehen von der Prinzessin, denn sie wird dich erkennen.«

»Ich kann nicht …«

»Doch, du kannst«, meinte der Feerich und verschränkte die Arme. »Und jetzt schwingst du dich auf dein Pferd und reitest zu dem Ball. Ich verkleide mich als dein Diener, denn so können alle Menschen mich sehen.«

Noch während er sprach, verwandelte Rosalinda sich. Aus dem rosa Kleid wurde eine strenge schwarze Uniform und sein rosa Haar zog sich zurück, bis es gerade an seine Ohren reichte und sich dunkelbraun färbte. Er grinste und verneigte sich.

»Ich werde Euch ankündigen, Prinz. Aber bevor wir aufbrechen, noch eine Warnung. Mein Zauber ist nur geliehen. Deswegen hält er nur bis Mitternacht. Das sollte allerdings ausreichen, um das Herz der Prinzessin endgültig zu gewinnen.«

»Das ist Wahnsinn«, raunte Nathaniel und fuhr sich über das Gesicht.

»Und doch willst du gehen«, schmunzelte Rosalinda.

»Ja«, gab Nathaniel zu und seufzte. »Gehen wir.«

Vor der Tür musste er noch einmal blinzeln, als plötzlich ein Schimmel auf der Straße stand. Neben ihm wartete ein braunes Pony, auf das Rosalinda stieg. Nathaniel schwang sich nach kurzem Zweifel in den Sattel und ritt los.

Das Schloss erstrahlte in hellem Licht und leise Musik drang bereits von Weitem durch die Gassen von Estrella. Nathaniel ritt vorbei an prunkvollen Kutschen und folgte den anderen Reitern durch das Haupttor der Schlossmauern. Gardisten in ihren Paradeuniformen säumten den Weg bis hin zu den großen Treppen, an denen Diener mit Listen standen, Namen notierten und die Gäste willkommen hießen.

»Bist du sicher, dass wir da reinkommen?«, murmelte Nathaniel, als sie ihre Pferde abgaben.

»Ehrlich, nach den letzten Tagen zweifelst du an mir?«, zwinkerte Rosalinda und ging einige Schritte hinter ihm die Stufen hinauf.

»Guten Abend«, grüßte ein Diener in einem dunklen Anzug höflich. »Dürfte ich um Euren Namen ersuchen, Durchlaucht?«

Nathaniel schluckte, dann sagte er mit fester Stimme: »Ich bin Prinz Baldur aus dem Reich jenseits von Mitternacht.«

Die Augen des Dieners wurden groß und er verneigte sich. »Euer Hoheit, wir sind überaus erfreut, Euch hier zu sehen. Wir hatten schon befürchtet, Ihr hättet die Einladung abgelehnt.«

Nathaniel wandte seinen Kopf, sodass er Rosalinda über seine Schulter hinweg ansehen konnte. Baldur war der erste Name, der ihm eingefallen war. Er konnte es nicht glauben, dass er tatsächlich auf der Liste stand.

»Wir werden Euch ankündigen. Bitte steigt die Stufe empor, oben wird man Euch in Empfang nehmen.«

Der Diener verneigte sich und wartete, bis Nathaniel an ihm vorbeiging, ehe er sich um den nächsten Gast kümmerte.

»Immer noch Zweifel?«, flüsterte Rosalinda.

»Ich zweifle daran, wach zu sein.«

»Ja, so ist das mit Wünschen. Denk daran: Finde die Prinzessin, tanz mit ihr, gewinne ihr Herz. Aber warte nicht zu lange. Um Mitternacht löst sich der Zauber. Der Prinzessin wird das egal sein, aber den anderen nicht.«

Nathaniel nickte und wartete darauf, angekündigt zu werden. Ein Diener mit einem langen Stab kam ihn abholen, führte ihn in das Schloss und ließ ihn am Eingang in den Ballsaal Stellung nehmen. Es war heiß und stickig und der Geruch nach Punsch und Schweiß stieg ihm in die Nase.

Fast wollte er umdrehen, als jemand seine Aufmerksamkeit erregte.

Alessandra stand am anderen Ende des Saals, umringt von ihrer Mutter, der Gouvernante und fünf älteren Männern. Ihre dunkelbraunen, rötlich schimmernden Haare waren kunstvoll aufgesteckt, nur eine geschwungene Strähne hing ihr über die Schulter. Das Kleid, das sie trug, war viel zu wuchtig und glänzte silbern. Wie seine Jacke. Er schmunzelte, als ihm das bewusst wurde.

Sie wirkte unglücklich und verloren. Das Kleid schien ihr viel zu eng zu sein und sie fächelte sich verzweifelt Luft zu, während sie einen Prinzen nach dem anderen mit einem leichten Kopfnicken begrüßte.

Der Diener vor ihm riss ihn aus seinen Gedanken, als er mit dem Stab fest auf den Boden schlug. »Prinz Baldur aus dem Reich jenseits von Mitternacht!«, verkündete er mit lauter Stimme.

Nathaniel zögerte nicht, er schritt geradewegs durch den Saal. Ein Raunen ging durch die Menge, aber er ignorierte es. Sein Blick war nur auf Alessandra gerichtet.

Ob sie ihn wirklich erkannte?

Er blieb in angemessenem Abstand stehen und verneigte sich. »Prinzessin, es ist mir eine Ehre, Eure Bekanntschaft zu machen«, sagte er, ehe er aufsah und sich ihre Blicke trafen.

Erst kniff sie die Augenbrauen zusammen, dann keuchte sie leise und schließlich lächelte sie. Sie hatte ihn tatsächlich erkannt.

13
Alessandra

»Ihr bringt mich um!«, stöhnte Alessandra und zupfte an dem tiefen Ausschnitt ihres Kleides herum. »Ich kann kaum atmen!«

»Ich habe getan, was möglich war«, meinte die Schneiderin entschuldigend. »Man hätte das Kleid nicht so eng bestellen dürfen. Die arme Prinzessin …«

Lady Margret seufzte, ebenso wie Vanya. »Es lässt sich leider nicht mehr ändern«, meinte die Gouvernante. »Es tut mir leid, Hoheit, aber immerhin haben wir es zubekommen.«

Alessandra blickte an sich hinab. Die Schneiderin hatte ihr einen dunkelblauen Gürtel um die Taille gelegt, der sie erstaunlicherweise schlanker wirken ließ und vom selben dunklen Blau war wie die Schärpe, die sie an diesem Abend tragen sollte.

Ihre Mutter stand plötzlich vor ihr, eine zarte Tiara in den Händen. Sie zitterte und ihre Augen waren voller Tränen, als sie Alessandra das Krönchen in die Frisur schob. »Ich wünschte, dein Vater könnte dich so sehen«, raunte sie und senkte den Blick. »Ich weiß, du kannst mir nicht verzeihen wegen allem, was ich getan habe. Aber ich …«

Alessandra umarmte sie. »Mama … ich habe dich so lieb. Ich weiß, dass du es nicht gemacht hast, weil du mir schaden wolltest.« Ihre Mutter bebte in ihren Armen. »Du wolltest mich beschützen, weil du wusstest, ich würde mir selbst Vorwürfe machen. Aber die Wahrheit ist, ich bin stark, das haben du und Papa mir immer gesagt. Darum lass mich jetzt stark für euch sein und schließ mich nie wieder aus. Bitte.«

»Du bist so erwachsen geworden«, schluchzte ihre Mutter, löste sich aus der Umarmung und strich Alessandra über den Kopf. »Ich bin so stolz auf dich.«

»Denk daran, wenn ich einem der Prinzen heute auf die Zehen trample und der Kronrat dich rügt, weil ich nicht die Prinzessin bin, die man haben wollte.«

Die Königin lachte leise. »Ich halte das schon aus.«

Steif wie ein Stock war Alessandra an der Seite ihrer Mutter anschließend im Ballsaal erschienen. Das Atmen fiel ihr bei jedem Schritt schwer und sie war froh, dass sie zur Begrüßung der Prinzen nur den Kopf leicht neigen und nicht in einen Knicks gehen musste.

Sie hatte die Prinzen bereits einzeln am Nachmittag empfangen. Ihr Gefühl, das sie bei den Porträts gehabt hatte, hatte sich leider bestätigt. Jeder von ihnen wirkte aufgeblasen und selbstverliebt. Meist waren es die zweit- oder drittgeborenen Söhne ihrer Reiche, weswegen Alessandra nur hoffen konnte, dass die künftigen Könige nicht so eingebildet waren und sich für mehr als ihre Frisuren oder den Sitz ihres Kragens interessierten.

Die Vorstellung, mit einem von ihnen den Eröffnungstanz vollführen zu müssen, ließ sie sich noch mehr verkrampfen. Sie war froh, einen Fächer in ihren Händen zu halten, den sie nicht nur verwenden konnte, um sich in der Hitze des Ballsaals etwas Luft zuzufächeln, sondern auch, um sich daran festzuhalten.

Ein Prinz nach dem anderen erschien, verneigte sich, hauchte einen Kuss auf ihre Hand und wurde dann ein Stück zur Seite geführt. Dort wurden sie von Dienern versorgt, bis der Kronrat einen ausgesucht hatte, der mit ihr tanzen sollte. Vermutlich würden sie eines der »wichtigeren« Reiche dafür erwählen. Diese Ehe sollte schließlich auch die Position Soleils stärken.

Wieder klopfte es und der Prinz aus dem Reich jenseits von Mitternacht wurde angekündigt. Alessandra stöhnte, als ihr bewusst wurde, dass sie ihn am Nachmittag nicht getroffen hatte. Noch einer dieser Prinzen. Doch als sie ihn ansah, setzte ihr Herz einen Schlag aus. Selbst auf diese Entfernung erinnerte er sie an Nathaniel. Aber … das war unmöglich!

Je näher er kam, umso verwirrter wurde sie. Er sah Nathaniel immer noch ähnlich.

Der Prinz verneigte sich. »Prinzessin, es ist mir eine Ehre, Eure Bekanntschaft zu machen«, sagte er mit ihr vertrauter Stimme.

Er hob den Blick und sie suchte in seinen Augen nach der Antwort. Da erkannte sie es. Dieser Prinz *war* Nathaniel.

Ein Lächeln breitete sich auf ihrem Gesicht aus und auch er verzog den Mund zu einem schiefen Grinsen, bevor er ihre Hand ergriff und formvollendet einen Kuss darauf hauchte.

Während noch mehr Prinzen kamen und sie begrüßten, warf Alessandra immer wieder einen flüchtigen Blick zu Nathaniel, der abseits von den anderen Prinzen stand und zu ihr sah.

Dieses ganze Prozedere zog den Abend in die Länge und Alessandra wusste schon nicht mehr, wie sie noch länger aufrecht stehen sollte, da das Gewicht des Kleides und die unbequemen Schuhe sie fast um den Verstand brachten.

Nachdem die Begrüßung endlich überstanden war, trat Samuel, der Sprecher des Rates, zu ihr. »Hoheit, für die Eröffnung sehen wir zwei Prinzen als geeignet an«, begann er mit nasaler Stimme.

Alessandra musste sich zusammenreißen, um nicht die Augen zu verdrehen. Es war unnötig, so zu sprechen, außer ihr hörte es schließlich keiner.

Doch Samuel fuhr auf dieselbe Art fort. »Ihr dürft wählen zwischen dem Prinzen aus dem Reich der Morgenröte und dem aus dem Reich jenseits von Mitternacht.«

Sie musste nicht lange überlegen, aber sie ließ sich dennoch Zeit mit ihrer Antwort. Niemand sollte glauben, dass sie wirklich von Nathaniel angetan war. »Dann der Prinz aus dem Reich jenseits von Mitternacht«, entschied sie schließlich und fächelte sich wieder Luft zu.

Samuel nickte, winkte einem Diener und entließ ihn zu den Prinzen. Dann hob er die Hand und die Musik verstummte. »Es wird Zeit für den Eröffnungstanz«, verkündete er und führte Alessandra in die Mitte des Saals, wo Nathaniel bereits auf sie wartete.

Er sah umwerfend aus in seinen dunkelblauen Hosen und der silbernen Jacke. Sogar seine Weste und sein Hemd schimmerten in diesem Silber. An jedem anderen hätte es lächerlich ausgesehen, nur nicht an ihm.

Sie hielt den Atem an. Das waren ihre Farben! Es war dasselbe Blau, wie ihr Gürtel und ihre Schärpe hatten, und das Silber …

Sie ging leise ächzend in einen Knicks über und er verneigte sich, bevor er ihre Hand ergriff. Behutsam legte er seine zweite Hand an ihr Schulterblatt und sie die ihre auf seine Schulter. Er schmunzelte und sah ihr in die Augen.

Als die Musik einsetzte, hörte sie es kaum, denn sie nahm nur ihn wahr. Er begann, dem Rhythmus zu folgen, und sie ließ sich führen. Es war ganz anders als mit Rupert. Nathaniel hielt sie und ließ ihr doch genug Platz, ihre eigenen Bewegungen zu vollführen. Sie schwebte mit ihm über das Parkett, fühlte sich leicht wie eine Feder und gleichzeitig so sicher in seinen Armen. Sie jubelte innerlich, als ihr die Drehung gelang, ohne ihm auf die Füße zu treten.

Die Musik endete und sie war enttäuscht darüber, nicht weitertanzen zu können. Nathaniel verneigte sich und sie knickste. Fast hätte sie vergessen, dass sie an ihren Platz zurückgehen sollte.

Sie musste sich zwingen, ihm nicht nachzusehen, während sie an die Seite ihrer Mutter zurückkehrte und wartete, bis Samuel anstelle des Königs den Ball offiziell eröffnete.

Als Prinz Rowan aus dem Reich der Morgenröte zu ihr kam und sie um den nächsten Tanz bat, nickte Alessandra grimmig. Sie ließ ihren Blick schweifen, suchte nach Nathaniel und konnte ihn nicht entdecken. Prinz Rowan war der Angenehmste der anderen Prinzen und sie gab sich Mühe, mit ihm zu tanzen. Und doch gelang es ihr nicht, so zu schweben, wie mit Nathaniel.

Rowan wirkte angespannt, aber er sagte kein Wort, als sie ihm auf die Füße trat. Das musste sie ihm hoch anrechnen.

Alessandra wollte schon erleichtert aufatmen, als die Musik endete und sie sich vor Rowan verneigte, als jemand sie antippte. Sie versteifte und wappnete sich für den nächsten grauenhaften Tanz. Doch als sie in die Augen von Nathaniel blickte und er ihre Hand ergriff, entspannte sie sich.

Die Musik begann erneut und Nathaniel ließ sie wieder schweben. Mehr noch, er führte sie aus der Mitte des Ballsaals fort, auf die Balkontüren zu. Niemand hielt sie auf, niemand beachtete sie. Gemeinsam drehten sie sich fort von der stickigen Hitze, hin zu der einladenden kühlen Nacht.

Nathaniel ließ sie los und schloss die Balkontüren hinter ihnen. Immer noch hatte niemand versucht, sie zurückzuhalten, oder nach ihnen gerufen. Als wären sie unsichtbar geworden.

Alessandra legte den Kopf in den Nacken. Sie hätte gern tief Luft geholt, aber ihr Kleid hinderte sie daran. Die Kühle tat ihr dennoch gut und die Anspannung fiel von ihr ab.

Sie wandte sich Nathaniel zu, der neben ihr stand. »Bei Tag ein Stallbursche, bei Nacht ein Prinz?«, schmunzelte sie.

Er schüttelte den Kopf. »Ich wünschte, es wäre so. Aber nein.«

»Wie bist du dann …« Ihr ging ein Licht auf. »Die Wunschfee. Das war dein Wunsch?«

»Sagen wir, es ist Teil des Wunsches«, meinte er ausweichend und mied ihren Blick.

»Aber wenn du kein Prinz bist, wo hast du so tanzen gelernt?«

»Habe ich nicht, aber eine gewisse Wunschfee hat heute mit mir geübt«, meinte er mit diesem schiefen Grinsen, das sie so mochte.

»Ich bin froh, dass du hier bist«, gestand sie, bevor sie sich räuspernd abwandte.

»Wirklich?«, wollte er wissen, legte seinen Zeigefinger unter ihr Kinn und drehte ihren Kopf so, dass sie ihn ansehen musste. »Es ist Euch nicht unangenehm, mit einem Stallburschen zu tanzen?«

»Ich tanze viel lieber mit dir als mit irgendeinem von diesen Prinzen«, flüsterte sie.

Ihr Herz rutschte ein Stück hinunter, als er schnaubte und wieder den Kopf schüttelte. »Prinzessin …«

»Sag Alessandra, bitte.«

»Aber ich bin kein Prinz.«

»Das ist mir egal«, meinte sie trotzig und verschränkte die Arme. »Zumindest, wenn wir allein sind, will ich keine höfliche Anrede.«

Er schmunzelte. »Wenn Ihr … Wenn du das so wünschst.«

Wind kam auf und sie schauderte. Das tief ausgeschnittene Kleid saß nicht nur viel zu eng, sondern spendete auch kaum Wärme.

Nathaniel reagierte schnell, zog seine Jacke aus und legte sie ihr um die Schultern. Sie roch nach ihm und Alessandra wünschte sich einmal mehr, tief Luft holen zu können.

»Danke«, raunte sie und zog die Jacke enger um sich. »Wie konnten wir eigentlich hier hinausgelangen, ohne aufgehalten zu werden?«

Nathaniel wandte den Kopf zur Tür um, als würde er etwas suchen. »Rosalinda«, antwortete er schließlich und sah sie wieder an. »Er hat wohl irgendwie mit Magie nachgeholfen.«

»Dann hat er mir auch geholfen, denn bei Rowan war ich bei Weitem nicht so geschickt wie mit dir.«

»Du hast wunderbar getanzt«, raunte Nathaniel.

Alessandra lächelte. Sie fragte sich allerdings, warum er immer noch einen so großen Abstand zu ihr hielt, obwohl sie allein waren. Mutig drehte sie sich zu ihm, sodass sie voreinander standen.

Er schluckte, als sie einen Schritt auf ihn zu machte. »Prinzessin?«, hauchte er.

Sie wusste nicht, warum, aber sie stellte sich auf die Zehenspitzen und brachte ihr Gesicht näher an seines. Nathaniel schluckte noch einmal, beugte sich dann langsam vor.

Der Glockenschlag ließ ihn den Kopf hochreißen. Alessandra knurrte und wollte ihre Hände um seinen Nacken legen, aber er wich zurück.

»Ich muss gehen«, sagte er und starrte auf die ferne Turmuhr, die zum zweiten Mal erklang. »Der Zauber hört um Mitternacht auf, zu wirken.«

Sie brauchte einen Moment, ehe sie seine Worte begriff. Schnell nahm sie seine Jacke von ihren Schultern und reichte sie ihm. »Du schaffst es nicht bis zum letzten Glockenschlag durch den Saal. Nimm die Treppe hier. Sie führt zum Stall.«

Sie deutete zu einer Seite des Balkons und Nathaniel nickte. »Ich … Es tut mir leid«, raunte er, während die Glocke erbarmungslos schlug.

»Sehe ich dich morgen wieder?«, wollte Alessandra wissen, als er sich zur Treppe wandte.

»Ich hoffe es«, erwiderte er und schmunzelte. »Gute Nacht, Prinzessin.«

Damit eilte er die Stufen hinab und als der letzte Schlag der Glocke verklang, sah Alessandra ein helles rosarotes Licht irgendwo zwischen den Bäumen verschwinden.

Sie seufzte und stützte sich auf das Geländer. »Gute Nacht, mein edler Prinz.«

14 Nathaniel

Zumindest war er nicht plötzlich nackt. Als er wieder fast an dem rosa Glitzerstaub erstickt wäre, hatte er schon befürchtet, vollkommen unbekleidet mitten im Schlosshof zu stehen. Aber er trug den alten Anzug seines Vaters, dessen Jacke zerrissen an ihm herabhing.

Hastig bog er um die Ecke des Stallgebäudes und lehnte sich gegen die Mauer. Sein Atem ging viel zu schnell und sein Herz pochte so heftig, dass er dachte, es würde aus seiner Brust springen.

Hatte er gerade geträumt oder wollte die Prinzessin ihn tatsächlich küssen? Nein, das war … Er musste es falsch verstanden haben. Selbst wenn er wie ein Prinz angezogen gewesen war, sie wussten doch beide, dass er in Wahrheit nicht hochwohlgeboren war. Welches Recht hatte er, auf die Zuneigung von Alessandra zu hoffen?

Und trotzdem …

»Was für ein fürchterlicher Ball«, sagte Rosalinda plötzlich neben ihm und Nathaniel sprang zur Seite. Der Feerich trug wieder sein rosarotes Glitzerkleid und hatte die gewohnten schimmernden rosaroten Haare. »Diese Begrüßung war öde und langweilig, die Getränke warm und die Luft stickig. Von der Musik will ich gar nicht reden, das war eine Beleidigung für die Ohren.«

»Aber Alessandra war bezaubernd«, meinte Nathaniel und fuhr sich durch die Haare. »Sie war so wunderschön. So anmutig. Und sie weiß es noch nicht einmal!«

»Weil man ihr seit Tagen erklärt, was für eine Enttäuschung sie als Prinzessin ist«, seufzte Rosalinda. »Dabei wäre sie eine Bereicherung für dieses Königreich. Mit dem richtigen Prinzen an ihrer Seite.«

»Genau, mit dem richtigen *Prinzen*«, schnaubte Nathaniel.

»Ich spreche von dir, Schätzchen.« Rosalinda rollte mit den Augen. »Du bist *ihr* Prinz.«

»Vielleicht muss ich dich daran erinnern, dass ich kein Prinz bin? Auch nicht, wenn du mich für einen Abend in eine edle Robe zauberst.«

»Für drei Abende, Schätzchen. Du wirst noch zweimal von mir ausgestattet.«

»Ja, und danach bin ich der Stallbursche, der zusehen muss, wie sie einen anderen heiratet.«

»Nicht unbedingt«, meinte der Feerich und grinste. »Am letzten Abend wird sie vermutlich vermählt und der Kronrat wählt den Prinzen. Ich habe so ein Gefühl, dass er dich aussuchen wird.«

Nathaniel lachte trocken. »Großartig, und um Mitternacht stellen sie fest, dass ich kein Prinz bin, und werfen mich in den Kerker. Am besten mit dir zusammen.«

»Unsinn. Ich sagte doch, Menschen sehen nur, was sie sehen wollen. Wenn ihr getraut seid, bist du tatsächlich ein Prinz und alles ist gut.«

»Ich werde aber unter den falschen Voraussetzungen ausgewählt! Ich bin mir sicher, dass das gegen das Gesetz ist!«

Rosalinda stemmte die Hände in die Hüften. »Wollen wir wirklich über Gesetze sprechen? Allein heute Abend haben wir mindestens gegen fünf verstoßen. Oder gestern, als du die Prinzessin in den Wald begleitet hast, da haben wir sicher auch ...«

Nathaniel hob die Hand. »Schon gut, ich habe es verstanden. Aber das ... Das erscheint mir falsch.«

»Du liebst sie doch, oder?«

Nathaniel riss die Augen auf. »WAS? Ich ... also ...«

»Menschen«, schnaubte Rosalinda. »Liebe auf den ersten Blick. Ihr liebt euch. Wie im Märchen. Glaub endlich daran. Also, warum sollte es falsch sein, wenn du mit ihr zusammen bist und ihr glücklich werdet?«

»Weil es Märchen nicht gibt«, knurrte Nathaniel kopfschüttelnd. »Das sind schöne Geschichten für Kinder.«

»So? Sehe ich als Wunschfee anders. Aber vielleicht änderst du deine Meinung, wenn ihr euch endlich geküsst habt.«

Nathaniel seufzte. »Ich bin mir nicht sicher, ob wir nicht schon kurz davor waren.«

Ein harter Schlag auf den Rücken ließ ihn nach vorn taumeln. Er wandte sich mit finsterem Blick zu Rosalinda um.

»Ich wollte dir nur einen Schubs geben«, grinste der Feerich. »Natürlich ward ihr kurz davor. Ihr gehört zusammen. Bei allen Zauberstäben, ihr stellt euch wirklich ungeschickt an.«

»Ich schwöre, ich drehe dir eines Tages den Hals um«, zischte Nathaniel.

»Das solltest du dir überlegen«, grinste der Feerich. »Immerhin muss jemand die Liste deiner Stiefmutter abarbeiten.«

»Wozu? Sie nimmt mich ohnehin nicht mit!«

»Der Schein muss gewahrt werden, Nathaniel«, belehrte Rosalinda ihn und schwang dabei den Zauberstab. »Sie mag dich auf dem Ball nicht auf Anhieb erkennen, aber sie ist eine boshafte Frau und schöpft garantiert Verdacht. Du musst dich weiterhin so benehmen, als könntest du ohne sie nicht zu diesen öden Feiern.«

»Wie kam es eigentlich, dass der Name, den ich mir ausgedacht habe, tatsächlich auf der Liste stand?«

»Stand er nicht«, meinte Rosalinda und hakte sich bei Nathaniel unter. »Es war ein Prinz aus dem Reich jenseits von Mitternacht eingeladen. Ohne Namen, da keiner der Prinzen zu- oder abgesagt hat. Was unser Glück war! Dieses Land ist so weit weg, dass kaum jemand die Menschen dort kennt, geschweige denn wüsste, wer tatsächlich ein Prinz am Hof des Königs ist. Geschickt von mir, oder?«

»Ich würde dich wirklich fast loben …«

»Das wirst du, denn wenn du das Haus betrittst, werden fast alle Aufgaben erledigt sein.«

»Ich habe gar nicht nachgesehen, was Pandora von mir verlangt hat«, meinte Nathaniel nachdenklich.

»Natürlich nicht, du warst zu aufgebracht. Da stand: Fenster putzen, alle Teppiche ausklopfen, fünf Beutel Saatgut sortieren, sämtliche Tischwäsche waschen, stärken und bügeln und die Möbel im Salon umstellen.«

Nathaniel rollte mit den Augen. »Ehrlich? Die Möbel?«

»Ja, offensichtlich ist ihr nicht viel mehr eingefallen. Ich würde aber darauf tippen, dass morgen der Keller auf der Liste steht.«

»Wir haben keinen Keller …«

»Noch nicht!«

Schnaubend schlich Nathaniel aus dem Schlosshof und lief mit dem Feerich die dunklen Straßen der Stadt entlang. Immer noch drang Musik aus dem Schloss zu ihnen und er fragte sich, was Alessandra wohl gerade machte. Ob sie wieder mit diesem Rowan tanzen musste?

Als sie bei seinem Haus ankamen, lag es still und verlassen vor ihnen. Nathaniel war froh, Ruhe zu haben. Zwar gingen die Mäuse noch fleißig zu Werk und liefen leise fiepend durch die dunkle Küche, aber sonst war es vollkommen friedlich.

Rosalinda versicherte ihm, dass alles rechtzeitig erledigt sein würde, und forderte Nathaniel auf, schlafen zu gehen. Aber so sehr er es wollte, es gelang ihm nicht. Zum einen störten ihn die Geräusche der Mäuse tatsächlich mehr, als er gedacht hatte, und zum anderen musste er an Alessandra denken. Wie sie sich in seinen Armen angefühlt hatte, als sie zusammen getanzt hatten, und wie sie ihn angelächelt hatte. An sein Herz, das mehrere Schläge lang ausgesetzt hatte, als er mit ihr allein auf dem Balkon gewesen war.

Er war so in Gedanken versunken, dass er fast nicht bemerkte, wie seine Stiefschwestern kichernd das Haus betraten, von seiner Stiefmutter zur Ruhe ermahnt wurden und Mayo brummend die Treppe hinaufging.

Irgendwann mussten ihm jedoch die Augen zugefallen sein, denn Rosalinda weckte ihn behutsam, nachdem die Sonne aufgegangen war. Von den Mäusen war nichts mehr zu sehen, nur die vollen Schüsseln mit den Bohnen und Erbsen zeugten davon, dass sie hier gewesen sein mussten.

Der Feerich drückte Nathaniel die Frühstücktabletts in die Hand. Der Weg die Treppe hinauf zu den Zimmern der Stiefschwestern und Pandora hatte sich noch nie so lang und trickreich angefühlt. Nathaniel konnte kaum die Augen offen halten und war froh, dass die drei Frauen tief und fest schliefen und lautstark schnarchten.

Bei Mayo hatte er nicht so viel Glück. Der blasse Herzog saß bereits an seinem Tisch und wirkte ungeduldig. Nathaniel stellte das Tablett ab und wollte gehen, doch Mayo hielt ihn mit einem Räuspern zurück.

»Eine Schande, dass du gestern nicht mitgehen durftest«, meinte er mit dem Anflug eines schadenfrohen Grinsens. »Es war ein wirklich berauschendes Fest, auch wenn die Prinzessin für meinen Geschmack zu pummelig ist.«

Nathaniel musste sich zusammenreißen, nicht die Fäuste zu ballen und sie dem Herzog ins Gesicht zu schmettern. Er neigte stattdessen den Kopf. »Solange Ihr Euch amüsiert habt.«

»Oh, das habe ich«, erwiderte Mayo und bestrich sein Brot mit Butter. »Besonders, als der Prinz aus dem Reich jenseits von Mitternacht aufgetaucht ist. Weißt du, ich war vor einiger Zeit geschäftlich in jenem Land und habe die Königsfamilie besucht. Ich kann mich an keinen Prinzen erinnern, der ihm ähnlich gesehen hat.«

Nathaniels Magen zog sich schmerzvoll zusammen, trotzdem hob er nur eine Augenbraue. »Das ist ja interessant«, sagte er so gelangweilt wie möglich.

»Nicht wahr?« Mayo beobachtete ihn aufmerksam. »Aber er kam mir doch irgendwie bekannt vor. Seine Züge waren eher die eines Bauern oder … eines Stallburschen vielleicht.«

»Denkt Ihr, Ihr würdet einen Prinzen von einem Bauern unterscheiden können, wenn beide dieselbe Kleidung tragen?«, wollte Nathaniel wissen.

Mayo nickte. »Natürlich, man erkennt die edle Abstammung im Gesicht, an dem blassen Teint und natürlich den Umgangsformen. Dieser Prinz hatte nichts von alledem.«

»So gern ich Euren Ausführungen weiter lauschen würde, ich muss jetzt zum Schloss.«

»Gewiss, die Pferde müssen versorgt werden«, grinste der Herzog und schob sich das Brot in den Mund. »Ich bin gespannt, ob du heute mitkommen darfst.«

Nathaniel neigte seinen Kopf und lief hinaus. Er packte Rosalinda im Vorbeigehen und zischte leise: »Er weiß es!«

»Wer weiß was?«, wollte der Feerich um Atem ringend wissen.

Nathaniel war nicht stehen geblieben und riss ihn in schnellem Tempo mit sich. »Dieser Herzog! Er weiß, dass der Prinz von gestern nicht echt war.«

»Unsinn. Er ahnt höchstens etwas und will dich testen. Er kann es nicht wissen.«

»Jedenfalls sollte ich ihm auf dem Ball nicht zu nahe kommen!«

»Keine Sorge«, grinste Rosalinda. »Ich lasse mir da schon etwas einfallen.« Er reichte Nathaniel herrlich duftendes Brot, in dem Käse und Schinken eingebacken waren. »Iss, während du gehst, ich kümmere mich hier um alles. Wir sehen uns am Abend.«

Damit schickte er Nathaniel hinaus, der kauend zum Schloss lief. Eines war ihm nun klar: Er wollte Alessandra wiedersehen und vor Leuten wie Mayo beschützen. Er hatte sie pummelig genannt! Wie konnte er es wagen?! Er hoffte, Rosalinda hielt Wort, denn er wollte nicht vor den Augen von allen Anwesenden von Mayo beschuldigt werden.

Denn … wie sollte er Alessandra helfen, wenn er im Kerker saß?

15

Alessandra

Alessandra quälte sich bereits durch das zehnte Buch. Ihre Augen schmerzten fast genauso sehr wie ihre Füße und sie musste ständig gähnen. Die Luft in der Bibliothek trug auch nicht gerade dazu bei, dass sie sich besser fühlte. Es war stickig und staubig hier, als hätte man seit Jahren kein Fenster mehr geöffnet.

Konzentrieren konnte sie sich sowieso nicht, denn alles, woran sie denken konnte, war Nathaniel und wie sie sich auf dem Balkon gegenübergestanden hatten. Außerdem hatte sie noch lange auf dem langweiligen Fest bleiben müssen, nachdem Nathaniel durch den Garten entkommen war. Der Kronrat hatte darauf bestanden, dass sie mit jedem Prinzen tanzte. Je später die Nacht wurde, umso ungelenker kam sie sich vor. Sie verwünschte die unbequemen Schuhe, die ihre Haut aufgescheuert hatten. Es hatte schon fast gedämmert, als man sie endlich entlassen und zu Bett geschickt hatte. Sie war sich erniedrigt vorgekommen.

Ihre Mutter war bis zum Schluss bei ihr geblieben, hatte sie auf ihr Zimmer gebracht und ihr Trost zugesprochen. Jetzt saß sie neben ihr auf dem Boden und blätterte ebenso gähnend durch ein Buch. Vermutlich war sie nicht zu Bett gegangen, sondern hatte bei ihrem Vater ausgeharrt.

Alessandra fühlte sich unendlich schuldig, als sie ihre Mutter musterte. Sie hätte ihr gern etwas von ihrer Last abgenommen, hätte bei ihrem Vater gesessen, damit ihre Mutter ein wenig mehr Schlaf fand. Aber Vanya meinte, es ginge ihr gut, und kämpfte sich gähnend durch diesen Tag. Sie war so dünn geworden, dass Alessandra nicht mehr wusste, um wen sie sich mehr sorgen sollte: ihren Vater oder ihre Mutter.

Als Lady Margret ein Buch fest zuschlug und schnaubte, fuhr Alessandra hoch. Sie beobachtete ihre Gouvernante, die sich die Schläfen massierte und genauso erschopft aussah, wie sie selbst sich fühlte.

»Es ist zum Aus-der-Haut-Fahren«, schimpfte sie und warf das Buch auf einen Stapel.

»Offenbar besitzen wir nicht die richtigen Bücher«, murmelte die Königin und ließ seufzend den Folianten in ihren Händen sinken. »Oder wir suchen an den falschen Stellen. Seid Ihr sicher, dass wir hier etwas zu dem Lösen von Flüchen finden können? Immerhin ist das sehr dunkle Magie, mit der die Menschen sich kaum beschäftigen.«

»Ich habe viele Stunden hier verbracht, als ich nach etwas anderem gesucht habe«, seufzte Lady Margret. »Es gibt hier mehr Wissen, als man vermutet. Vielleicht entdecken wir etwas, das den Feen entgeht.«

»Wir dürfen zumindest nichts unversucht lassen«, stimmte Alessandra zu, bevor sie sich streckte. »Auch wenn ich heute nichts gegen ein kurzes Schläfchen einzuwenden hätte.«

»Ihr solltet Euch wirklich ein wenig ausruhen, Prinzessin«, verkündete die Gouvernante. »Ich lasse Euer Mittagessen in Euer Zimmer bringen.«

Alessandra verzog das Gesicht. Sie musste immer noch strengen Essensregeln folgen. Der Koch schien besondere Freude daran zu haben, gedünstetes Gemüse und trockene Getreidegerichte zu kreieren. Immerhin musste das ganze Schloss mit ihr leiden.

»Geh, Kind. Wir sehen uns, wenn du dich für den Ball ankleidest«, stimmte ihre Mutter zu.

»Ihr solltet ebenfalls ruhen, Hoheit«, bestimmte Lady Margret. »Ihr habt nicht sehr viel geschlafen. Bitte legt Euch auch ein wenig hin.«

Die Königin nickte zwar, aber Alessandra war sich sicher, dass ihre Mutter wieder zu ihrem Vater gehen würde. Andererseits schlief sie dort vielleicht tatsächlich ein.

»Ich werde inzwischen versuchen, noch einige Bücher durchzusehen«, riss Lady Margret sie aus ihren Gedanken. »Sollte ich etwas finden, gebe ich natürlich sofort Bescheid.«

»Ich danke Euch«, gähnte die Königin und erhob sich.

Auch Alessandra stand auf und verließ mit ihrer Mutter das stickige Zimmer. Jeder Schritt schmerzte, obwohl man ihre Füße in dicke Kräuterwickel gepackt hatte. Sie humpelte, da die Wickel ihr jegliches Gefühl für die Beschaffenheit des Bodens raubten und außerdem widerliche Schmatzgeräusche von sich gaben. Aber sie halfen tatsächlich, wenn auch nicht genug.

Alessandra wusste nicht, wie sie den Abend überstehen sollte, und gleichzeitig freute sie sich darauf. Sie hatte die Hoffnung, dass Nathaniel wieder auf dem Ball erscheinen würde und sie diesen mit ihm verbringen könnte.

Es kam ihr vor, als hätte sie ihren Kopf gerade erst auf das Kissen gelegt, als sie geweckt wurde. Lady Margret scheuchte die Zofen herum, um ihr ein Bad zu richten und die Verbände abzunehmen.

Alessandra sog scharf die Luft ein, während sie in das warme Wasser stieg. Ihre wunde Haut schmerzte höllisch und sie zweifelte daran, dass sie auch nur ansatzweise in die neuen Schuhe schlüpfen konnte, ohne zu schreien.

Lady Margret betrachtete ihre Füße mitfühlend, nachdem sie aus dem Wasser gestiegen war und abgetrocknet vor ihr stand. »Wir werden sie wieder einwickeln, in dünne Bandagen. Niemand wird Eure Füße unter dem Rock sehen können, also sollten wir Euch Pantoffeln anziehen, sonst könnt Ihr morgen gar nicht mehr gehen.«

»Das wäre fantastisch«, seufzte Alessandra erleichtert.

Die Gouvernante nickte und winkte einer Zofe, ihr mit dem Verband zu helfen. Dann wurde Alessandra in ihre Korsage gesteckt, die wieder viel zu eng geschnürt werden musste. Das goldene Kleid hatte die Schneiderin kunstvoll mit dunkelgrünen Verzierungen versehen, die im selben Grün wie ihre Schärpe funkelten. Sie ließen ihre Taille erstaunlich schmal erscheinen.

Als ihre Mutter eintrat, lächelte sie und schloss Alessandra in ihre Arme. Sie selbst trug ein grünes Kleid in der Farbe der Verzierungen. »Du siehst heute strahlend schön aus«, flüsterte sie. »Das liegt nicht zufällig daran, dass du dich auf Prinz Baldur freust?«

Alessandra räusperte sich. »Weißt du …«, meinte sie und war erleichtert, dass ihre Zofe sie wegführte, um ihre Haare und ihr Gesicht vorzubereiten.

»Er gefällt dir doch, nicht wahr?«, hakte die Königin nach und lächelte noch breiter.

»Ja, also … schon … aber …«, stammelte Alessandra. Sollte sie ihrer Mutter erklären, wer der vermeintliche Prinz wirklich war?

»Ich wusste es«, seufzte Vanya erleichtert. »Da war dieses Funkeln in euren Augen. Das ist Liebe auf den ersten Blick.«

»Das ist doch nur ein Märchen«, murmelte Alessandra.

»Nein, denn bei deinem Vater und mir war es genauso.« Sie seufzte noch einmal. »Dann muss ich mir keine Sorgen machen, denn von dem, was ich in Erfahrung bringen konnte, will der Kronrat ihn auswählen.«

»Mutter, da gibt es etwas …«, begann Alessandra, doch Lady Margret unterbrach sie.

»Nicht jetzt, Prinzessin«, raunte sie und legte ihr eine goldene Kette mit grünem Stein um, der perfekt zu dem Kleid passte. »Darüber können wir morgen vor dem Ball sprechen, wenn wir allein sind.«

Alessandra nickte, fragte sich jedoch, ob die Lady etwas über Nathaniel wusste. Natürlich hätte sie zuerst alle Zofen hinausgeschickt, bevor sie ihrer Mutter die Wahrheit gesagt hätte. Aber wenn Lady Margret dachte, morgen wäre ein besserer Zeitpunkt, wollte sie ihr vertrauen. Solange sie es ihrer Mutter rechtzeitig erklären konnte, war alles gut.

Nachdem sie fertig zurechtgemacht war, schlüpfte sie in die weichen Pantoffeln und schüttelte den Kopf. »Darin kann ich unmöglich tanzen.«

»Aber die Tanzschuhe könnt Ihr nicht tragen«, meinte Lady Margret.

»Und wenn ich Stiefel anziehe?«

»Stiefel?«, keuchte die Gouvernante.

»Ihr sagtet doch, man sieht meine Füße sowieso nicht.«

Lady Margret setzte dazu an, etwas zu erwidern, stieß dann jedoch den Atem aus und nickte langsam. »Meinetwegen. Aber achtet bitte darauf, dass wirklich niemand bemerkt, was Ihr tragt.«

Es dämmerte bereits, als sie sich auf den Weg zum Ballsaal machten, wo schon Musik gespielt wurde. Diesmal sollte Alessandra einen großen Auftritt haben, wenn die Prinzen vollzählig auf sie warteten.

An der Seite ihrer Mutter schritt sie eine pompös mit Schleifen und Blumen dekorierte Treppe hinunter, achtete darauf, dass ihr Rock ihr Schuhwerk verdeckte, und stolzierte durch die zwei Reihen, welche die Prinzen bildeten, hindurch bis zum Thron des Königspaares.

Zu ihrer Enttäuschung konnte sie Nathaniel erst nicht entdecken, aber als sie blinzelte, stand er plötzlich am Ende der linken Reihe. Er trug wieder ihre Farben: ein dunkelgrüner Anzug mit goldenen Verzierungen sowie Weste und Krawatte in goldenen Tönen.

Sie lächelte beim Vorbeigehen und wartete geduldig, dass Samuel den Ball mit einer langatmigen Rede eröffnete. Als er jedoch von einer Art Wettkampf zu sprechen begann, wurde sie hellhörig.

»Deswegen haben wir entschieden, heute für die Gäste einen Wettkampf der Prinzen im Schwertkampf auszutragen«, verkündete Samuel.

Alessandra beobachtete die Reaktion der Männer, die immer noch in zwei Reihen standen und warteten. Sie wirkten genauso verwirrt, wie sie sich fühlte.

»Der Gewinner darf den Abend mit der Prinzessin verbringen und sie besser kennenlernen. Für die anderen Prinzen ist natürlich gesorgt.«

Verhaltenes Lachen erklang von den Anwesenden. Alessandra konnte jedoch nicht mitlachen. Sie öffnete ihren Fächer und verbarg ihren Mund dahinter.

Nathaniel war vermutlich nicht im Schwertkampf unterrichtet worden, im Gegensatz zu den echten Prinzen. Sie konnte nur hoffen, dass Rosalinda in der Nähe war und ihm half. Aber so sehr sie auch suchte, sie fand den rosaroten Feerich nirgendwo.

Ihr Blick wanderte zu Nathaniel, der recht entspannt wirkte, als er den Übungsdegen entgegennahm. Die Prinzen sollten sich nicht verletzen, deswegen waren die Spitzen stumpf. Sie wurden paarweise aufgeteilt und auf Samuels Zeichen gingen die Kämpfe los.

Alessandra hielt den Atem an, während sie jeder Bewegung von Nathaniel folgte. Er stellte sich erstaunlich geschickt an und gewann seinen ersten Kampf schnell. Auch sein zweiter Gegner hatte keine Chance.

Dann allerdings stand ihm nur noch einer gegenüber: Rowan. Und auch er schien gut mit dem Degen umgehen zu können. Alessandra keuchte, als Rowan sich auf Nathaniel stürzte und dieser sich nur knapp ducken konnte. Er wirkte mit einem Mal unsicher, wich den Angriffen aus und schaffte selbst keine einzige Attacke.

Angst machte sich in ihrem Magen breit. Sie wollte den Abend mit Nathaniel verbringen und musste dabei zusehen, wie er immer mehr in Bedrängnis geriet.

16 Nathaniel

Er hatte eigentlich nichts anderes erwartet und doch war er überrascht, als seine Stiefmutter ihm wieder den geflickten Anzug zerrissen und ihn lachend stehen gelassen hatte.

Erschreckt hatte ihn allerdings die Farbwahl von Rosalinda für diesen Abend. Der Feerich hatte ihn in einen dunkelgrünen Anzug gesteckt, der wie der vom Vorabend aussah, nur eben in Grün. Das Hemd war zwar weiß, die Weste und die Krawatte jedoch so golden wie die Verzierungen auf der Jacke.

Nathaniel hatte mit den Augen gerollt, aber Rosalinda hatte gemeint, er würde schon sehen, und ihm erneut erklärt, wie wenig Modegeschmack er besaß. Wieder waren sie unbehelligt ins Schloss gelangt, jedoch zu spät gewesen. Der Ball hatte bereits begonnen und die Prinzessin schritt durch die zwei Reihen der Prinzen. Rosalinda hatte es trotz seiner Verkleidung mit viel Mühe geschafft,

Nathaniel an den vordersten Platz zu bringen. Danach war der Feerich verschwunden.

Die Rede des Kronratsvorsitzenden war genauso öde wie am Vorabend. Bis er etwas von einer Art Turnier sagte, dessen Gewinner den Abend mit der Prinzessin verbringen durfte. Nathaniel hatte noch nie einen Degen geschwungen und rechnete sich keinerlei Chancen aus. Doch kaum hatte der Wettkampf begonnen, bewegte er sich wie von selbst und gewann seine ersten beiden Kämpfe fast mühelos.

Dann stand er Rowan gegenüber. Der Prinz aus dem Reich der Morgenröte wirkte entschlossen. Es war nicht zu übersehen gewesen, dass er über die Wahl der Prinzessin für den Eröffnungstanz enttäuscht gewesen war. Er hatte auch sofort danach Alessandra zum Tanz aufgefordert, was Nathaniel einen Stich versetzt hatte. Dieser Prinz wollte die Hand der Prinzessin und Nathaniel stand ihm dabei im Weg. Allerdings würde er nicht so schnell aufgeben. Denn er mochte über dieses Märchen von Liebe auf den ersten Blick lachen, dennoch würde er nicht zulassen, dass ein anderer den Abend mit Alessandra verbrachte.

Als der Kampf jedoch begann, verlor Nathaniel seine Zuversicht und vor allem seine Sicherheit. Seine Angriffe gingen nicht auf, er hatte alle Hände voll zu tun, nicht von Rowan getroffen zu werden. Drei Treffer bedeuteten seine Niederlage, aber *er* wollte den Abend mit Alessandra verbringen. Schon allein deswegen, weil er es nicht ertragen würde, sie mit Rowan zu sehen.

Keuchend wich er einem Stoß aus, drehte sich um die eigene Achse und erstarrte, als er die stumpfe Spitze von Rowans Degen in seinem Rücken spürte. Der erste Treffer gegen ihn. Er fluchte innerlich und sah zu Alessandra, deren Augen weit aufgerissen auf ihn gerichtet waren. In ihrem Blick lag so viel Furcht und gleichzeitig so viel Hoffnung. Nathaniel nickte ihr zu und rang sich ein aufmunterndes Lächeln ab.

»Rosalinda, ich könnte jetzt wirklich ein Wunder gebrauchen«, zischte er leise und suchte den Raum nach dem Feerich ab, fand ihn aber nirgendwo.

Schnaubend nahm er wieder seine Position ein und mühte sich gegen Rowan ab, dem schnell ein zweiter Treffer gelang. Nathaniel rang um Atem. Noch ein Treffer und es war vorbei.

Rowan, dessen dunkle Haare perfekt frisiert waren und auch nach dem Kampf immer noch nicht zerstört wirkten, grinste zufrieden. In seinem roten Anzug sah er elegant aus und er bewegte sich selbstsicher, als die dritte Runde begann.

Nathaniel hasste ihn.

Er gab alles, wich Rowans Angriffen aus und schaffte es zu seiner eigenen Überraschung, einen Treffer zu landen. Allerdings spornte das seinen Gegner nur an und Nathaniel unterlag binnen weniger Augenblicke.

Rowan lächelte selbstgefällig, als Samuel ihn zum Sieger kürte.

Nathaniel sah sich nach Alessandra um, die steif die Stufen vom Podest, auf dem der Thron stand, herabstieg und die Hand des Prinzen ergriff, bevor er sie wegführte.

Es kostete Nathaniel seine ganze Willenskraft, ihnen nicht hinterherzulaufen. Als die Degen eingesammelt wurden, wollte er den Ballsaal verlassen, aber Rosalinda trat ihm, immer noch in der Verkleidung seines Dieners, in den Weg.

»Du willst noch nicht gehen«, verkündete der Feerich und breitete die Arme aus.

»Doch, das will ich. Was soll ich hier, wenn ich sie nicht einmal sehen kann? Riskieren, dass Mayo mich enttarnt?«

Er drehte seinen Kopf leicht und beobachtete seine Stiefmutter, die sich gerade köstlich über einen vermeintlichen Scherz des Herzogs zu amüsieren schien. Mayos Augen ruhten allerdings auf Nathaniel, der sich aufrichtete und sich an Rosalinda vorbeischieben wollte.

»Du vertraust mir immer noch nicht«, stellte der Feerich schmollend fest. »Du musstest verlieren.«

»Damit ich meine Tanzschritte mit einer anderen Dame perfektionieren kann?«, schnaubte Nathaniel.

Rosalinda seufzte. »Nein, weil du sie jetzt für dich hast, aber jeder denkt, sie wäre bei Rowan.« Er deutete mit dem Kinn auf eine Balkontür, die offen stand. Es war jene, durch die Nathaniel am Vorabend mit Alessandra hinausgetanzt war. »Geh auf den Balkon, sie wird gleich zu dir kommen.«

»Wie soll das denn funktionieren?«, zischte er, als Rosalinda ihn in die Richtung schob. »Meinst du, Rowan lässt sie einfach zu mir?«

»Rowan wird gleich tief und fest schlafen und denken, er wäre den ganzen Abend bei Alessandra gewesen«, keuchte der Feerich, denn Nathaniel wehrte sich gegen ihn. »Also vertrau mir jetzt einfach und hab ein bisschen Geduld.«

Nathaniel schnaubte noch einmal und trat dann doch durch die Balkontür, ohne sich weiterhin gegen Rosalinda zu wehren. Der Feerich nickte und verschwand aus seinem Blickfeld. Niemand schenkte ihm Beachtung, als wäre er gar nicht da. Selbst Mayo schien ihn zu suchen, aber nicht finden zu können.

Die Grillen zirpten im Mondschein und die Geräusche des Balls verstummten, als Nathaniel die Tür hinter sich schloss. Er atmete tief die frische Luft ein und lehnte sich an das Geländer des Balkons.

Als er Schritte hörte, drehte er sich um und entdeckte Alessandra, die von Rosalinda begleitet wurde. Kaum hatte die Prinzessin ihn erblickt, lächelte sie und lief auf ihn zu. Noch ehe Nathaniel wusste, wie ihm geschah, hatte sie die Arme um ihn geschlungen und vergrub ihr Gesicht an seiner Brust.

Nathaniel schluckte, schloss dann aber seine Arme um sie und hielt sie fest. Der bauschige Rock war ihm im Weg und er konnte sie nicht so nah an sich heranziehen, wie er wollte, aber er genoss es trotzdem, sie so zu halten. Sie fühlte sich perfekt an und roch nach Frühlingsblumen.

»Ich hatte befürchtet, ich würde dich heute nicht sehen können«, murmelte sie, bevor sie den Kopf hob und ihn anlächelte. »Ich bin froh, dass wir jetzt allein sein können.«

»Ich auch«, raunte er und strich mit bebenden Fingern über ihren Arm. Mehr fand er unpassend, auch wenn sie ihn gerade umarmte.

Er betrachtete sie. Ihre Haare waren zu einer aufwendigen Aufsteckfrisur frisiert worden, was er unnötig fand. Alessandra sah immer gut aus und diese Frisur war genau wie das Kleid viel zu pompös.

Erst als sie sich räusperte, bemerkte er, dass er sie wohl zu lange angestarrt hatte. Er löste sich von ihr und griff nach ihrer Hand.

»Möchtest du hierbleiben oder sollen wir spazieren gehen? Natürlich nur, wenn du in deinen Schuhen überhaupt gehen möchtest.«

Sie grinste und hob den Rock ein Stück an. Stiefelspitzen kamen zum Vorschein und er lachte leise.

»Trägst du das immer unter so einem Kleid?«

»Die Schuhe gestern haben mich wund gescheuert«, erklärte sie, während sie losgingen. »Und da man bei diesem Rock ohnehin nicht sieht, welche Schuhe ich trage, konnte ich die Zofen überzeugen, mir Stiefel zu bringen.«

»Die passen zwar nicht zum Kleid, aber dir stehen sie wirklich ausgesprochen gut«, meinte Nathaniel und drückte ihre Hand fester.

Sie spazierten durch den Schlossgarten und redeten über ihre Kindheit. Nathaniel hörte hauptsächlich zu, weil er Alessandra nicht mit seinen Problemen belasten wollte. Es kam ihm so vor, als wären sie, verglichen mit ihren, unbedeutend.

Die ganze Zeit über hielt er ihre Hand in seiner und genoss es, ihr so nahe zu sein. Irgendwann erreichten sie eine Bank, auf der sie sich niederließen. Nathaniel legte Alessandra seine Jacke um und rutschte ein Stück näher an sie heran.

Sie lehnte sich an ihn und blickte in den Nachthimmel, während sie auf einen der Sterne deutete. »Das ist der Alpha«, erklärte sie schmunzelnd.

Nathaniel folgte ihrem Blick und zog die Augenbrauen zusammen.

Sie wandte ihm ihr Gesicht zu. »Der hellste Stern in einem Bild ist der Alpha-Stern«, erklärte sie und schluckte. Sie ließ ihre Hand sinken, legte sie an seine Wange und schien mit ihren Augen jedes

Detail seiner Miene in sich aufzunehmen. »Glaubst du an Liebe auf den ersten Blick?«, fragte sie leise und er schüttelte den Kopf. »Ich habe nie an dieses Märchen von Liebe auf den ersten Blick geglaubt. Aber jetzt, mit dir, kommt es mir so vor, als könnte es doch wahr sein.« Sie räusperte sich und fuhr mit ihrem Daumen über seine Lippen. »Wenn ich dich ansehe, denke ich, du könntest mein Alpha-Stern sein.«

»Was?«, hauchte Nathaniel und legte seine Hände an ihre Taille. »Wenn überhaupt bist du *mein* Alpha-Stern.«

Sie schmunzelte kaum merklich, bevor sie sich nach vorn beugte und ihre Lippen sich fast berührten, als die Glocke Mitternacht schlug. Entsetzt wich Nathaniel zurück und fuhr sich durch die Haare.

Alessandra seufzte. »Du musst gehen, oder?«

»Ja«, erwiderte er und schnaubte. »Ich ... Wir sehen uns morgen bei der Schlossmauer.«

Sie nickte und betrachtete ihre Hände, die in ihrem Schoß lagen. »Gute Nacht, Nathaniel«, flüsterte sie, als er bereits davonlief.

Er hasste sich dafür, sie zurückzulassen. Aber falls ihn irgendjemand in seiner zerrissenen Kleidung entdeckte, steckten sie beide in Schwierigkeiten.

Der letzte Schlag der Glocke verklang und rosarotes Licht hüllte ihn ein, noch bevor er den Schlossgarten verlassen hatte. Hastig sprang er hinter einen Busch, als er Stimmen hörte. Er erkannte sie sofort. Sie gehörten seiner Stiefmutter und Mayo.

»Ich sage Euch, dieser Prinz aus dem Reich jenseits von Mitternacht ist kein Prinz«, knurrte der Herzog. »Er ist ein Hochstapler und ich bin sicher, ihn zu kennen.«

Nathaniel hielt den Atem an, als seine Stiefmutter mit der Zunge schnalzte. »In Wahrheit ist es mir gleichgültig, wen die Prinzessin heiratet«, meinte sie abfällig. »Aber bis sie nicht vermählt wurde, fällt kein Prinz für meine Töchter ab.«

Nathaniel musste ein Lachen unterdrücken, aber Mayo übernahm das für ihn. »Gute Frau, wie wollt Ihr einen Prinzen dazu bringen, eine verarmte Kaufmannstochter zu ehelichen?«

»Ich habe meine Methoden«, verkündete Pandora und entfernte sich gemeinsam mit Mayo von Nathaniels Versteck. »Aber falls Ihr eine meiner liebreizenden Töchter zur Frau nehmen wollt, nur zu gern.«

»Ich befürchte, ich werde mir eine reiche Frau nehmen müssen, so sehr ich Euer Angebot auch zu schätzen weiß«, erwiderte Mayo und selbst Nathaniel erkannte an seinem Tonfall, dass er darüber erleichtert war.

Als er nichts mehr hören konnte, sprang er aus dem Busch und lief am Stall vorbei, hinaus in die Stadt. Kurz vor seinem Haus kam ihm Rosalinda entgegen. Der Feerich wirkte zornig.

»Du hast sie immer noch nicht geküsst!«, fauchte er und rieb sich die Schläfen. »Die Liste deiner Stiefmutter ist kaum zu bewältigen und du küsst die Prinzessin einfach nicht!«

»Dir auch einen guten Abend«, knurrte Nathaniel und drängte sich an Rosalinda vorbei ins Haus. »Warum bist du so versessen darauf, dass ich sie küsse?«

»Weil meine Magie dann stärker wird. Und ich sage dir, ich kann im Moment wirklich jede magische Quelle gebrauchen, die ich anzapfen kann. Pandora will, dass der Speicher umgebaut, Saatgut aus zehn Säcken sortiert und der Hühnerstall in Schuss gebracht wird.«

»Wir haben keinen Hühnerstall …«

»Jetzt schon«, schnaubte Rosalinda. »Gern geschehen. Der Hahn wird den drei Langschläferinnen gehörig den Tag vermiesen.«

»Was sie an mir auslassen werden«, meinte Nathaniel.

»Du bist nur noch morgen hier, da kann es dir gleichgültig sein«, erklärte Rosalinda und hob den Zeigefinger. »Vorausgesetzt, du schaffst es endlich, deine Prinzessin zu küssen.«

»Ich hätte ja fast, aber dann war es Mitternacht …«

»Alles Ausflüchte«, knurrte der Feerich. »Morgen bei eurem Ausritt wirst du dich mehr ins Zeug legen. Es ist wichtig!«

»Wie romantisch. Am besten mache ich es gleich, wenn ich sie sehe, dann denkt sie, ich wäre nur an dem einen interessiert.«

»Bei allen Zauberstäben, womit habe ich einen Schützling wie dich verdient?!«

Nathaniel hatte die Küche erreicht, in der die Mäuse immer noch fleißig sortierten. »Hoffentlich wird ihnen nicht schlecht von all den Erbsen und Bohnen«, murmelte er, als er sich hinlegte.

»Keine Sorge, sie teilen großzügig mit der ganzen Stadt«, erwiderte Rosalinda und setzte sich neben ihn.

»Beruhigend«, gähnte Nathaniel und schloss die Augen.

Diesmal störten ihn die Geräusche der Mäuse nicht. Er schlief sofort ein und träumte davon, mit Alessandra zu tanzen.

17 Alessandra

Sie schlich nervös durch die Küche, in der sich kaum jemand befand. Lady Margret hatte alle unter einem Vorwand hinausgescheucht. Alessandra nutzte die kurze Zeit, die ihr blieb, bis die Köche wieder zurückkommen würden, und verließ das Schloss.

Erleichtert atmete sie auf, als sie Nathaniel und seinen Feerich entdeckte, die bereits bei der Mauer warteten. Obwohl niemand von ihr Notiz zu nehmen schien, suchte sie auf ihrem Weg zu den beiden immer wieder Deckung.

Sie musste an den Vorabend denken, als Nathaniel und sie sich fast geküsst hätten. Manchmal fragte sie sich, ob er sie überhaupt küssen wollte, denn er wirkte jedes Mal so zögerlich, dass sie mittlerweile daran zweifelte. Nachdem er geflüchtet war, hatte Rowan sie gefunden, sich bei ihr für den wunderschönen Abend bedankt und ihr eine gute Nacht gewünscht. Alessandra hatte nur gelächelt und war dann auf ihr Zimmer gegangen.

Rowan war gewiss kein schlechter Mann. Von all den echten Prinzen war er vermutlich die beste Wahl, aber ihr Herz schlug eindeutig für Nathaniel. Doch wie sollten sie es anstellen, dass sie beide nach diesem Abend zusammen sein konnten? Ihr Vater war immer noch bewusstlos. Die Magie der Kette schien ihn zu schützen, aber er wachte dennoch nicht auf. Und es war nur eine Frage der Zeit, bis auch dieser Zauber aufgebraucht sein würde …

Deswegen hielt sie sich nicht mit langen Begrüßungen auf, als sie die Pferde erreichte, sondern schwang sich in den Sattel. »Wir haben nicht viel Zeit«, erklärte sie entschuldigend und ritt los, noch bevor Nathaniel auf sein Pferd gestiegen war.

Glöckchen läuteten, während Rosalinda neben den beiden herflog und sie zwischen den Bäumen hindurchritten.

Nathaniel lenkte sein Pferd nah an ihres heran. »Ist etwas vorgefallen?«, erkundigte er sich.

Alessandra schüttelte den Kopf. Was hätte sie sagen sollen, das nicht wie das Genörgel einer verwöhnten Prinzessin klang, wenn sie sich beschwerte, dass er sie nicht küssen wollte? Sie entschied sich also, über ihren Vater zu sprechen.

»Mein Vater ist immer noch nicht aufgewacht«, seufzte sie. »Ich hoffe, Darbur hat etwas herausgefunden. Denn obwohl wir gestern alle Bücher der Bibliothek durchsucht haben, konnten wir nichts finden.«

Sein Blick war mitfühlend und Alessandra schluckte. Er machte sich offenbar wirklich Sorgen um sie. »Ich bin sicher, der Drache hat etwas herausgefunden.«

Sie erreichten die Höhle und Alessandra stellte erstaunt fest, dass Darbur bereits davor liegend auf sie wartete. Das war eher ungewöhnlich, denn der Drache hielt sich ungern im Tageslicht auf. Darbur hatte ihr erklärt, dass es an ihren Augen lag, mit denen sie in der Dunkelheit sehen konnten. Helles Licht schmerzte sie, weswegen sie es mieden.

»Da seid ihr ja endlich«, begrüßte er sie und setzte sich auf. »Ich dachte, ihr kommt früher.«

»Bitte sag mir, dass du gute Neuigkeiten hast«, entfuhr es Alessandra, als sie abstieg. »Entschuldige, es ist nur …«

»Schon in Ordnung, Prinzessin«, meinte der Drache und winkte ab. »Aber ich denke, ich habe etwas gefunden, das euch helfen kann.«

Alessandra griff nach Nathaniels Hand, der neben ihr zu stehen gekommen war. Sie fühlte, wie er sich erst verkrampfte und dann den Druck erwiderte. Sie schwieg und beobachtete Darbur, der eine Schriftrolle hinter seinem Rücken hervorzog.

»Ich denke, ich weiß, welcher Zauberer den Vertrag geschlossen hat.«

Er reichte Alessandra das Papier und sie entrollte es. Schriftzeichen, die sie noch nie gesehen hatte, befanden sich darauf und sie sah ihn mit zusammengezogenen Augenbrauen an.

»Es ist der Zauberer Tharibor«, erklärte der Drache und hüstelte ein wenig Feuer hervor. »Sein Herz gehörte einst einer Prinzessin aus dem Winterreich. Sie sollte einen Prinzen aus dem Winterwald heiraten, doch Tharibor entführte sie, weil sie einander liebten. Der König vom Winterwald tobte und schickte seine Zauberer aus, sie zu finden. Es kam zum Kampf und die Prinzessin wurde verflucht. Ihr Körper fiel in einen tiefen Schlaf, während ihre Seele angeblich ruhelos umherirrt, um ihren Liebsten wiederzufinden. Der Fluch hätte Tharibor treffen sollen, aber die Prinzessin nahm ihn auf sich, weil sie sicher war, er würde sie retten.«

»Ich kenne das Märchen«, murmelte Alessandra und betrachtete die Zeichnung, die sich ganz am Ende der Schriftrolle befand. Ein Mann mit langem schwarzen Haar stand einer Frau mit weißem Haar gegenüber. Sie sahen sich verliebt an und hielten sich an den Händen.

»Es ist kein Märchen, es ist wirklich passiert«, schnaubte Darbur. »Tharibor konnte das Schicksal seiner Liebsten nicht hinnehmen. Er rief zahlreiche Wunschfeen um Hilfe an, doch sie konnten den Fluch nicht lösen. Er bot dunklen Zauberern alles an, aber sie wollten ihm nicht helfen. Also verfiel sein Herz in Trauer und er wurde zu einem dunklen Zauberer.« Darbur deutete auf eine Stelle auf dem Pergament, als hätte Alessandra so entziffern können, was er ihr erzählte. »Eines Tages fand er eine Möglichkeit, aber sie forderte einen hohen Preis. Denn um den Fluch aufzuheben, brauchte er ein liebendes Herz, das einen Wunsch in sich trägt. Er wurde mächtiger, praktizierte jeden Zauber und wurde gefürchteter als jeder andere dunkle Magier. Aber trotz all seiner Bemühungen fand er kein Herz, viele Jahrhunderte lang, und er verzweifelte, da seine Prinzessin in ewigem Schlaf gefangen schien.«

»Bis er meine Mutter traf«, raunte Alessandra und rollte das Papier wieder ein. »Ihr Herzenswunsch wurde nie von einer Fee erfüllt, weswegen dieser Wunsch immer noch da ist.«

»So ist es.«

»Aber wenn er nur mit dem Herzen der Königin seine Geliebte erwecken kann, was können wir ihm sonst anbieten?«, mischte sich Rosalinda ein.

Der Drache hob den Blick, schnaubte und schüttelte den Kopf. »Eine männliche Wunschfee … Jetzt habe ich wirklich alles gesehen.«

»Konzentriere dich auf das Wesentliche«, knurrte Rosalinda und seine Flügel klimperten viel zu schnell. »Was sonst könnte der Zauberer begehren, um den Vertrag mit der Königin zu lösen und den König zu befreien?«

»Ich warte noch auf Antwort von Lodring«, murmelte der Drache.

»Der soll sich mal beeilen«, brummte Rosalinda und verschränkte die Arme.

»Du kannst ja gern reinkommen und dein Glück versuchen, dich mit ihm über das Feuer zu unterhalten«, meinte Darbur und verschränkte ebenfalls seine Arme. »Der alte Drache ist nicht sooo wahnsinnig einfach zu verstehen, wenn er vor sich hin brabbelt.«

»Dann sag doch, dass du Hilfe brauchst«, grinste Rosalinda und wollte an Darbur vorbei in die Höhle, doch der Drache hielt ihn fest.

»Du wirst *nicht* in mein Zuhause eindringen«, fauchte er.

»Wir haben dasselbe Ziel, na ja, mehr oder weniger. Also entweder kommst du mit und wir versuchen unser Glück oder du gehst allein.«

Alessandra lachte und zog Nathaniel in Richtung Höhleneingang, aber der Drache hob abwehrend die Arme.

»Moment. Einen Feerich kann ich vielleicht noch ertragen, aber sicher keine zwei Menschen! Nichts für ungut.«

»Das heißt, du willst, dass wir hier warten?«, knurrte Nathaniel und funkelte Darbur an.

»Wie gesagt, nichts für ungut«, meinte der Drache schulterzuckend. »Komm, du glitzerndes Etwas, versuch dein Glück mit Lodring.«

Alessandra sah zu, wie die beiden sich in die Höhle zurückzogen, und schüttelte den Kopf. »Lassen die uns wirklich hier stehen?«

Nathaniel stieß den Atem aus. »Sieht so aus.«

»Und was machen wir jetzt, um uns die Zeit zu vertreiben?«, fragte sie und betrachtete ihre immer noch ineinander verschlungenen Finger. Eigentlich mussten sie gar nichts machen. Hier mit ihm allein zu sein und die Sonne zu genießen, reichte ihr. Bis ihr auffiel, dass es plötzlich ziemlich dunkel geworden war.

Sie legte den Kopf in den Nacken und starrte in den Himmel, der voller dunkler Wolken hing. Auch Nathaniel sah hinauf.

»Vielleicht sollten wir doch in die Höhle gehen, ganz gleich, was Darbur sagt«, murmelte er, als auch schon die ersten Tropfen fielen.

Es prasselte mit einem Mal, als hätte der Himmel sämtliche Schleusen geöffnet. In wenigen Augenblicken waren sie komplett durchnässt. Alessandra fing an zu lachen und konnte auch nicht aufhören, als Nathaniel ihr einen entsetzten Blick zuwarf.

»Entschuldige, aber [illegible] ich mag Regen. Sommerregen ist etwas Schönes.«

»Ja, wenn man nicht draußen steht und durchgeweicht wird«, meinte Nathaniel und schmunzelte. »Warte, du siehst ja nichts mehr.« Er wischte Alessandra die triefend nassen Haarsträhnen aus der Stirn und sie hielt den Atem an.

Ihre Blicke trafen sich und sie presste ihre Lippen zu einem schmalen Strich zusammen, als sie in seine Augen starrte und dann zu seinem Mund schaute, auf dem sich die Tropfen sammelten.

»Alessandra«, raunte er und griff nach ihrer Hand.

Schmetterlinge tanzten in ihrem Bauch, während es um sie herum leise donnerte. Sie wich einen Schritt zurück und lächelte. »Tanz mit mir«, forderte sie ihn auf.

Nathaniel kniff die Augenbrauen zusammen. »Was?«

»Mit dir tanze ich wie eine junge Göttin. Ich würde jetzt gern im Regen tanzen.«

»Hat Rosalinda mich mit diesem glitzernden Staub eingehüllt? Ich glaube, der hat eine seltsame Wirkung auf die Wahrnehmung. Ich hätte schwören können, du hast mich gerade zum Tanzen aufgefordert.«

»Das habe ich auch«, meinte sie und zog ihn auf ein Stück Boden, wo keine Wurzeln oder Äste lagen. Dafür jede Menge matschige Erde.

»Du willst wirklich tanzen? Im Regen?«

»Ja«, lächelte sie. »Und zwar mit dir. Bitte.«

Nathaniel seufzte, ergriff ihre rechte Hand fester und legte seine unter ihr Schulterblatt. »Dein Wunsch ist mir Befehl«, flüsterte er und begann, sich mit ihr zu drehen.

Sie lehnte sich zurück und schloss die Augen. Der warme Regen fühlte sich herrlich erfrischend an und Nathaniels Nähe gab ihr Halt. Sie lachte, als er sich schneller drehte, sah ihn verschwörerisch an und löste sich von ihm, sodass er sie an einer Hand herumwirbeln konnte.

Endlich lachte auch er, zog sie wieder an sich, drehte sich mit ihr und wirbelte sie danach allein herum. Dann allerdings wurden sie übermütig und Alessandra verlor bei einer der vielen Drehungen das Gleichgewicht.

»Oh, Achtung«, keuchte Nathaniel, zog sie an sich und stolperte mit ihr über eine Wurzel. Schützend hielt er sie in den Armen, landete auf dem matschigen Boden und kam auf ihr zu liegen. »Geht es dir gut?«, fragte er und hob seinen Kopf.

»Ja«, lachte sie und betrachtete sein Gesicht. »Du hast da was.« Sie versuchte, mit ihrem Finger einen Schlammspritzer wegzuwischen, und lachte noch mehr. »Ich fürchte, ich mache es nur schlimmer.« Dann hielt sie inne, als sie seinen Blick bemerkte. Seine Augen waren auf sie gerichtet, sein Atem ging stoßweise, genau wie ihrer. Sie konnte jede seiner Bewegungen fühlen und eine angenehme Wärme breitete sich in ihr aus.

Sie legte ihre Hand an sein Gesicht. Seine Haare tropften vom vielen Regen und hatten sich dunkel gefärbt. Seine Pupillen waren geweitet, während er sie betrachtete. Sie hob ihren Kopf ein Stück an, um ihm entgegenzukommen, aber Nathaniel rührte sich nicht, sondern sah sie nur an. Alessandra wollte ihren Kopf gerade wieder sinken lassen, als ein Ruck durch seinen Körper ging.

Er beugte seine Arme ein Stück und brachte sein Gesicht ganz nah an ihres, bis ihre Lippen sich fast berührten. Sie fühlte seinen Atem auf ihrer nassen Haut und schloss die Entfernung zwischen ihnen.

Seufzend sank Nathaniel noch tiefer, legte seinen Arm unter ihren Kopf, während sie ihre Finger in seinen Haaren vergrub. Für einen kurzen Moment lösten sie ihre Lippen voneinander und sahen sich an, dann hob Alessandra ihren Kopf noch weiter hoch und küsste ihn erneut.

Diesmal gab er ein Knurren von sich, bevor er sie enger an sich zog und den Kuss vertiefte. Es war ihr vollkommen gleichgültig, dass sie nass war oder dass der Regen auf sie fiel, während sie auf dem schlammigen Boden lag. Sie fühlte nur ihn, sein Gewicht auf sich und die Wärme, die durch ihren Körper lief, während sie in diesem Kuss versank.

18 Nathaniel

Nathaniel ergab sich in den Kuss. Er hatte es erst nicht glauben können, dass sie ihm so nah sein wollte, aber jetzt … Er würde sie nie wieder loslassen. Nur für diesen Moment wollte er vergessen, dass sie eine Prinzessin und er ein Stallbursche war. Niemand würde je davon erfahren, dass er schwach geworden war. Und er würde diesen Moment für immer in seinem Herzen einschließen und davon zehren.

Aber je länger der Kuss dauerte, umso sicherer wurde er sich. Er konnte sie nicht einfach einem anderen überlassen. Er gehörte ihr und sie … sie gehörte ihm. Er würde sie nie wieder hergeben, niemandem erlauben, sie ihm wegzunehmen.

Es donnerte und Nathaniel löste sich von ihr, was ihr nicht zu gefallen schien, denn sie versuchte, ihn wieder zu sich herabzuziehen, doch er ließ sie nicht gewähren, sondern zog sie hoch. Er musste zu viel Kraft eingesetzt haben, denn sie kam zwar auf ihre Füße, schwankte jedoch und fiel gegen seine Brust. Er legte seine Arme um sie und hielt sie darin geborgen.

»Du bist eiskalt«, murmelte er an ihrem Ohr.

»Ist mir egal«, raunte sie, hob das Gesicht und stellte sich auf die Zehenspitzen.

Nathaniel schmunzelte, bevor er seine Hände an ihre Wangen legte, sich hinabbeugte und sie erneut küsste. Sie streckte sich ihm entgegen, verschränkte ihre Finger in seinem Nacken und zog sich hoch.

Er wusste nicht, wie lange sie im Regen standen, und es war ihm auch vollkommen gleichgültig. Bis zu dem Moment, als Alessandra zu zittern begann. Er zog sich zurück und betrachtete sie. Ihre Lippen bebten genauso wie ihr Körper.

»Wir bringen dich jetzt in die Höhle, ganz gleich, was dieser Drache sagt«, entschied Nathaniel und zog Alessandra mit sich auf den Eingang zu.

In der Höhle roch es nach Schwefel und verbranntem Holz, aber es war angenehm warm und vor allem trocken. Ihre Schritte hallten über den Steinboden, der seltsam glitzerte. Nathaniel ging voran, wandte sich immer wieder nach Alessandra um und blieb dann abrupt stehen.

»Was hast du?«, fragte sie und musterte ihn besorgt.

»Ich sehe den Ausgang nicht mehr«, murmelte Nathaniel.

Alessandra drehte sich um und keuchte. »Aber wir sind nur wenige Schritte gegangen!« Sie drückte seine Hand fester. »Wie ist das möglich?«

»Das ist eine Drachenhöhle«, ertönte eine bekannte Stimme über ihnen. »Und ihr seid einfach hineingegangen, ohne um Erlaubnis zu fragen!«

»Es schüttet da draußen«, knurrte Nathaniel mit Blick an die dunkle Höhlendecke. »Alessandra ist durchgefroren.«

»Ist nicht meine Schuld, dass ihr euch da draußen im Schlamm wälzt.«

»Du hast uns gesehen?«, gab Alessandra in quietschend hoher Stimmlage von sich.

Nathaniel musste schmunzeln, als er ihre geröteten Wangen bemerkte. Davon war zuvor keine Spur zu erkennen gewesen.

»Das war nicht zu übersehen«, schnaubte der Drache. »Aber meinetwegen, kommt rein und wärmt euch auf. Danach werde ich wohl alles verbrennen müssen. Den Geruch bekomme ich nie wieder raus.«

Vor ihnen verschoben sich die Wände und der Schein eines einladenden Feuers erstreckte sich bis zu den Pfützen, die sich unter ihren Füßen gebildet hatten. Nathaniel musterte Alessandra besorgt, als sie zu zittern begann.

»Gleich wird dir wieder warm«, meinte er beruhigend, legte einen Arm um ihre Schultern und ging neben ihr hinein in die Höhle.

Niemand befand sich in dem Raum, den sie betraten. Ein Kessel hing über einem warmen Feuer, allerdings schien nur Wasser darin zu kochen. Überall an den Wänden befanden sich getrocknete Kräuter und in einigen Regalen standen Bücher und Gläser mit schimmerndem Inhalt, den Nathaniel nicht erkannte. Oder erkennen wollte.

Dumpf drangen mehrere Stimmen durch die Wand neben der Feuerstelle, aber sowohl Nathaniel als auch Alessandra beachteten sie nicht. Sie setzten sich nebeneinander vor das wärmende Feuer. Nathaniel legte mutig erneut seinen Arm um sie und zog sie näher an sich heran. Ihre Haare tropften noch immer und sie zitterte trotz der Wärme.

»Vielleicht solltest du dich ausziehen«, überlegte Nathaniel laut.

Alessandra riss die Augen auf und sah ihn schockiert an.

Als ihm bewusst wurde, was er gesagt hatte, räusperte er sich. »Ich meine, ich sehe nicht hin, aber du bist immer noch eiskalt und ich bin sicher, hier sind irgendwo Decken.« Er sah sich im Raum um, sprang auf und holte etwas, das durchaus als Decke durchgehen könnte. »Hier, ich drehe mich inzwischen um und hänge deine Sachen dann auf.«

»Was ist mit dir?«, fragte sie, als sie die Decke nahm.

»Mir ist nicht so kalt und die Sachen werden sicher schnell trocknen.«

Sie nickte und Nathaniel drehte sich um. Er hörte, wie die nassen Kleidungsstücke auf dem Boden landeten. »Ich bin so weit«, flüsterte sie und setzte sich in die Decke gehüllt vor das Feuer.

Er hob ihre Sachen auf und legte sie über einen Stein, der sich nahe der Feuerstelle befand und sich warm anfühlte. Dann setzte er sich wieder neben sie und überlegte, ob er den Arm erneut um sie legen sollte, entschied sich aber dagegen. Alessandra lehnte sich trotzdem an ihn und strich mit ihrer Hand über seine Brust.

»Was, wenn wir einfach weggehen?«, raunte sie, ohne ihn anzusehen. »Wenn wir die Pferde nehmen und reiten, bis wir die Grenze erreichen?«

»Das willst du doch gar nicht«, erwiderte er sanft und strich über ihre Haare. »Du würdest deine Eltern nicht im Stich lassen.«

»Aber ich will nicht ...«, begann sie, räusperte sich und sah ihn dann an. »Willst du denn nicht mit mir zusammen sein?«

Sie betrachtete ihn ängstlich und Nathaniel fühlte sich furchtbar. Er wollte mit ihr zusammen sein, mehr als irgendetwas anderes. Zärtlich strich er ihr eine nasse Haarsträhne aus dem Gesicht. »Doch, ich will mit dir zusammen sein. Aber nicht um den Preis, dass du dich für den Rest deines Lebens schuldig fühlst, weil du gegangen bist und deine Eltern ihrem Schicksal überlassen hast.« Er nahm ihre Hand und drückte sie. »Wir finden eine Möglichkeit, Alessandra.«

Er wollte zuversichtlich klingen, aber selbst ihm fiel auf, wie unsicher seine Stimme wirkte.

»Ihr müsst gar nichts finden«, verkündete Rosalinda, der plötzlich im Raum stand. »Ich habe euch doch gesagt, dass ich mich um alles kümmere.«

Hinter dem Feerich trat Darbur hervor und schnaubte. »Lodring tobt deinetwegen.«

»Der alte Drache sollte sich bessere Umgangsformen zulegen.« Rosalinda rollte mit den Augen. »Außerdem haben wir alles aus ihm herauskitzeln müssen. Dafür haben wir keine Zeit.«

»Zeit ist für ihn leider relativ«, stimmte Darbur zu. »Immerhin ist er ein paar tausend Jahre alt.«

»Trotzdem muss er nicht so lahm sprechen!«, fauchte Rosalinda, zog seinen Zauberstab und wedelte damit herum. Rosa Glitzer fiel bei jeder Bewegung zu Boden.

»Aber ihr habt eine Antwort bekommen?«, wollte Alessandra wissen, die den Feerich beobachtete. Ob er den Glitzer verteilte, um Darbur zu ärgern?

»Natürlich«, schnaubte der Drache und stieß eine kleine Flamme aus. »Lodring kennt sowohl den Fluch, dem die Prinzessin des Winterreichs erlag, als auch die Heilung dafür. Es ist ein liebendes Herz, das einen Wunsch in sich trägt.«

»So weit waren wir schon«, knurrte Nathaniel und strich über Alessandras Rücken, als sie wieder zu beben begann.

»Jaja«, winkte Darbur ungeduldig ab. »Es gibt aber noch eine weitere Lösung. Allerdings bin ich nicht sicher, ob die nicht noch unmöglicher ist.«

»Spuck es schon aus, du Riesenechse«, zischte Rosalinda und verteilte noch eine Ladung Glitzer.

Darbur warf dem Feerich einen finsteren Blick zu und stieß erneut eine kleine Flamme aus. Rosalinda kreischte und wich aus, zog den Zauberstab und wollte sich wehren, als Nathaniel aufsprang und dazwischentrat.

»Das genügt jetzt! Entweder sagt ihr uns, was ihr wisst, oder ihr lasst uns selbst mit Lodring sprechen, um es herauszufinden.«

Der Drache fauchte noch einmal, dann nickte er. »Schön. Es heißt, es gibt einen Wunschstein, der einst von den ersten Feen erschaffen wurde. Er trägt die Kraft in sich, ausnahmslos jeden Wunsch zu erfüllen.«

»Das klingt doch gut«, meinte Alessandra, aber Rosalinda hob die Hand.

»Nun ja, es klingt gut, allerdings ist dieser Stein in den Tiefen des Spiegelreichs verschwunden.«

Nathaniel rieb sich über die Schläfen. »Das Spiegelreich. Das aus den Märchen, in denen Zeit und Raum stillstehen, in dem alles und doch nichts möglich ist?« Er legte den Kopf schief und betrachtete Rosalinda. »Dieses Spiegelreich meinst du?«

»Genau das«, knurrte Darbur. »Ein alter Hexenmeister war eifersüchtig auf das Können der Feen und stahl den Stein. Er wollte nicht, dass er jemals seine Kräfte übertreffen würde.«

»Also ... wenn das Spiegelreich und dieser Stein wirklich existieren«, dehnte Nathaniel seine Worte aus und sah von Darbur zu Rosalinda, »wie kommen wir dort hin?«

»Indem ein Zauberer die Tür für euch öffnet und offen hält, bis ihr wieder hinauswollt. Sonst seid ihr verloren«, erklärte der Drache und spie wieder Feuer.

»Wenn Tharibor aber seine Geliebte damit erwecken könnte, warum holt er den Stein dann nicht selbst?«, fragte Alessandra und sah Darbur zweifelnd an.

»So einfach ist das nicht. Zum einen kann er nicht selbst gehen, denn das Portal muss von außen offen gehalten werden. Zum anderen muss man gewisse Voraussetzungen erfüllen. Nur ein reines Herz kann die Spiegel durchbrechen, und Tharibor mag viel besitzen, aber ganz sicher kein reines Herz. Er bräuchte einen Führer. Und selbst wenn er all das hätte ... Sogar mit seiner Magie ist es schwer, das Reich zu durchqueren und die Prüfungen zu meistern. Es gibt keine Regeln und es ist gefährlich. Denn verliert man sich in den Spiegeln, bleibt man dort für immer gefangen.«

Schweigen breitete sich über ihnen aus, bis Alessandra ihre Faust in ihre Hand schlug. »Ist mir egal«, meinte sie und sprang auf. Sie zog an der Decke an ihrem Körper herum und stieß Verwünschungen aus, weil sie immer wieder verrutschte. »Ich brauche einen Zauberer und einer von euch wird mir sagen, wo ich einen finde, der mir dieses Reich öffnet und mich wieder hinauslässt. Am besten sofort. Sagt mir, wo ich hinmuss.«

»Sei vernünftig«, murmelte der Drache. »Du kannst nicht einfach gehen. Du musst heute auf dem Ball den Kronrat überzeugen, dass die tapfersten Ritter deines Reiches diese Aufgabe übernehmen müssen.«

»Die tapfersten Ritter?«, lachte sie und schüttelte den Kopf. »Du denkst, dass ich es nicht schaffen würde?«

»Ich denke, dass du es nicht allein schaffen würdest«, versuchte Darbur zu erklären.

Alessandra schnaubte. »Na, herzlichen Dank auch! Ich dachte, du wärst mein Freund.«

»Ich *bin* dein Freund!«, erwiderte der Drache. »Deswegen will ich nicht, dass du allein gehst.«

»Dann komm mit mir.«

Diesmal lachte Darbur. »Was? Eine Prinzessin und ein Drache allein gegen den dunklen Zauber eines alten Hexenmeisters in einem Reich, das jeglichen Gesetzen der Natur und Magie trotzt? Du weißt doch gar nicht, welche Gefahren dort auf dich lauern, welche Prüfungen du bestehen musst!« Er schüttelte den Kopf. »Außerdem solltest du dich auch darum sorgen, wie der heutige Abend ausgeht.« Sein Blick fiel auf Nathaniel. »Du wirst sie doch vor einer Eheschließung mit dem falschen Prinzen beschützen, oder?«

»Der einzige falsche Prinz auf dem Ball bin ich selbst«, knurrte Nathaniel.

»Ich meinte, dass sie nicht den Falschen heiratet«, erläuterte Darbur und rollte mit den Augen. »Sie braucht dich, also verbock das nicht.«

»Genau, weil sie nur ein schwaches Mädchen ist«, fauchte Alessandra und wandte sich ab. »Ich ziehe mich jetzt wieder an und dann reiten wir zurück, denn die Jungfrau in Nöten muss sich in ein viel zu enges Kleid zwängen und hoffen, dass der edle Prinz sie rettet, weil sie das nicht allein kann.«

Nathaniel wollte etwas sagen, aber Rosalinda hielt ihn zurück. »Du kannst jetzt nur verlieren. Schweig lieber und sei dann wirklich der edle Prinz, wenn sie ihn braucht.«

Er hatte kein gutes Gefühl bei dem Gedanken an den bevorstehenden Ball. Es schien ihm zwar unmöglich, aber was, wenn er tatsächlich vom Kronrat ausgewählt wurde und sie noch auf dem Fest getraut werden konnten, bevor der Zauber verflog? Aber dann gab es noch andere Probleme. Was würde geschehen, wenn Mayo ihn bloßstellte und man ihn verhaftete? Wie sollte er Alessandra dann beschützen? So viel Magie konnte Rosalinda nicht aufbringen, dass all das gut ausgehen würde.

Aber welche Wahl hatte er schon, wenn er eine Chance darauf haben wollte, mit Alessandra zusammen sein zu können?

19

Alessandra

Sie hielten sie für ein einfältiges Mädchen! Niemals hätte sie gedacht, dass Darbur so von ihr denken könnte.

Sie presste ihre Zähne aufeinander, während sie durch den Wald ritt. Der Boden war immer noch schlammig und die Pferde kamen nur langsam voran, aber zumindest regnete es nicht mehr. Je weiter sie sich von der Höhle entfernten, umso trockener wurde der Boden. Alessandra warf einen Blick auf den rosaroten Feerich, der sie nicht ansehen wollte. Ob sie den Regen ihm zu verdanken hatten?

Als sie den Schlosshof erreichten, stellte sie überrascht fest, dass seit ihrem Aufbruch kaum Zeit vergangen war. Die Zeiger der großen Uhr im Hof, die den Dienern und Arbeitern bei der Orientierung helfen sollte, hatten sich nur wenig bewegt. Und hätte der Minutenzeiger nicht gerade einen Sprung gemacht, hätte sie gedacht, die Uhr wäre stehen geblieben.

Sie stieg ab und beobachtete das Treiben auf dem Hof. Niemand blickte in ihre Richtung, als wären sie vollkommen unsichtbar. Als sie eine Hand auf ihrer Schulter spürte, drehte sie sich um und sah Nathaniel in die Augen. Die Erinnerung an seinen Kuss ließ einen Schauer durch ihren Körper laufen und ihr Magen flatterte.

Noch könnten sie umkehren und weglaufen …

»Ich muss mich kurz um ein paar Dinge kümmern und … na, ihr wisst schon«, räusperte sich Rosalinda und flog mit einem breiten Grinsen davon.

Alessandra blickte dem Feerich nicht nach, sie versank in den grünlich-braunen Augen von Nathaniel. »Wirst du heute Abend da sein?«, fragte sie schließlich und hielt den Atem an, während er nachzudenken schien.

»Ich werde da sein«, antwortete er leise. »Wenn du das willst.«

»Wieso sollte ich es nicht wollen?«, entfuhr es ihr und sie wusste nicht, woher diese Wut kam. Oder war es Verzweiflung? »Deine Wunschfee hat offenbar einen Plan, damit unser ›Märchen‹ nicht endet.«

Nathaniel schmunzelte bei ihren Worten und legte eine Hand an ihre Wange. Nachdenklich strich er mit seinem Daumen durch ihr Haar und holte tief Luft. »Ich bin auch überfragt, was er vorhat«, gab er zu und seufzte. »Aber wenn auch nur die geringste Möglichkeit besteht, dass wir zusammen sein *und* deine Eltern retten können, werde ich versuchen, ihm zu vertrauen. Er hat immerhin schon mehr vollbracht, als ich je zu träumen gewagt hätte.« Nathaniel kam einen Schritt näher, sodass sie zu ihm aufsehen musste. »Und vielleicht sollte ich ihm endlich glauben …«

»Was solltest du ihm glauben?«, hauchte sie und legte ihre Hände an seine Hüfte.

»Du hast mich gestern gefragt, ob ich an Liebe auf den ersten Blick glaube. Wir beide sind nicht wirklich davon überzeugt, dass es diese Magie gibt, oder?«, wollte er statt einer Antwort wissen.

Sie legte den Kopf schief. »Ich dachte immer, es wäre ein Märchen, aber …«

»Ganz genau«, raunte er, beugte sich nach unten und küsste sie. »Aber jetzt glaube ich auch daran.«

»Nathaniel«, flüsterte sie, bedeckte seine Lippen erneut mit ihren und zog ihn enger an sich. Dann löste sie sich von ihm und nahm seine Hand in ihre. »Ich habe diese Märchen immer belächelt«, gestand sie und fuhr über seine Fingerkuppen, die von der harten Arbeit rissig waren. »Immer musste eine Prinzessin von einem Prinzen gerettet werden und natürlich verliebten sie sich beim ersten Blick unsterblich ineinander. So ein ausgemachter Unsinn! Aber jetzt stehst du vor mir.«

»Nur dass ich kein Prinz bin, der dich rettet, sondern der Stallbursche, der von dir gerettet wird.«

Sie betrachtete sein Gesicht, auf dem das schiefe Grinsen lag, das sie so an ihm mochte. »Ich weiß, Darbur denkt, ich sollte nicht gehen, um den Wunschstein zu suchen«, meinte sie und er wurde plötzlich ernst. »Aber ich will gehen.«

»Ich weiß«, murmelte er und stieß den Atem aus. »Ich denke allerdings, dass Darbur nicht der Meinung ist, dass du es nicht schaffen würdest. Er sorgt sich nur um dich. Dennoch glaube ich, keiner außer dir könnte Erfolg haben. Wenn ein Zauberer wie Tharibor es nicht schafft, den Stein durch seine Magie zu finden, wieso sollten dann irgendwelche Ritter mit ihren Waffen dazu in der Lage sein? Nein, du solltest gehen. Aber nicht allein.«

Sie wollte etwas sagen, doch er legte einen Finger auf ihre Lippen und sah sie eindringlich an.

»Versprich mir, dass du nicht ohne mich gehst und einen Zauberer suchst, Alessandra. Ich glaube fest daran, dass du alles schaffen kannst, aber ich will bei dir sein und dir beistehen, denn die Wesen, die dort lauern, sind vermutlich gefährlich und trickreich. Und das Reich der Spiegel ebenso. Verstehst du das?«

Sie nickte und fühlte die Tränen, die in ihren Augen brannten. Er verstand sie. Er wollte ihr nicht einreden, dass sie zu schwach war. Er wollte ihr helfen.

Alessandra zog seine Hand von ihrem Gesicht, legte ihre Hände in seinen Nacken und küsste ihn. Sie spürte seine Arme, die sich um sie schlossen, schmeckte seinen süßen Kuss auf ihren Lippen und genoss die Wärme, die sich in ihrem Inneren aufbaute.

Die Glocke riss sie aus diesem Moment und sie warf einen Blick auf die Uhr. Es wurde Zeit, dass sie sich umzog. Für den letzten Ball. Für den Abend, an dem sie und Nathaniel ein letztes Mal bangen mussten. Für den Moment, in dem sie dem Kronrat berichtete, dass es für den König nur eine Rettung gab, und hoffen musste, dass man ihrem Plan zustimmte, selbst zu gehen. Aber eigentlich war es ihr gleichgültig, ob sie die Erlaubnis bekam. Sie würde gehen. Mit Nathaniel, Rosalinda, Darbur und vielleicht Azura an ihrer Seite.

»Ich muss die Pferde zurückbringen«, sagte Nathaniel mit Bedauern in der Stimme und strich über ihre Arme. »Ich komme, so schnell ich kann, zu dem Ball und ich werde deine Seite nicht verlassen, ganz gleich, was geschieht.«

»Nathaniel«, raunte sie und fühlte, wie Angst sie überkam. Angst, dass etwas schiefgehen könnte, dass sie getrennt werden würden. War der Feerich wirklich mächtig genug, um diese Geschichte gut enden zu lassen?

»Es wird alles gut«, versicherte er ihr und lächelte.

Sie konnte nicht anders, lächelte ebenfalls, küsste ihn noch einmal zum Abschied und machte dann einen Schritt rückwärts. »Bis gleich«, flüsterte sie, bevor sie sich umdrehte und schnell davonging. Wenn sie jetzt nicht von ihm fortkam, würde sie sich wieder an ihn schmiegen und vielleicht doch mit ihm durchbrennen.

Alessandra bemerkte, dass sie noch immer lächelte, als sie ihr Zimmer betrat, obwohl Lady Margret dort mit mindestens zehn Zofen auf sie wartete. Sie lächelte auch noch, während man sie in die Korsage zwängte und anschließend in die drei Reifröcke und das pompöse Kleid. Es bestand aus mehreren Lagen weißem Satin, der mit Hunderten Diamanten und Saphiren besetzt war. Sie liefen von ihrer linken Schulter über den Spitzenstoff rankenartig über ihre Brust und auf der rechten Seite ihren Rock hinab. Irgendwie fand Alessandra es sogar recht hübsch anzusehen, wenn die Steine nicht noch mehr Gewicht auf ihren Körper ausgeübt hätten.

Selbst als man ihre Haare frisierte und viel zu straff aufsteckte, lächelte sie noch und wusste nicht, wie sie damit aufhören sollte.

»Habt Ihr etwas herausgefunden?«, flüsterte Lady Margret, während sie ihr ein Diadem in die Frisur steckte.

»Ja. Es gibt Hoffnung«, erwiderte Alessandra und drückte die Hände der Gouvernante.

»Den Wunschfeen sei Dank«, seufzte diese und erwiderte den Druck. Sie wandte sich an die Zofen, die gerade damit begonnen hatten, aufzuräumen. »Lasst uns jetzt allein, ich muss die Prinzessin unter vier Augen sprechen.«

Die Frauen warfen sich verwirrte Blicke zu, ließen dann jedoch alles stehen und liegen und begaben sich aus dem Zimmer.

»Lady Margret?«, fragte Alessandra, als die Gouvernante schweigend auf ihre Füße blickte. Ein unangenehmes Gefühl stieg in ihr auf.

»Prinz Baldur ist kein Prinz, nicht wahr?«, stellte Lady Margret so leise fest, dass Alessandra es fast nicht hören konnte.

»Woher wisst Ihr …«

»Als ich Euch im Stall fand, wart Ihr nicht allein. Ein Stallbursche war bei Euch und ich habe diese Magie gesehen, die Euch umgibt.« Sie hob den Blick und sah Alessandra liebevoll an. »Baldur ist dieser Stallbursche, oder irre ich mich?«

Alessandra schüttelte den Kopf und fühlte, wie ihr Hals schmerzte. Sie fächelte sich mit der Hand Luft zu. »Ihr irrt Euch nicht«, brachte sie hervor und schluchzte. »Was soll ich nur machen, Lady Margret?«

»Ihn vor Mitternacht zum Mann nehmen«, meinte die Gouvernante ernst. »Denn dann ist der Wunschzauber, der ihn zum Prinzen machte, abgeschlossen und er vermutlich für immer ein Prinz.«

»Woher wisst Ihr das alles?«

Lady Margret schmunzelte. »Sagen wir, ich bin eine Fee ohne Flügel, mein Kind. Deswegen sehe ich auch die anderen Wunschfeen. Ihr liebt ihn doch von Herzen, oder?«

Alessandra wusste nicht, was sie antworten sollte. Ja, sie empfand sehr viel für Nathaniel, aber sie kannte sich mit Liebe nicht aus. Und obwohl sie langsam an die Magie von Liebe auf den ersten Blick glauben wollte, war sie noch unschlüssig.

»Ich denke, Ihr liebt ihn und er liebt Euch«, half die Lady ihr aus und lächelte. »Dann wird alles gut gehen. Wenn er Euch auch noch hilft, den Seelenvertrag zu brechen, hat er seinen Platz an Eurer Seite sowieso verdient.« Sie drückte Alessandras Hände noch einmal. »Ich werde Euch helfen, damit alles glatt läuft. Sorgt Euch nicht, es wird alles gut.«

Eine schwere Last fiel von Alessandras Schultern. Jetzt gestattete sie sich, doch zu hoffen. Denn wenn auch Lady Margret ihr beistand, konnte nichts schiefgehen.

Mit noch breiterem Lächeln und erhobenem Haupt betrat sie den Ballsaal, in dem sich bereits zahlreiche Gäste eingefunden hatten. Die Musik hielt sich sanft im Hintergrund und die Prinzen besprachen sich mit Samuel und den anderen Mitgliedern des Kronrats. Fast alle Prinzen waren anwesend. Nur Rowan und Nathaniel fehlten.

Draußen dämmerte es bereits und auch Rowan traf ein. Aber weder Nathaniel noch Rosalinda schienen sich im Schloss zu befinden. Alessandra wurde unruhig und warf Lady Margret einen Blick zu. Die Gouvernante nickte, entschuldigte sich und verließ den Ballsaal.

»Wir sollten bald anfangen«, meinte Samuel an die Königin gewandt, die neben Alessandra erschienen war.

Vanya sah sich um und beugte sich zu Alessandra. »Wo ist denn Prinz Baldur? Kommt er heute nicht?«

»Doch«, entgegnete Alessandra schnell. »Ich bin sicher, er ist bald hier.«

»Wir sollten nicht mehr lange warten, Hoheit«, sagte Samuel eindringlich. »Der Gesundheitszustand des Königs …«

Alessandra keuchte. Sie hatte keine Zeit gehabt, sich nach ihrem Vater zu erkundigen. »Was ist mit Papa?«, fragte sie atemlos. Erst jetzt bemerkte sie die dunklen Schatten um die Augen ihrer Mutter und das Zittern ihrer Hände.

»Er wird wieder schwächer«, flüsterte sie. »Ich fürchte, wir …« Sie brach ab und kniff die Augen zusammen.

»Ich eröffne jetzt den Ball!«, entschied Samuel und noch ehe Alessandra oder Vanya etwas erwidern konnten, trat er vor und begann mit seiner Rede.

Alessandra legte einen Arm um ihre Mutter und hielt sie fest. »Es gibt Hoffnung, Mama. Ich weiß, wie wir ihn retten können! Bitte, du darfst jetzt nicht aufgeben. Ich brauche deine Hilfe!«

Die Königin nickte und wischte sich über die Augen.

»… hat der Kronrat entschieden, die Prinzessin heute zu vermählen!«, verkündete Samuel in diesem Moment und sah zu den Prinzen, die teils gelangweilt, teils interessiert zuhörten. »Wir haben zwei sehr aussichtsreiche Kandidaten gewählt. Zum einen Prinz Rowan aus dem Reich der Morgenröte!« Er gab den Gästen Zeit, in Applaus auszubrechen, und Rowan trat nach vorn und verneigte sich vor Alessandra. »Zum anderen Prinz Baldur aus dem Reich jenseits von Mitternacht!«

Wieder brandete Applaus auf, jedoch trat diesmal niemand vor. Alessandra verkrampfte ihre Finger um den Fächer in ihrer Hand und suchte noch einmal den Ballsaal ab. Ein Mann mit blassblondem Haar und ebenso blasser Haut erwiderte ihren Blick mit einem höhnischen Grinsen. Neben ihm standen drei Frauen, eine ältere und zwei jüngere, in grotesk hässlichen Kleidern mit viel zu vielen Rüschen und Maschen.

Eine innere Stimme sagte ihr, dass dieser Mann etwas damit zu tun hatte, dass Nathaniel nicht hier war. Sie wünschte, Lady Margret wäre nicht davongegangen, sondern könnte jetzt mit diesem Fremden sprechen.

»Wo ist Prinz Baldur?«, ertönte die gereizte Stimme von Samuel. »Wenn er nicht bis zum Klang der Abendglocke hier ist, wird es keine weiteren Überlegungen geben. Dann wird Prinzessin Alessandra von Soleil mit Prinz Rowan vermählt.«

Alessandra blickte auf die antike Uhr an der Wand. Ihr blieb nicht mehr viel Zeit. Sie wollte sich gerade eine Ausrede einfallen lassen, um zu gehen, als Samuel Rowan zu ihr führte.

»Nutzt die Zeit, um miteinander zu sprechen«, schlug er vor, bevor er wegtrat und mit den anderen Ratsmitgliedern sprach.

»Prinzessin, es wäre mir eine Freude, Euch die Zeit zu vertreiben«, erklärte Rowan mit warmer Stimme.

Sie nickte ihm zu. Sie hatte nichts gegen ihn, aber sie wollte Nathaniel finden. Doch jetzt von hier fortzukommen, schien unmöglich. Immer wieder wanderten ihre Augen zu der Uhr und zu dem Mann, der sie so höhnisch anlächelte.

Was konnte nur geschehen sein, dass Nathaniel nicht hier war?

20 Nathaniel

Er hatte gewusst, dass etwas geschehen würde. Nachdem er seinen Lohn erhalten hatte, war er förmlich durch die Stadt gerannt, hatte Drake zur Eile angetrieben und sich kaum anständig von seinem Freund verabschiedet. Es war ihm erst nicht seltsam vorgekommen, dass er Rosalinda nirgendwo entdeckt hatte, schließlich schien der Feerich mit der Liste von Pandora alle Hände voll zu tun zu haben.

Nachdem er um Atem ringend vor seinem Haus ankam, stürmte er durch die Tür, überreichte seiner Stiefmutter die Münzen und hastete in die Küche, um sich umzuziehen. Wie immer wartete er geduldig, dass Pandora ihm irgendeinen Grund nannte, warum er nicht mitkommen konnte. Er hegte auch jetzt noch keinen Verdacht, Rosalinda nirgendwo zu entdecken.

»So, du hast also alle Aufgaben erledigt«, hörte er Mayo sagen, der auf der Treppe stand und ihn hochmütig musterte.

»Ja, das habe ich.«

»Und du denkst, dass du zu diesem Ball gehen solltest?« Der Herzog schritt zu ihm hinunter, das Kinn immer noch viel zu weit gehoben.

»Es ist mein gutes Recht«, begann Nathaniel, schluckte allerdings, als Mayo etwas hinter seinem Rücken hervorzog und boshaft grinste.

Rosarotes Licht erstrahlte im düsteren Treppenaufgang und leises Klingeln drang durch ein Glas mit Schraubverschluss, gerade einmal so groß wie seine Handfläche. Nathaniel wollte sich auf den Herzog stürzen, aber seine Beine gehorchten ihm nicht.

Mayo grunzte und hinter sich hörte Nathaniel das Lachen seiner Stiefmutter. »Hast du gedacht, wir merken nicht, dass du uns betrügst?«, zischte sie nah an seinem Ohr und ließ ihre eiskalten Finger über seine Brust tanzen. »Du und die Prinzessin … Wie schön das doch wäre, nicht wahr? Ein Märchen, das sich für dich erfüllt und dich endlich zu dem Prinzen macht, der du schon immer zu sein geglaubt hast.« Sie nahm Mayo das Glas ab, in dem das rosa Licht schwächer zu werden schien.

»Wie habt ihr es geschafft, den Feerich zu fangen? Ihr könnt ihn doch nicht sehen!«, stieß Nathaniel hervor.

Pandora lachte. »Ich habe es zuerst nicht geglaubt, aber der Herzog hatte recht damit, dass der Prinz aus dem Reich jenseits von Mitternacht ein Hochstapler ist. Herzog Mayo wusste auch sofort, dass du hinter der Maskerade stecken musst. Ich kam zu dem Schluss, dass du es irgendwie geschafft hast, eine Wunschfee zu bekommen. Also haben wir dieser Abscheulichkeit von Fee eine Falle gestellt, indem ich einen Kelch funkelndes Zuckerwasser in die Küche gestellt habe. Zuckerwasser ist die Schwäche einer jeden Fee. Ich musste nur warten, bis dieses Ding kam und das Getränk zu sich nahm. Natürlich war es mit einem Zauber versetzt, der Feen für Menschen sichtbar macht, und mit einem Gift, das ihn schlafen ließ, damit ich ihn einsperren konnte.« Sie schüttelte das Glas und ein leises Klingeln erklang. »Jetzt kann ihn jeder sehen.«

»Lasst Rosalinda frei! Seht ihr denn nicht, dass er da drinnen stirbt?«

Pandora betrachtete den winzigen Feerich mit einem teuflischen Lächeln. »Was wäre daran schlimm? Eine unnötige Fee weniger. Es war schwierig, ihn zu schrumpfen, aber zum Glück hatte der Herzog die passende Tinktur. Dieses Ding wird mir eine schöne Stange Geld einbringen.«

»Vergesst meinen Anteil nicht«, mischte Mayo sich ein. »Ohne mich hättet Ihr doch gar nicht gewusst, wie Ihr diese Abscheulichkeit von einer Fee fangen sollt.«

»Gewiss, mein lieber Herzog«, meinte Pandora liebenswürdig, aber Nathaniel sah das Funkeln in ihren Augen. Sie würde sich des Herzogs entledigen, sobald sie ihn nicht mehr benötigte. Er hätte ihn ja gewarnt, aber irgendwie verdiente der aufgeblasene Gockel das. »Schließlich war es Eure Falle, die diesen seltsamen Feerich angelockt hat. Aber es bleibt doch mein Gift, das meinen missratenen Stiefsohn gelähmt hat.«

»Gift?«, keuchte Nathaniel, der seinen Körper nicht mehr spürte.

»Wir haben deine Kleidung damit getränkt. Oh, keine Sorge, es wird irgendwann aufhören, zu wirken. Aber dann liegst du sicher verschnürt auf dem Dachboden, bis ich weiß, was ich mit dir machen soll.«

Sie schnippte und aus dem Nichts erschienen Seile, die sich um Nathaniel wickelten, bis er fest verpackt auf dem Boden lag. Er funkelte Pandora an. »Wieso? Wieso gönnst du mir mein Glück nicht? Du wärst mich los und das Haus würdest du auch behalten! Niemand würde von mir erfahren, dass du Magie besitzt. Du kannst doch nur eine dunkle Fee sein, wenn du über diese Kräfte verfügst.«

Sie beugte sich zu ihm hinab und im schwachen rosa Glanz des Feerichs sah sie trotz ihrer magischen Tinkturen alt und hässlich aus. »Mein Junge, ich bin etwas viel Besseres als eine dunkle Fee«, säuselte sie und die Boshaftigkeit in ihren Augen raubte Nathaniel fast den Atem. »Und warum ich dich nicht glücklich sein lasse? Weil ich dich nie mit meinem Zauber einlullen konnte, mein Junge. Dein Glück und zugleich dein Pech, aber das soll nicht länger deine Sorge sein. Wenn der Ball zu Ende ist, lasse ich mir etwas Schönes für dich einfallen. Bis dahin kann diese Abscheulichkeit von einer Fee dir Gesellschaft leisten.«

Sie stopfte das Glas mit dem Feerich in ihren Beutel, warf ihn auf Nathaniels Brust und erhob sich. Ein weiteres Schnippen genügte und Nathaniel wurde über den Boden gezerrt, die Treppe hinauf bis auf den staubigen Dachboden. Krachend fiel die Tür im Boden zu und er hörte, wie jemand von außen abschloss.

Er biss die Zähne aufeinander und versuchte, sich zu bewegen. Aber selbst wenn er nicht gefesselt gewesen wäre, hätte er noch nicht einmal seine Hände rühren können.

Er brüllte und strengte sich noch mehr an. Schweißperlen standen auf seiner Stirn, aber es gelang ihm nicht, auch nur einen Finger zu heben.

Erschöpft gab er seinen Widerstand auf. Er dachte an Alessandra. Sie wartete auf ihn. Er musste zu ihr. Irgendwie musste er es schaffen, zu ihr zu gelangen.

»Nathaniel!«, erklang die gequälte Stimme von Rosalinda. »Nathaniel! Hörst du mich?«

»Ja«, flüsterte Nathaniel und versuchte, den Beutel auf seiner Brust zu erspüren. Selbst das gelang ihm nicht.

»Der Zauber wirkt nicht lange. Du wirst dich bald bewegen können«, sprach der Feerich beruhigend zu ihm. Nathaniel musste ihm das hoch anrechnen, denn er wusste, dass Rosalinda wohl bald die Luft ausgehen würde.

»Du hast doch gesehen, dass sie mich gefesselt hat, oder? Selbst wenn ich es wollte, ich könnte diese Seile nicht lösen.«

»Das musst du auch gar nicht«, klang es dumpf aus dem Glas. »Ich habe Darbur gerufen. Er müsste jeden Moment hier sein.«

»Wie hast du …«

»Er hat mir eine Pfeife gegeben, damit ich ihn für den Fall, dass die Prinzessin auf die Idee kommt, allein nach dem Wunschstein zu suchen, verständigen kann. Ich habe ihn hergerufen. Er wird uns befreien.«

Nathaniel lachte und ärgerte sich darüber, dass ihm vor Erleichterung die Tränen kamen. Er würde doch noch zu Alessandra kommen. Es war nicht zu spät, nicht aussichtslos.

»Wir werden allerdings auf ein wenig Zauber verzichten müssen«, riss Rosalinda ihn aus seinen Gedanken. »Ich bin im Augenblick etwas geschwächt. Also kleide ich dich erst mal wie einen Prinzen ein und vertraue darauf, dass die Magie der Liebe auf den ersten Blick den Rest erledigt. Ich kann nur hoffen, dass Darbur uns zum

Schloss fliegen wird, für ein Pferd reicht meine Magie nämlich auch nicht mehr. Bis dahin musst du deinen Körper wieder unter Kontrolle bringen und ich kümmere mich mit meiner letzten Kraft um deine Stiefmutter und diesen aufgeblasenen Herzog. Allerdings werden wir uns ziemlich auf unser Glück verlassen müssen, damit alles aufgeht.«

»Ich liege gefesselt und vergiftet auf dem staubigen Dachboden meines eigenen Hauses, das doch nicht mir gehört. Wollen wir wirklich über mein Glück sprechen?«, schnaubte Nathaniel

»Dann müssen wir auf das Glück der Prinzessin vertrauen«, murmelte der Feerich.

Nathaniel wollte auch dieses Argument entkräften, als es über ihm krachte. Erst rieselte nur Staub herunter, dann brach ein Balken und drohte, ihn zu zerquetschen. Er kniff die Augen zusammen und wartete auf den Schmerz. Aber er kam nicht.

»Menschen haben keine Ahnung, wie man massiv baut«, knurrte Darbur und legte den Balken auf dem Boden ab. »Da habt ihr euch aber in einen schönen Schlamassel gebracht.«

»Ich bin echt froh, dich zu sehen«, lachte Nathaniel und hustete, als er Staub einatmete. »Danke, dass du so viel riskierst, um mich zu retten.«

Er hätte schwören können, dass der Drache beschämt aussah, als er sich am Kopf kratzte. »Na ja, ich mache das ja nicht für dich, sondern für die Prinzessin.« Er musterte Nathaniel und kniff die Augen zusammen. »Du willst aber nicht so auf den Ball gehen, oder?«

»Nein, ich zaubere ihm etwas, wenn du mich befreist!«, rief Rosalinda und der Beutel auf Nathaniels Brust hüpfte auf und ab. »Hol mich bitte hier raus, ich bekomme Platzangst und die Luft wird knapp!«

Darbur beugte sich über Nathaniel, griff nach dem kleinen Stoffsack und zog das Schraubglas heraus. »Sieht ungemütlich aus«, meinte er, drehte den Deckel ab und legte das Glas auf den Boden.

Rosalinda kroch heraus, keuchte und zog seinen Zauberstab heraus. Er berührte sich selbst mit dem Stern an der Spitze und wuchs augenblicklich wieder auf normale Größe. »Bei allen Zauberstäben, ich danke dir, Drache.«

Darbur brummte etwas Unverständliches und zerrte an den Seilen, die Nathaniel fesselten. Mit seinen scharfen Fingernägeln machte er kurzen Prozess und riss sie auf. Nathaniel hätte sich gern gestreckt, aber sein Körper war immer noch gelähmt.

»Was ist mit dir? Steh auf«, knurrte Darbur.

»Würde ich gern, aber ich wurde vergiftet«, erwiderte Nathaniel und sah Rosalinda Hilfe suchend an.

»Jetzt bekommst du einen Hochzeitsanzug verpasst und dann wird die Wirkung des Gifts nachlassen«, erklärte der Feerich und berührte Nathaniel mit dem Zauberstab. Rosarotes Licht hüllte ihn ein und der Staub kitzelte in seiner Nase. Noch während der Glitzerstaub herabrieselte, meinte Rosalinda: »Du kannst ihn doch zum Schloss fliegen, oder?«

»Sicher«, schnaubte Darbur. »Am besten lande ich mitten im Ballsaal, damit auch genug Gardisten mit ihren Schwertern und Pfeilen auf mich zielen können. Zaubere ihm doch etwas anderes her, das ihn hinbringt.«

»Das geht nicht«, gab der Feerich kleinlaut zu. »Meine Magie ist durch diese Gefangennahme etwas geschwächt und ich brauche den Rest, um seine Stiefmutter und die restliche Bagage davon abzuhalten, den Plan zu ruinieren.«

»Worauf habe ich mich da nur eingelassen«, murmelte Darbur. »Schön, ich fliege ihn bis zum Tor zum Drachenwald. Den Rest muss er allein schaffen.«

»Bis dahin sollte er wieder gehen können. Hoffe ich.«

»Ich höre euch, das wisst ihr, oder?«, stöhnte Nathaniel, der nicht einmal sah, was Rosalinda ihm diesmal angezogen hatte. Es musste weiß sein, denn er konnte auf seiner Schulter den weißen Stoff mit blauen und silbernen Verzierungen erkennen.

»Heb ihn jetzt hoch und flieg los«, forderte der Feerich den Drachen auf. »Aber wehe, du machst ihm Flecken! Der Anzug ist perfekt und soll nicht beschmutzt werden!«

»Also gut. Aber ich möchte festhalten, dass ich noch nie mit einem Passagier geflogen bin. Ich übernehme also keine Verantwortung …«

»Mach es einfach«, bat Nathaniel. »Ich muss zu ihr. Sie wartet doch auf mich! Und es ist mir egal, ob ich dann Flecken auf der Jacke habe!«

Darbur nickte und hob ihn hoch. Sein Körper hing schlaff in den Armen des Drachen, der sich sichtlich abmühte, mit ihm loszufliegen.

Kaum waren sie jedoch in der Luft, schien es ihm leichter zu fallen. Das Klingeln von Rosalindas Flügeln begleitete den Flug durch die junge Nacht.

»Nathaniel, kannst du dich schon wieder bewegen?«

Er starrte auf seine Finger und versuchte, sie zu krümmen. Mehr als ein Zucken gelang ihm nicht. »Nein«, stöhnte er und schloss die Augen.

»Kannst du ihn nicht mit deiner Magie heilen?«, fragte Darbur.

»Nur wenn ich wüsste, welches Gift Pandora genommen hat. Ansonsten mache ich es eventuell schlimmer. Außerdem sollte ich auch dafür keine Magie verschwenden, wenn der Plan aufgehen soll.«

Während Nathaniel darüber nachdachte, wie viele Giftarten es wohl gab, die einen Menschen lähmten, machte sein Magen einen Salto und er riss die Augen auf, als Darbur mit ihm gemeinsam hinabstürzte. Noch bevor er schreien konnte, hatte der Drache sich aber wieder gefangen und flog weiter.

»Entschuldige, ein Luftloch«, erklärte er schwer atmend. »Ich fliege für gewöhnlich nicht so tief und auch nicht so schwer beladen.«

»Ich kann dir nicht genug danken«, flüsterte Nathaniel. »Ohne dich würden wir auf diesem Dachboden verrotten.«

Der Drache gab ein Schnauben von sich. »Ich mache das für …«

»Ich weiß, für Alessandra«, fiel Nathaniel ihm ins Wort. »Sie muss dir sehr wichtig sein.«

»Wenn ich mich einmal nicht konzentrieren muss, keinen Menschen fallen zu lassen, erzähle ich dir unsere Geschichte«, keuchte Darbur. »Aber für den Moment versuche ich, dich nicht umzubringen, und hoffe, dass uns niemand sieht.«

»Die meisten Menschen werden beim Ball sein«, überlegte Rosalinda. »Er müsste längst angefangen haben.«

Nathaniel starrte auf die Lichter vor ihnen, in denen das Schloss bestrahlt wurde. Es hob sich leuchtend vom dunklen Nachthimmel ab. Bald würde die Abendglocke läuten und dann hätte er nur drei Stunden bis Mitternacht. Ob sein Märchen wirklich wahr werden konnte?

Darbur ging in den Sinkflug über und landete geräuschvoll neben dem Tor zum Drachenwald. »Kannst du allein stehen?«, fragte er Nathaniel und stellte ihn versuchsweise auf seine Füße. Hätte Rosalinda nicht nach ihm gegriffen, wäre er umgefallen. »Das heißt wohl Nein«, meinte der Drache.

»Ich bringe ihn hinein, wir dürfen keine Zeit mehr verlieren«, erklärte der Feerich, der mittlerweile wieder wie der Diener eines Prinzen aussah. Er schlang einen Arm um Nathaniels Hüfte, den anderen um seine Schultern und zog ihn vorwärts. »Warte hier auf uns, Darbur, vielleicht brauchen wir dich später noch.«

Der Drache schnaubte als Antwort und versteckte sich hinter der Mauer.

»Und wie erklären wir, dass ich nicht in der Lage bin, ohne Hilfe zu gehen? Du wolltest dich um meine Stiefmutter kümmern, aber ohne Stütze falle ich ganz unprinzenhaft auf die Nase.«

Rosalinda schwieg, während sie Schritt um Schritt auf das Schloss zugingen. Nathaniel wollte schon nachhaken, da hörte er jemanden auf sie zulaufen.

Vor ihnen stand plötzlich eine ältere Frau im Ballkleid. Nathaniel erkannte sie als die Gouvernante wieder, die Alessandra aus dem Stall begleitet hatte, nachdem er sie mit Wasser übergossen hatte.

»Da seid Ihr ja endlich«, gab sie um Atem ringend von sich. »Was ist mit Euch geschehen?« Sie trat auf sie zu und musterte Nathaniel, bevor sie die Augenbrauen hochzog. »Schwarze-Witwen-Gift! Wen habt Ihr nur gegen Euch aufgebracht, Nathaniel?«

»Wartet!«, keuchte er. »Ich heiße Baldur …«

Die Frau verzog ihren Mund zu einem Schmunzeln. »Ja, für alle anderen. Aber ich weiß, wer Ihr wirklich seid.«

Nathaniel hätte gezittert, wenn er gekonnt hätte. Stattdessen starrte er die Frau vor sich nur an.

»Ihr müsst Euch vor mir nicht fürchten, ich will Euch helfen«, meinte sie und wandte sich an Rosalinda. »Offenbar ist Eure Wunschfee dazu allein nicht in der Lage.«

»Zu meiner Verteidigung …«, begann Rosalinda, wurde aber jäh unterbrochen.

»Dafür haben wir keine Zeit. Bringt ihn zum Haupteingang, ich suche nach dem Gegengift und dann müssen wir uns sputen.«

Sie wollte davonlaufen, aber Nathaniel rief sie zurück. »Ich danke Euch!«, sagte er und sie nickte lächelnd.

Dann verschwand sie im Gebäude und Rosalinda und Nathaniel kämpften sich zur großen Treppe, die in das Schloss hinaufführte. Bevor die ersten Gardisten sie bemerken konnten, eilte ihnen die Gouvernante entgegen.

»Haltet still«, wies sie Nathaniel an, zog ein Fläschchen aus ihrem Ärmel und schüttete den Inhalt über seinen Kopf.

Nathaniel hatte Nässe erwartet, aber stattdessen kribbelte sein Körper und Wärme breitete sich auf seiner Haut aus. Erleichtert atmete er aus, als er seine Finger bewegen konnte und seine Beine wieder richtig spürte. Trotzdem fiel es ihm schwer, einen Fuß vor den anderen zu setzen.

»Das war sehr starkes Gift«, murmelte die Gouvernante. »Wer hat es Euch verabreicht?«

»Meine Stiefmutter«, knurrte Nathaniel, der immer noch gestützt werden musste, um die Treppe zu erklimmen.

»Ist sie eine Schwarze Witwe?«

Nathaniel kramte in seinem Gedächtnis nach diesen seltenen Zauberinnen. Er hatte in der Schule darüber gelernt. Schwarze Witwen waren schlimmer als dunkle Feen, da sie sich an der Lebensenergie der Männer labten, deren Herz sie in den Bann gezogen hatten. Er wusste nicht, was sie getan hatte, bevor sie in sein Leben getreten war. Aber ihr Verhalten und wie besessen sein Vater trotz ihrer grauenhaften Art von ihr gewesen war, legte den Schluss nahe, dass sie tatsächlich eine Schwarze Witwe war.

»Ich gehe davon aus«, meinte er nur und sah die Gouvernante an.

»Ist sie auf dem Ball?«

»Ja. Sie weiß, dass mir eine Wunschfee hilft.«

»Dann müssen wir uns um sie kümmern.« Sie winkte einigen Gardisten, ihnen zu folgen. »Zeigt mir, wer sie ist, und wir lassen sie abführen.«

»Ich werde sie inzwischen zum Schweigen bringen«, grinste Rosalinda und betrachtete Nathaniel. »Kannst du wieder allein gehen?«

»Habe ich denn eine andere Wahl?«, presste Nathaniel hervor, als sie den Ballsaal erreichten. Er ließ seinen Blick über die Gäste gleiten und entdeckte Mayo am Rand. Neben ihm standen Pandora und seine Stiefschwestern. »Da sind sie.«

Die Gouvernante erklärte den Gardisten, dass diese Personen sich widerrechtlich Zutritt verschafft hatten, und die Männer liefen los. Rosalinda war kurzzeitig verschwunden, bevor Nathaniel ihn über den Köpfen der Gäste entdeckte, wo er Glitzer herabregnen ließ. Er konnte nur hoffen, dass niemand die Wunschfee bemerken würde, und betrat so aufrecht wie möglich den Saal.

Ein Raunen ging durch die Menge, als man ihn entdeckte, doch er richtete seine Augen nur auf Alessandra, die ihren Blick zu ihm wandte und in ein strahlendes Lächeln ausbrach. Am liebsten wäre er zu ihr gelaufen, doch das durfte er nicht. Abgesehen davon, dass er nicht gekonnt hätte.

Aus den Augenwinkeln bemerkte er Tumult, sah aber nicht hin. Er hörte seine Stiefmutter unverständliche Worte brüllen, was wohl auf Rosalindas Zauber zurückzuführen war. Niemand verstand, was sie rief, und das war Nathaniels Glück. Ihm lief die Zeit davon und er durfte sich nicht mit Erklärungen aufhalten.

Er sah nur Alessandra an, die neben Rowan stand, der ihn zornig anfunkelte. Aber Nathaniel ignorierte auch das. Er betrachtete das pompöse Kleid, in das man Alessandra gesteckt hatte. Es war strahlend weiß und mit unzähligen Edelsteinen besetzt. Sie konnte es vermutlich nicht ausstehen oder sich richtig darin bewegen. Und doch sah sie umwerfend aus.

Als er sie endlich erreicht hatte, fiel er auf ein Knie und neigte seinen Kopf. »Vergebt mir, Prinzessin, ich wurde durch unglückliche Umstände davon abgehalten, eher bei Euch zu sein«, erklärte er und erhob sich mühsam.

»Da seid Ihr ja endlich«, knurrte Samuel, der Ratssprecher, ihn von der Seite an. »Dann können wir jetzt beginnen.«

21

Alessandra

Sie konnte nicht aufhören, ihn anzusehen. Er überstrahlte einfach alles, als er in einem Anzug, der zu ihrem Kleid passte, auf sie zuschritt. Seine weiße Jacke, mit dunkelblauem Kragen und Manschetten, silbernen Verzierungen und Saphiren geschmückt, war ein Abbild ihrer eigenen Kleidung. Seine hellbraunen Haare sahen etwas zerzaust aus, aber das stand ihm fast besser als der Seitenscheitel, den er immer trug. Seine Augen strahlten, als sich ihre Blicke trafen, während Samuel mit seiner langatmigen Rede begann.

Rowan hatte sich neben Nathaniel gestellt und die Arme verschränkt. Er hatte sich vermutlich bereits als Sieger gesehen.

Für einen kurzen Moment hatte Alessandra tatsächlich Angst gehabt, dass Nathaniel etwas zugestoßen war. Sie wusste, er wäre nie freiwillig von diesem Ball ferngeblieben. Sie vertraute ihm und sie wollte diesen Abend an seiner Seite zum Guten wenden. Für sie alle.

Samuel fand kein Ende mit seiner Rede und Alessandra verkrampfte ihre Finger um den Fächer. Ihnen lief die Zeit davon und dieser aufgeblasene Mann dachte nur daran, endlos lange über unwichtige Dinge zu sprechen.

Endlich kam er zu der entscheidenden Stelle und Alessandra straffte die Schultern, bereit, für das einzustehen, was sie sich wünschte.

»Es ist entschieden worden, dass diese beiden den Rat überzeugen müssen, der geeignetere Kandidat zu sein«, verkündete Samuel gerade.

Alessandra holte tief Luft. »Nein!«, sagte sie laut und hielt dem finsteren Blick von Samuel stand.

»Nein?«, fragte er und schritt auf sie zu. »Was soll das, Prinzessin?«

»Sollte nicht ich entscheiden, mit wem ich mein Leben verbringen will?« Sie wusste nicht, woher dieser Mut kam, dem Kronrat zum ersten Mal zu widersprechen, aber sie genoss das Gefühl.

»Alessandra hat recht«, stimmte nun auch ihre Mutter zu. »Sie hat die Prinzen am besten kennengelernt und da Ihr bereits die Vorauswahl getroffen habt, sollte sie die endgültige Entscheidung fällen.«

Samuel starrte die beiden Frauen an und Alessandra sah, wie eine Ader an seiner Stirn gefährlich pulsierte. Dann bemerkte sie rosaroten Glitzer, der herabrieselte, und der Ratssprecher entspannte sich. »Meinetwegen«, stimmte er zähneknirschend zu. »Dann soll sie sich aber schnell entscheiden, damit wir mit der Eheschließung beginnen können.«

Alessandra holte tief Luft und trat auf die beiden Prinzen zu. Rowan richtete sich auf und auch Nathaniel versuchte, seine Schultern zu straffen. Sie sah, wie viel Mühe es ihn kostete. Als sie zu ihm ging, neigte er den Kopf leicht. »Ich wähle Prinz Baldur«, verkündete Alessandra mit fester Stimme.

Nathaniel ergriff ihre Hand und hauchte einen Kuss darauf. »Ich danke Euch, Prinzessin«, sagte er und wieder brandete Applaus auf.

Es war ihr gleichgültig, was die Regeln besagten. Alessandra legte ihre Arme um seinen Hals und schmiegte sich an ihn. Nathaniel erwiderte die Umarmung und sie hielten sich, als die Abendglocke läutete. Kaum war der neunte Schlag verklungen, ging ein lautes Raunen durch den Saal.

Alessandra sah auf und entdeckte erneut rosaroten Glitzer, der zu Boden fiel. Ein Blick auf Nathaniel genügte und sie wusste, was geschehen war. Er trug einen zerrissenen alten Anzug anstelle des weißen. Mit lautem Knall landete Rosalinda neben ihnen auf dem Boden. Der Feerich rieb sich über seinen Hintern und keuchte, als er wackelig aufstand. »Es tut mir leid, ich hatte keine Kraft mehr«, flüsterte er.

»Betrüger!«, rief Samuel und deutete auf Nathaniel. »Wachen, verhaftet diesen Abschaum! Er ist kein Prinz, er ist ein Diener! Sperrt ihn in den Kerker!«

Alessandra stellte sich vor Nathaniel, breitete die Arme aus und funkelte die Wachen an. »Wagt es nicht, ihn anzufassen!«, befahl sie.

»Was erlaubt Ihr Euch?«, fauchte Samuel und schritt erzürnt auf sie zu. »Ihr habt Euch zu fügen! Dieser Mann ist ein Hochstapler und der Einzige, der noch für eine Ehe infrage kommt, ist somit Prinz Rowan.«

»Ich werde niemand anderen heiraten als Nathaniel!«, erwiderte Alessandra und hielt Samuels Blick stand. Lange genug hatte sie geschwiegen. Es war an der Zeit, zu kämpfen. Für ihr Glück, für das, was ihr Herz wollte. Und sie war noch lange nicht fertig!

Samuel wollte noch einen Schritt auf sie zu machen, aber Lady Margret stellte sich ihm in den Weg. »Untersteht Euch, der Prinzessin zu nahe zu kommen.«

»Was ist in Euch gefahren? Haben hier alle vergessen, wo ihr Platz ist?«, schnaubte Samuel und versuchte, sich an der Gouvernante vorbeizudrängen. Doch Lady Margret wich nicht zur Seite.

»Vielleicht habt Ihr vergessen, wo Euer Platz ist. Ihr solltet der Krone dienen und sie nicht unterdrücken.«

»Ich diene der Krone, aber mein König ist …«

»Die Königin ist in diesem Fall Eure Herrin, Samuel. Und Ihr behandelt sie wie eine Leibeigene.«

»Die Königin ist nicht …«

Lady Margret hob die Hand und zog ein Stück Pergament aus ihrer Rocktasche. »Ich musste lange danach suchen, Samuel, denn es scheint, jemand wollte diese Stelle des Gesetzes verschwinden lassen. Aber jetzt ist der rechte Zeitpunkt, meine Entdeckung mit euch allen zu teilen.« Sie räusperte sich und begann zu lesen. »So der König aufgrund einer Krankheit nicht mehr handlungsfähig ist, darf die Königin die Regierungsgeschäfte übernehmen. Ihr obliegt es ebenfalls, den Kronrat aufzulösen, so er nicht mehr den Interessen der Regentin dient.«

Wieder ging ein Raunen durch den Saal und Getuschel wurde laut. Samuel hatte die Fäuste geballt und schien zu überlegen, ob er der Gouvernante das Papier würde abnehmen können. Er machte einen Schritt auf sie zu, aber Lady Margret drehte sich zur Seite und seine Hände griffen ins Leere.

Sie warf einen Blick zu Vanya. »Meine Königin, seid Ihr der Ansicht, dass der Kronrat noch Euren Interessen dient?«

Die Königin straffte ihre Schultern und hob das Kinn. »Ich bin ganz und gar nicht der Meinung, dass der Kronrat in meinem Sinne oder dem meiner Familie handelt.«

Das Getuschel wurde lauter.

»Ihr habt nichts zu sagen«, zischte Samuel, doch genau wie Alessandra schien auch ihre Mutter ihren Mut gefunden zu haben.

Sie richtete ihre Krone und hob ihr Kinn noch ein Stück höher. »Mit sofortiger Wirkung enthebe ich die Mitglieder des Rates ihrer Aufgaben und bestimme, dass neue Räte gewählt werden, und zwar von der Prinzessin und mir selbst.«

Alessandra staunte, da die Stimme ihrer Mutter ungewohnt hart klang. Sie war stolz auf die Königin, die nicht einmal mit der Wimper zuckte, als Samuel in wüste Beschimpfungen ausbrach.

»Das genügt«, sagte ihre Mutter und hob ihre Hand. »Wache, führt den ehemaligen Ratssprecher ab. Er hat hier nichts mehr zu suchen.«

Fluchend wurde Samuel aus dem Saal geführt, die restlichen Ratsmitglieder folgten ihm mit hängenden Köpfen.

»Meine lieben Gäste!«, wandte sich die Königin nun an die Prinzen und alle anderen im Saal. »Ich bedaure, dass dieses Fest auf eine solch fürchterliche Art und Weise endet. Ich ersuche um Verständnis, aber wir haben jetzt einige Angelegenheiten zu klären, die keinen Aufschub dulden. Man wird Eure Kutschen vorfahren und es gibt für jeden ein kleines Präsent. Ich wünsche Euch eine gute Nacht.«

Die Diener, die erst ungläubig dem Geschehen zugesehen hatten, fingen an, Geschenke an die Gäste zu verteilen, die sich nach und nach aus dem Saal entfernten. Rowan blieb stehen, bis er von einem seiner Pagen angesprochen wurde. Der Prinz schnaubte und wandte sich ab. Wortlos verließ er schließlich den Saal.

Nur noch Nathaniel, Alessandra, Vanya, Lady Margret und Rosalinda blieben zurück.

Als selbst die Gardisten fort waren, klatschte Rosalinda in die Hände. »Wird Zeit, Verstärkung kommen zu lassen«, verkündete er, steckte seine Finger in den Mund und pfiff laut.

Rosaroter Glitzer stieß die Fenster auf und etwas schwebte in den Saal herein. Azura wirbelte aus der Glitzerwolke heraus und keuchte, als sie stolpernd zum Stehen kam. Darbur, der ebenfalls durch die Magie des Feerichs hereingezogen wurde, hatte weniger Glück. Er landete unsanft auf dem Bauch und hustete rosa Glitzer aus.

»Wunderbar, dafür hat meine Magie noch gereicht. Dann sind wir vollzählig«, grinste der Feerich.

»Ich reiße dir die Flügel aus, du wandelnde Katastrophe«, schnaubte Darbur, hielt sich das Maul zu und versuchte offenbar, ein Niesen zu unterdrücken. Es gelang nicht und rosaroter Staub schoss aus seinen Nasenlöchern. »Das wirst du büßen.«

»Erst musst du mich kriegen«, grinste Rosalinda und streckte seine Zunge heraus.

»Ruhe jetzt!«, unterbrach Lady Margret den Feerich. Sie warf einen Blick zum Drachen und schauderte. »Da wir offenbar vollzählig sind, sollten wir überlegen, was wir unternehmen können, jetzt, da die Königin wieder regieren kann ohne diese … Wie nanntet Ihr sie, Prinzessin? Ah ja, Dickbäuche.«

»Heißt das, Nate und ich können jetzt doch zusammen sein?«, traute Alessandra sich zu fragen.

Lady Margret seufzte. »Ich wünschte, es wäre so einfach. Das Gesetz besagt, dass nur ein Prinz die Hand der Prinzessin bekommen darf.«

»Und doch habt Ihr uns geraten, heute zu heiraten«, meinte Alessandra und zitterte vor Wut, bis Nathaniel ihr die Hände auf die Schultern legte. Sie drehte sich zu ihm um und sah ihm in die Augen. »Ich will niemanden außer dir.«

»Hatte der Zauber bis nach der Zeremonie gehalten, wäre es kein Problem gewesen«, erklärte Azura und sah Rosalinda finster an. »Durch die Magie des Wunsches war Nathaniel ein Prinz und wäre auch nach der Hochzeit einer gewesen. Aber nun ist er keiner mehr.«

»Und doch gibt es eine Lösung«, verkündete die Gouvernante, als hätte sie auf ihren Einsatz gewartet. »Wenn jemand vom Regenten auf eine schwierige Mission geschickt wird, kann er sich als Belohnung einen Wunsch erbitten, und zwar auch die Hand der Prinzessin.«

»Aber auf welche Mission könnte ich Nathaniel denn schicken?«, seufzte Vanya.

»Der Wunschstein!«, rief Alessandra und berichtete ihrer Mutter, was sie herausgefunden hatte.

Die Königin hörte zu, wurde immer bleicher und ließ sich schließlich erschöpft auf den Thron sinken. »Du willst wirklich, dass ich Nathaniel auf diese gefährliche Mission schicke? In ein Reich, das keiner wirklich kennt? Weißt du, was man sich darüber erzählt?«

»Ja, ich kenne die Legenden«, erwiderte Alessandra entschlossen. »Und nein, ich möchte, dass du *uns* auf diese Mission schickst!«

»Das kommt gar nicht infrage!«, rief ihre Mutter und schüttelte den Kopf. »Ich werde nicht zulassen, dass du dich in Gefahr bringst! Ihr beide könnt doch unmöglich solch ein Risiko auf euch nehmen!«

»Mama, wenn wir Papa retten wollen …«

»Dein Vater wird diese Nacht nicht überleben«, raunte die Königin und begann zu schluchzen. »Die Magie der Kette ist aufgebraucht und er wird immer schwächer.«

»Dann musst du Tharibor rufen und ihm einen Handel anbieten«, mischte sich Darbur ein. »Er kann das Leben deines Vaters verschonen und dir auch den Eingang zum Reich der Spiegel öffnen.«

»Nein, das lasse ich nicht zu!«, schluchzte die Königin. »Ich darf euch nicht auch noch in Gefahr bringen.«

»Du und Papa, ihr habt mich so lange beschützt«, redete Alessandra beruhigend auf sie ein und kniete sich neben den Thron, um ihre Hände auf die Knie ihrer Mutter zu legen. »Aber ich bin kein Kind mehr und ich glaube daran, dass Nathaniel und ich mit unseren Freunden erfolgreich sein können.« Sie wandte sich um. »Darbur, Rosalinda, Azura … würdet ihr helfen und uns begleiten? Ich weiß, es ist gefährlich, und ich kann euch keine Belohnung versprechen, die aufwiegen könnte, was ihr auf euch nehmt. Aber …«

»Es wäre mir eine Ehre«, unterbrach die blaue Fee sie und auch Darbur und Rosalinda nickten eifrig.

»Du kannst auf mich zählen, Prinzessin. Wer bringt mir sonst meine Pfirsiche?«, erklärte der Drache und entblößte seine spitzen Zähne, als würde er lächeln.

Lady Margret keuchte bei dem Anblick und machte einen Schritt zur Seite. Darbur schien es ihr nicht übel zu nehmen.

»Aber wenn dir etwas zustößt …«, flüsterte Vanya und griff nach Alessandras Händen. »Ich würde es mir niemals verzeihen, mein Kind. Niemals.«

»Mir wird nichts geschehen. Ich glaube daran.« Sie lächelte aufmunternd und da ihre Mutter nichts mehr sagte, stand sie auf. »Darbur, wie kann ich Tharibor rufen?«

»Ruf ihn vier Mal laut beim Namen und sag zum Schluss, dass du ihm ein Geschäft vorschlägst. Vielleicht musst du es mehr als einmal machen, aber er wird kommen.«

»Was macht dich so sicher?«, wollte Rosalinda wissen.

»Wenn die Geschichten stimmen, ist er trotz allem kein schlechter Mann, nur von Trauer zerfressen. Außerdem sollte er von deinem Schicksal wissen.«

Alessandra war sich nicht sicher, ob sie das beruhigen oder ängstigen sollte. Sie machte einen Schritt in den Raum und atmete erleichtert durch, als Nathaniel sich neben sie stellte. Sie straffte ihre Schultern, schloss für einen Moment die Augen, und als sie diese wieder öffnete, rief sie laut den Namen des Zauberers und bot ihm ein Geschäft an.

Dann wartete sie. Lauschte. Aber nichts geschah.

Sie wollte schon erneut seinen Namen rufen, da kam ein eisiger Wind auf und alle Kerzen gingen zugleich aus. Nathaniel schlang die Arme um sie und hielt sie fest, als ihre Röcke sich aufbauschten und sie fast das Gleichgewicht verlor.

»Du hast Mut, mich zu rufen, Prinzessin«, erklang eine kratzige Stimme vor ihr und Alessandra hob den Blick.

In einen schwarzen Umhang gehüllt, der wie Nebel waberte, stand ein Mann mit pechschwarzem Haar. Nur eine einzelne Strähne war leuchtend rot. Auf dem linken Auge trug er eine Klappe, auf seiner rechten Wange prangte eine lange Narbe. Sein Gesicht wirkte alt und doch jung, sein Körper war groß und schlaksig und er hielt einen langen schwarzen Stab in der Hand.

»Was willst du, Prinzessin?«, fragte er nach einer Ewigkeit des Schweigens.

»Ich …«, krächzte Alessandra und schluckte. Sie fühlte die Wärme von Nathaniels Händen auf ihrem Rücken, der sie losgelassen hatte und wieder hinter ihr stand, und räusperte sich. »Ich will dir ein Geschäft anbieten.«

»Du mir?«, lachte der Zauberer und klopfte mit seinem Stab auf den Boden. »Es gibt nichts, das du besitzt, das ich wollen würde. Das Leben deiner Eltern gehört mir, schönes Kind. Weil dein Vater deine Mutter zu sehr liebte und deine Mutter deinen Vater. Welche Ironie. Aber weder das Leben noch die Liebe ist jemals wirklich gerecht. Ich habe ihr Zeit gelassen. Ich hätte ihr Herz holen können, nachdem du geboren warst. Aber ich … ich wollte ihr Zeit lassen, dich aufwachsen zu sehen. Schließlich war sie bereit, ihr Leben für ein Kind zu geben. So wird mir meine Güte gedankt.« Er wandte sich ab und schien wieder gehen zu wollen.

»Ich werde dir den Wunschstein aus dem Reich der Spiegel bringen!«, rief Alessandra und setzte ihm nach, packte ihn am Umhang und wich entsetzt zurück, als sich der Stoff unter ihren Fingern in Luft auflöste.

»Du willst dieses Wagnis eingehen, um deine Eltern zu retten?«, fragte der Zauberer so leise, dass sie ihn kaum hören konnte.

»Um meine Eltern zu retten … und um mit dem Mann zusammen sein zu können, den ich liebe.« Sie wusste nicht, wieso, aber sie musste Tharibor danach fragen. »Du hast doch auch alles getan, um mit der Liebe deines Lebens zusammen zu sein, nicht wahr? Nur deswegen willst du das Herz meiner Mutter …«

Er drehte den Kopf ein wenig und betrachtete sie über seine Schulter. Dann musterte er Nathaniel, der wieder seine Hände auf Alessandras Oberarme gelegt hatte. »Liebe auf den ersten Blick«, schmunzelte er und seufzte tief. »Einverstanden. Weil ich eine Schwäche für diese Magie habe, will ich euch die Chance geben. Ich lasse deinen Vater leben und öffne dir den Weg ins Reich der Spiegel. Mehr kannst du von mir nicht erwarten. Kehrst du nicht in angemessener Zeit zurück, gehört das Leben deiner Eltern mir.« Er hielt ihr die rechte Hand hin, die in einem Handschuh aus schwarzem Leder steckte. »Haben wir eine Vereinbarung?«

Alessandra zögerte keine Sekunde und schlug ein. »Ja.«

»Dann ist es entschieden«, sagte Tharibor und hob seine behandschuhten Hände.

Rötliches Licht erstrahlte und plötzlich saß der König auf dem Thron neben der Königin. Er wirkte fahl und schwach, aber es war mehr Leben in ihm als in den vergangenen Tagen. Seine dunkelbraunen Haare fielen ihm in die Stirn und sein unrasiertes Gesicht wirkte um Jahre gealtert. Aber er lebte und Alessandra fühlte sich mit einem Mal erleichtert.

Seine Augen öffneten sich und er blickte sich verwirrt um. »Wo … Wo bin ich?« Seine Stimme klang brüchig und er zitterte, als sein Blick auf Tharibor fiel. »Was willst du hier?«

Alessandra wollte zu ihm laufen, um ihn zu umarmen, aber der Zauberer hob die Hand und sie blieb wie angewurzelt stehen.

»Deine Tochter hat mir ein Geschäft angeboten, das ich nicht ablehnen kann. Besteht sie die Aufgabe, dürft ihr eure Leben behalten.«

Der König sah verzweifelt zu seiner Tochter. Er versuchte, aufzustehen, aber unsichtbare Fesseln zogen ihn auf den Thron zurück. Auch die Königin konnte sich nicht erheben. Sie mühte sich ab und es gelang ihr, die Fingerspitzen ihres Mannes zu erreichen.

»Ihr dürft euch in die Arme fallen, wenn ich habe, was ich möchte.« Er wandte sich an Alessandra. »Bist du bereit?«

»Sie geht nicht allein«, verkündete Lady Margret und baute sich vor Tharibor auf.

»Soll mir recht sein, es ist für mich einerlei«, meinte der dunkle Zauberer mit einem Schulterzucken.

»Gut. Sie ziehen sich jetzt um, dann kann es losgehen.«

»Unnötig.« Tharibor schnippte mit seinen Fingern und Alessandra trug bequeme Hosen und ein einfaches Oberteil. Auch Nathaniel hatte robuste Hosen und Stiefel an. Nur die Feen waren immer noch in ihre Glitzerkleider gehüllt. »Noch etwas?«

Lady Margret schnaubte und drehte sich zu Alessandra um. »Hier, mein Kind«, raunte sie und drückte der Prinzessin, die wieder die Kontrolle über ihren Körper erlangt hatte, einen Beutel in die Hand. »Ihr werdet es vielleicht benötigen.«

Alessandra öffnete den Sack und holte ein Paar Schuhe hervor, die aus Glas zu sein schienen. »Aber …«

»Ihr werdet es wissen, wenn es so weit ist. Habt Vertrauen, Prinzessin. Und viel Glück.« Die Gouvernante wandte sich wieder Tharibor zu, der gebannt auf die Glasschuhe starrte. »Ich bleibe hier und überwache, dass alles mit rechten Dingen zugeht!«

Der Zauberer löste seinen Blick von den Schuhen und schnaubte. »Kannst deine Vergangenheit auch nicht loslassen, oder?«

»Genauso wenig wie du«, erwiderte Lady Margret.

»Da wir das geklärt haben«, knurrte Tharibor und schnippte, »kann es jetzt endlich losgehen.«

22 Nathaniel

Nathaniel starrte vom König, der an seinen Thron gefesselt war, zum Zauberer, dessen vernarbtes Gesicht hart und unerbittlich wirkte. Er konnte es nicht fassen, dass Tharibor so grausam war und ihnen verweigerte, sich ein letztes Mal in die Arme zu nehmen, bevor Alessandra auf eine gefährliche Mission ging.

»Genug Zeit verschwendet«, meinte der Zauberer und hob seine rechte Hand.

Es wurde noch dunkler in dem Raum und eiskalt. Der Boden gefror unter ihren Füßen und eine Eisschicht zog sich über Wände und Fenster. Klirrend zersprang ein großer Spiegel und seine Splitter verteilten sich durch den Saal, als hätte man sie an Fäden aufgehängt. In ihnen brach sich das silberne Licht des Mondes, bevor sie sich verflüssigten und zu Boden tropften. Dickflüssig sammelten sich die kleinen Pfützen zu einer großen und die glatte Oberfläche leuchtete hell auf, bevor sie sich kräuselte und in einer Fontäne zur Decke schoss.

Alessandra keuchte neben ihm und presste die Glasschuhe eng an ihre Brust. Auch Darbur stieß eine Flamme aus, was Nathaniel auf Angst schob, ebenso wie das Klingeln von Rosalindas Flügeln. Nur Azura stand aufrecht und furchtlos neben ihnen und starrte den Zauberer nieder.

Die Fontäne wurde breiter und Nathaniel fragte sich, wie ein einziger Spiegel zu solch einer Größe heranwachsen konnte. Als die silberne Flüssigkeit etwa so breit war, dass ein Mensch hindurchschlüpfen konnte, teilte sie sich und gleißend helles Licht drang hinter dem Vorhang aus geschmolzenem Silber hervor.

Nathaniel hob den Arm vor sein Gesicht, denn die Helligkeit brannte in seinen Augen. Den anderen Arm legte er um Alessandra, als sie ihr Gesicht an seiner Schulter verbarg.

»Seht hin!«, forderte Tharibor sie mit seiner kratzigen Stimme auf.

Nathaniel blinzelte und hielt den Atem an. Vor ihnen lag eine Tür, die einen Blick auf eine Welt aus Eis und Schnee offenbarte.

»Ich dachte, wir sollten ins Reich der Spiegel«, murmelte Darbur und stieß wieder eine kleine Flamme aus.

»Dies ist die erste Hürde, Drache. Ich hatte eigentlich erwartet, jemand deiner Art weiß das.«

»Vielleicht wüsste ich es, wenn ich nicht erst dreihundert Jahre alt wäre«, schnaubte Darbur.

Die Miene von Tharibor veränderte sich nicht, als er neben den Eingang trat und seine Hand hob. Er streckte sie Alessandra entgegen, als wollte er sie zu einem Tanz auffordern. Nathaniel umfasste die Prinzessin fester.

»Dein Beschützerinstinkt ist stark«, meinte der Zauberer und ließ die Hand sinken. »Vielleicht wird euch das retten. Denn die Fee und der Drache werden kaum hilfreich sein. Das andere Wesen, das euch begleitet, zähle ich nicht, es wird euch vermutlich eher behindern.« Sein Blick fiel auf den Feerich, der die Backen aufplusterte.

»Also wirklich«, fauchte Rosalinda und schwang den Zauberstab. »Was erlaubst du dir?«

»Schweig, du seltsames Wesen!«, polterte Tharibor. »Wir haben genug Zeit verschwendet.«

Er hob wieder seine Hand und schnippte. Nathaniel erstarrte, als er etwas in seinen Händen fühlte. Es war ein Glas, in dem Sand langsam in ein anderes Glas hinabrieselte. Jeder von ihnen hatte von dem Zauberer einen solchen Gegenstand erhalten. Nathaniel hatte so etwas schon einmal in einem Buch gesehen. Manche Völker maßen so eine Zeitspanne.

»Ist der Sand durchgelaufen, wird sich der Ausgang aus dem Reich der Spiegel schließen und unser Geschäft ist nichtig. Behaltet also den Sand im Auge.«

Nathaniel tastete nach Alessandras Hand und verschränkte seine Finger mit ihren. »Bist du bereit?«, fragte er.

Sie drehte sich zu ihren Eltern um, die ängstlich zu ihnen blickten, dann nickte sie. »Ja, lasst uns gehen.«

Alessandra schritt voran durch die fließende Tür und Nathaniel ging direkt hinter ihr hinein. Schnee knirschte unter seinen Füßen und eisiger Wind ließ sein Gesicht gefrieren. Er kniff die Augen zusammen, da das Sonnenlicht unerträglich hell schien, atmete tief durch und öffnete dann seine Lider.

Er hielt den Atem an, als er Alessandra betrachtete. Ihre Haare glänzten silbern und ihr Gesicht war vollkommen weiß. Auf ihren Lippen lag Frost und das Kleid, das sie jetzt trug, schimmerte wie Eis.

Auch sie riss die Augen auf und hob ihre Hand an sein Gesicht. »Du siehst aus wie der Schneekönig selbst«, hauchte sie.

Nathaniel blickte an sich hinab und konnte keine Veränderung feststellen. Er trug immer noch die dunkelbraune Lederhose mit dem passenden Wams und eine viel zu luftige Tunika für diese Temperaturen. »Ich habe mich nicht verändert, aber du siehst aus wie eine Eisfee.«

Auch Alessandra blickte an sich hinab und schüttelte den Kopf. »Nein, ich habe mich nicht verändert.«

»Ihr seht beide aus wie Eisleichen«, fauchte Darbur und rieb sich über seine Arme, die mit Eis überzogen waren, während er über den Schnee stapfte. »Abscheuliche Gegend hier!«

»Wirklich? Ich finde es himmlisch«, säuselte Rosalinda und hüpfte fröhlich um den Drachen herum. Das Kleid des Feerichs hatte ein wenig Schnee abbekommen, die Haare hingegen glitzerten vor Eiskristallen. »Außerdem sind sie keine Eisleichen. Sie sind der König und die Königin des Schneereichs. Aber nur in den Augen der anderen, nicht in ihren eigenen. Das ist der Fluch des Spiegelreichs. Die Dinge sehen anders aus, als sie wirklich sind.«

Auch Azura hatte sich verändert. Ihre blauen Haare waren silbern und das Kleid schimmerte eisblau statt dunkelblau.

»Können wir weiter?«, knurrte der Drache und nieste. Feuer drang aus seiner mit Eiszapfen verhangenen Nase und er erwischte um ein Haar Rosalinda.

»Kannst du nicht aufpassen?«, quietschte der Feerich und betrachtete seine Flügel. »Wenn meine Flügel Feuer fangen, kann ich nie wieder fliegen.«

»Du kannst mit den Dingern sowieso nicht umgehen«, erwiderte Darbur. »Du landest öfter auf dem Bauch, als dass du durch die Lüfte schwebst.«

»Nimm das zurück, sonst …«

»Reißt euch mal am Riemen!«, trat Azura zornig zwischen sie. »Ihr könnt euch später die Köpfe einschlagen, jetzt müssen wir den Wunschstein finden.« Sie deutete auf das Gefäß mit Sand in ihren Händen und schnaubte.

Da sowohl Rosalinda als auch Darbur keine Anstalten machten, sich zu beruhigen, und der Feerich bereits seinen Zauberstab gehoben hatte, packte die blaue Fee Rosalinda am Ohr und Darbur an einer der Dornen an seinem Kopf.

»Benehmt euch!«, tadelte sie die beiden Streithähne.

»Vielleicht hätten wir vorher klären sollen, wie mir das gelingen kann«, meinte Alessandra kleinlaut und ließ Nathaniel los. Sie machte einige Schritte über den knirschenden Schnee und blickte sich suchend um.

»Das ist gar nicht so schwer, Prinzessin«, erklärte Azura und ließ den jammernden Drachen und den weinerlichen Feerich los. »Ihr müsst es Euch nur wünschen.«

»Wenn es so leicht wäre, warum hat es bisher keiner versucht?«, wollte Nathaniel wissen.

»Ihr dürft nicht denken, dass die Prinzessin sich wünscht, der Stein käme zu ihr, und er würde plötzlich in ihren Händen ruhen«, belehrte Azura ihn. »Sie wird nur wissen, wohin sie gehen muss.

Das Reich der Spiegel wird ihr Hindernisse in den Weg legen, mein junger Freund, vermutlich gefährliche, oder es wird sie täuschen. Aber was auch immer es sein mag, wir werden es gemeinsam meistern.«

Nathaniel betrachtete Alessandra, die plötzlich nicht mehr sicher zu sein schien, ob sie sich richtig entschieden hatte. Er ergriff ihre Hand und lächelte aufmunternd. »Hast du gehört? Wir werden das gemeinsam meistern. Für deine Eltern. Und für uns.«

Sie hob den Kopf und sah einen Moment lang verloren aus. Dann erwiderte sie sein Lächeln. »Ja, das werden wir.« Sie stieß langsam den Atem aus. »Also gut, du meintest, ich muss es mir nur wünschen?«

»Wünscht Euch, den Wunschstein zu finden, und der Weg wird sich offenbaren.«

Alessandra warf Nathaniel einen Blick zu, den dieser immer noch lächelnd erwiderte.

»Nur Mut, ich bin bei dir. Ich weiß, du könntest das allein, aber zusammen ist es einfacher.«

Sie drückte seine Hand. »Danke«, hauchte sie und schloss die Augen. »Ich wünsche mir, den Wunschstein zu finden!«

Die Sonne, die gerade noch hoch am Himmel gestanden hatte, sank plötzlich, tauchte alles in einen rötlichen Glanz, bevor es dunkel wurde. Der Schnee und das Eis klirrten im leichten Wind, während sich der Mond am Himmel emporschob. Sein Licht war nicht silbern, sondern lila.

Alessandra wandte sich Azura zu. »Hat es geklappt?«, fragte sie und betrachtete den Mond mit hochgezogenen Augenbrauen. »Seht ihr diesen Lichtstrahl auch?«

Nathaniel folgte ihrem Blick, aber für ihn wirkte der Mond normal, abgesehen davon, dass er lila war. »Welchen Lichtstrahl?«

Sie hob eine Hand und deutete zwischen den verschneiten Baumwipfeln hindurch. »Da! Es sieht aus wie ein Lichtkegel von einem Leuchtturm.«

»Dann führe uns, Prinzessin. Außer dir kann es keiner sehen«, brummte Darbur und nieste noch einmal Feuer. »Je eher wir diese verfluchte Kälte verlassen, umso lieber wäre es mir.«

Alessandra verstärkte den Griff, mit dem sie Nathaniels Hand hielt, und ging los. Die anderen folgten ihr, bis auf Azura, die neben ihr schwebte, den Zauberstab hocherhoben.

»Was immer Ihr unternehmt, versucht, dicht zusammenzubleiben«, raunte die blaue Fee. »Wenn wir uns hier verlieren, grenzt es wohl an ein Wunder, falls wir uns wiederfinden. Und ohne die Prinzessin werden wir weder zum Wunschstein noch zum Ausgang zurückgelangen.«

»Vielleicht sollten wir uns eine Art Verbindung zaubern?«, überlegte Rosalinda laut und nieste nun ebenfalls. Rosa Glitzer verteilte sich rund um den Feerich, während er mit dem Ärmel über seine Nase fuhr. »Verfluchte Kälte.«

»Ach, jetzt doch?«, knurrte Darbur und rieb sich wieder über die Arme.

»Das wäre keine schlechte Idee«, stimmte die blaue Fee zu, hob ihren Zauberstab und berührte ihr Handgelenk. Ein funkelndes Armband in hellem Blau erschien an jener Stelle und Nathaniel zischte, als er auf seiner Haut die Magie prickeln fühlte.

»Müsst ihr Feen so was immer ohne Vorankündigung machen?«

Jeder trug nun ein Armband, das hell zu leuchten begann. Selbst Darbur, der darüber nicht gerade froh zu sein schien.

»Wenn wir uns verlieren, können die Armbänder uns die Richtung weisen, in welche wir gehen müssen, um wieder zusammenzufinden«, erklärte Azura. »Je näher wir uns kommen, umso heller erstrahlt das Band.«

»Besser als nichts«, brummte der Drache und schüttelte den Arm, an dem das funkelnde Band befestigt war. »Sitzt zumindest sicher.«

»Bleibt trotzdem zusammen«, forderte Alessandra sie auf und blickte sich suchend um. »Ich habe das Gefühl, dass wir beobachtet werden.«

Nathaniel nickte. »Ja, hier ist etwas.« Seine Nackenhaare richteten sich auf und er drückte Alessandras Hand fester. »Haben wir eigentlich irgendwelche Waffen?«

»Sie wären unnütz«, flüsterte Darbur und rückte näher an Alessandra heran. »Im Reich der Spiegel sind Schwerter ebenso gefährlich, wie mit Blümchen zu werfen.«

»Aber du kannst Feuer speien und die Feen Magie wirken«, hakte Alessandra nach.

»Ja, doch ich bezweifle, dass es dieselbe Wirkung auf die Wesen dieses Ortes hätte, wie es in unserer Welt der Fall wäre.«

»Das heißt, wenn wir angegriffen werden … sind wir wehrlos?« Nathaniel stieß den Atem aus.

»Die Dinge hier sind nicht, was sie zu sein scheinen«, hauchte Azura, die ebenfalls näher an die Gruppe herangerückt war. »Und wir haben die Prinzessin mit ihrem reinen Herzen. Wir müssen vertrauen.«

»Leichter gesagt als getan«, wimmerte Rosalinda und nieste noch einmal rosa Glitzer. »Siehst du noch das Licht, Prinzessin?«

Alessandra nickte. »Es strahlt ganz hell durch die Bäume hindurch.«

»Immerhin ist der Mond hier schön lila«, schmunzelte der Feerich. »Wenn es nur nicht so kalt wäre, könnte ich mich an den Ort gewöhnen.«

Nathaniel rollte mit den Augen. »Kannst du mal bei der Sache bleiben?«, schnaubte er und hielt inne, als er ein Knirschen in ihrer Nähe vernahm.

Alessandra blieb wie angewurzelt stehen und riss ihre Augen weit auf, als sie den Kopf drehte. »Was … ist das?«, flüsterte sie.

Nathaniel folgte ihrem Blick und keuchte. Unzählige lila leuchtende Augen richteten sich auf sie und es wurden mit jedem Atemzug mehr.

Darbur und Rosalinda drängten sich enger an die Prinzessin und ihn, während Azura mit gezücktem Zauberstab vor ihnen stand. »Keiner bewegt sich«, wisperte sie.

Nathaniel spannte seinen Körper an, als er den Kopf drehte. »Wir sind umzingelt«, raunte er.

Alessandra zitterte und verkrampfte sich. »Was sollen wir nur tun?«

Azura ließ ihren Blick schweifen. »Hoffen, dass auch diese Wesen nicht sind, was sie zu sein scheinen.«

Nathaniel schnaubte. Diese Fee hatte leicht reden. Wenn sie Pech hatten, war ihre Reise bereits zu Ende, bevor sie richtig begonnen hatte.

23 Alessandra

Nathaniel spannte sich neben ihr an. Alessandra war sich nicht mehr sicher, ob ihre eigene Hand zitterte oder seine. Die lila Augenpaare vermehrten sich unaufhörlich. Sie schluckte. Wenn das Feuer von Darbur und die Magie der Feen tatsächlich wirkungslos waren, hätten sie keine Chance, falls diese Wesen sie angriffen.

Das lila Licht des Mondes schien immer noch hell, leuchtete ihr den Weg durch den Wald. Den Weg, den sie jetzt nicht weitergehen konnten.

Der Schnee knisterte, als die Augen sich ihnen näherten.

Nathaniel schob Alessandra hinter sich. »Wenn sie angreifen, läufst du, so schnell du kannst. Rosalinda, Darbur, ihr begleitet sie.«

»Nathaniel«, knurrte Alessandra. »Selbst wenn ich deinem Plan zustimmen würde, denkst du nicht, es ist sinnlos, zu laufen? Wir sind umzingelt.«

»Was schlägst du also vor?«, raunte er und drehte seinen Kopf über die Schulter.

Er sah immer noch aus, als wäre er Teil dieser Welt. Sein Gesicht war weiß wie der Schnee, sein Haar schimmerte silbern und er trug einen edlen Umhang, der aus Eis zu bestehen schien, über einem weißen Anzug. Nur seine Augen schimmerten immer noch in der ihr vertrauten Farbe.

»Waldgrün«, hörte sie eine Stimme und sah sich suchend um.

»Was?«, fragte sie und ignorierte die verwunderten Blicke ihrer Begleiter.

»Die Farbe seiner Augen heißt Waldgrün, Prinzessin. Und sie passt hervorragend zu diesem Ort, wenn er nicht im Schnee versinkt.«

»Wer bist du?«, flüsterte Alessandra.

»Ich bin die Hüterin des Waldes«, erklang die Stimme direkt hinter ihr.

Alessandra fuhr herum, entdeckte aber nur Darbur, der sie von hinten abschirmte. »Wo bist du?«

»Geht es dir nicht gut?«, fragte Nathaniel besorgt und legte eine Hand auf ihre Stirn.

»Sie können mich nicht hören. Denn obwohl sie edel sind, bist du die Einzige mit reinem Herzen. Deswegen vertrauen die Tiere in deiner Welt dir, genauso wie dein Drache. Eine Gabe, mein Kind, eine schöne Gabe, die nur die reinsten Herzen erhalten. Selbst dein Prinz hat etwas Dunkles an sich, deswegen kannst nur du mich hören.«

Alessandra ballte die Fäuste. Etwas an dieser Hüterin stimmte nicht. »Was willst du?«

»Sehen, ob du Fieber hast«, erwiderte Nathaniel.

»Nicht du, die Hüterin des Waldes.«

Nathaniel schluckte und blickte Rosalinda an.

»Offenbar spricht jemand mit ihr, den wir nicht hören können«, meinte der Feerich schulterzuckend. »Ist so wie mit anderen Menschen und Wunschfeen. Nur jene, die ein Recht auf einen Wunsch in sich tragen oder selbst gerade eine Wunschfee an ihrer Seite haben, sehen andere Wunschfeen.«

»Hör mir gut zu, Prinzessin«, forderte die Stimme wieder Alessandras Aufmerksamkeit ein. »Ich lasse dich passieren. Aber nur unter einer Bedingung.«

»Und die wäre?«

Das Licht des Mondes verfinsterte sich und ergoss sich vor Alessandras Füßen. Sie wich keuchend zurück, als sich daraus eine Gestalt erhob. Die Stimme hatte jung geklungen, die Frau, die sich vor ihr zeigte, wirkte jedoch uralt. Sie ging gebückt auf einen Stab gestützt und ihr faltiges, zahnloses Lächeln ließ Alessandra erzittern.

»Ich bin einsam, Prinzessin. Sehr einsam.«

Alessandra ließ ihren Blick über die unzähligen Augen schweifen. »Was ist mit all den Tieren hier?«

»Welche Tiere?« Die Alte drehte sich herum, schüttelte dann den Kopf. »Ich sehe nichts.«

Alessandra schwieg. Vielleicht konnte die Hüterin diese Augen nicht sehen. Aber … warum?

»Wie dem auch sei, Prinzessin. Ich lasse dich weiterziehen, wenn du mir deinen Prinzen hierlässt.«

»Was?«, hauchte Alessandra und wich noch weiter zurück.

»Sein Herz ist ohnehin unwürdig für dich und du könntest mit ihm niemals glücklich werden. An meiner Seite würde es ihm an nichts mangeln. Es wäre edel von dir und ich ließe die anderen am Leben, dich eingeschlossen.« Ihr Lächeln wurde breiter. »Denn weißt du, ansonsten bezahlt ihr alle mit eurem Leben für den Frevel, in mein Reich einzudringen.«

»Es wäre nicht edel von mir, ihn zurückzulassen! Wir sind auch nicht mit Absicht eingedrungen. Wir wollen nur den Wunschstein suchen«, erwiderte Alessandra entschlossen.

»Soso, da wollt ihr also hin? Aber das soll nicht meine Sache sein, hübsches Kind. Also gut, wenn du mir den Prinzen nicht überlässt, wie steht es um diese blaue Fee? Sie wäre ein wunderbares Geschöpf in meinem Garten.«

»Auch sie lasse ich nicht zurück!«

»Wen will sie zurücklassen?«, fragte Rosalinda mit zitternden Flügeln.

»Shh …« Azura war neben Alessandra getreten und berührte ihre Hand leicht mit dem Zauberstab. »Prinzessin, denkt daran, nichts hier ist, was es zu sein scheint.«

Alessandra beachtete die Feen nicht, sie richtete ihren Blick auf die Alte vor sich und drückte Nathaniels Hand fester. »Ich werde dir niemanden überlassen. Ich weiß nicht, was du mit ihnen vorhast, aber ich werde sie nicht opfern, um voranzukommen, ganz gleich, was du sonst mit uns machst.«

Das Lächeln der Frau verschwand und sie umklammerte ihren Stock mit beiden Händen. »Wie du willst, dann sollt ihr alle hier euer Ende finden!«, fauchte sie und hob den Stab über ihren Kopf.

»Passt auf!«, rief Alessandra und stieß Rosalinda um, bevor sie Nathaniel mit sich zog und dem Schlag auswich.

Wo das Holz den Boden berührte, sprühten Funken und Azura rief etwas, das Alessandra nicht verstehen konnte.

In dem Moment brachen die lila Augen aus den Büschen hervor.

Alessandra schrie auf, als sie die weißen Körper unzähliger Füchse erkannte, die sich auf sie stürzten. Nathaniel riss sie zu Boden und warf sich auf sie, doch Alessandra machte sich dafür bereit, von den Tieren zerfleischt zu werden.

Stattdessen hörte sie einen markerschütternden Schrei und hob den Kopf, um zu sehen, was vor sich ging. Die Füchse hatten sie und ihre Freunde verschont, die Alte jedoch nicht. Vom Körper der Frau war nicht mehr viel zu sehen, unzählige Füchse hüllten ihn ein.

Noch einmal erklang ein Schrei, dann wurde es still und die Tiere liefen auseinander und umringten die Gruppe rund um Alessandra. An der Stelle, wo zuvor die Hüterin gestanden hatte, waren nur noch die Abdrücke ihrer Schuhe zu erkennen. Sonst war nichts von ihr geblieben, nicht einmal der Stab, den sie gehalten hatte.

Alessandra schluckte. Hatten die Füchse sie mit Haut und Haaren gefressen?

»Du musst dich nicht fürchten«, hörte sie eine tiefe Stimme und ein Fuchs löste sich aus der Gruppe.

Nathaniel presste Alessandra fester auf den Boden und streckte dem Tier seine Hand entgegen. »Bleib ja weg von ihr!«

»Hört er dich?«, fragte Alessandra den Fuchs.

»Vermutlich nicht.« Er ließ sich auf seine Hinterläufe sinken und legte den Kopf schief. »Aber du hörst mich, und deswegen haben wir uns entschieden, dich vor der Hexe zu bewahren. Du besitzt die Gabe, mit Tieren zu sprechen, auch wenn du sie in deiner Welt nicht bewusst nutzt. Aber jedes Tier vertraut dir. Dein Glück, Prinzessin.«

Alessandra schluckte. »Wer bist du?« Sie deutete Nathaniel an, dass es in Ordnung war, und er rückte von ihr ab. Sie nahm seine Hand und richtete sich auf ihre Knie auf.

Der Fuchs bewegte seine Ohren und seine lila Augen schimmerten dabei. »Ich bin der Anführer der Eisfüchse und wir behüten den Eingang in das Reich der Spiegel.«

»Ich dachte, das hier ist bereits ein Teil des Reichs der Spiegel?« Alessandra war verwirrt.

»Nein, das ist eine Zwischenwelt. Nur das reine Herz, das sich würdig erweist und die Gabe besitzt, wird von uns verschont. Du hast dich geweigert, deine Gefährten einzutauschen, um der Hexe zu entkommen. Deswegen hast du unsere Prüfung bestanden.«

»Er redet mit dir, oder?«, fragte Darbur.

Alessandra nickte. »Er sagt, wir haben die Prüfung bestanden.«

»Welche Prüfung?«, wisperte Rosalinda, aber Alessandra konzentrierte sich wieder auf den Fuchs.

»Warum willst du ins Reich der Spiegel, Prinzessin?«, wollte dieser wissen.

»Ich muss den Wunschstein finden. Er allein kann meine Eltern vor einem tragischen Schicksal bewahren und mir helfen, mit dem Mann zusammen zu sein, für den mein Herz schlägt.«

»Liebe auf den ersten Blick, wie ich sehe.« Es war eine Feststellung, keine Frage. »Eine besondere Magie. So besonders wie die Glasschuhe, die du bei dir trägst.«

Alessandra fasste nach dem Beutel, den sie an ihrem Gürtel befestigt hatte. »Was weißt du über die Schuhe?«

»Nur, dass sie mächtig sind, wenn man sie richtig einsetzt.«

»Und wie setzt man sie ein?«

Der Fuchs drehte seinen Kopf von der einen zur anderen Seite. »Das weiß ich nicht, aber ich kenne die Magie, die sie in sich tragen. Sie wird dir helfen, Prinzessin. Du wirst jede Hilfe brauchen, die du bekommen kannst. Der Wunschstein ist verborgen und auf dem Weg dorthin wirst du Wesen begegnen, die dir nicht freundlich gesinnt sind.«

»Redet er immer noch?«, brummte Darbur und nieste Feuer.

»Sag dem Drachen, er soll aufhören, sich gegen die Kälte zu wehren, dann nimmt er sie nicht mehr wahr«, erklärte der Fuchs und klang dabei belustigt.

»Du sollst die Kälte annehmen, dann wird sie dich nicht mehr stören«, wiederholte Alessandra die Worte des Fuchses.

Darbur schnaubte. »Der hat leicht reden mit seinem Winterfell.«

»Wie auch immer. Ihr könnt die Spiegelwelt betreten«, meinte der Fuchs und erhob sich. »Seid aber vorsichtig. Der Eintritt in dieses Reich ist mit Schmerzen verbunden. Und denkt daran, dass alles, was ihr aus eurer Welt kennt, im Reich der Spiegel keine Bedeutung besitzt. Hört auf euer Herz und gebt acht auf die Schuhe. Viel Glück, Prinzessin.«

Der Fuchs lief zurück in die schneebedeckten Büsche und alle anderen folgten ihm. In diesem Moment erschien der Lichtkegel des Mondes wieder und leitete Alessandra durch die Bäume. Sie stand auf und klopfte sich den Schnee von den Knien.

»Der Fuchs hat mir gesagt, dass wir sicher sind«, erklärte sie und half Azura, die auf dem Boden lag, auf die Beine. »Dies hier ist noch nicht das Reich der Spiegel. Wir müssen es erst betreten.«

Rosalinda nieste, als er von Darbur hochgezogen wurde. »Großartig. Und ich hatte gehofft, wir wären schon fast fertig.«

Der Drache grunzte und Nathaniel zog einen Mundwinkel hoch. »Du bist wirklich ziemlich einfältig für eine Wunschfee«, meinte er und Rosalinda brummte etwas Unverständliches vor sich hin.

Nathaniel ging zu Alessandra und betrachtete sie mit seinen waldgrünen Augen. »Dir ist nichts passiert?«

»Nein«, hauchte sie und musterte nun ihn. »Und dir?«

»Alles gut, abgesehen davon, dass ich mir wünschte, aus diesem Schneewald hinauszugelangen.«

»Oh, Vorsicht mit diesem Wunsch«, tadelte Azura ihn. »Wir wissen nicht, was uns danach erwartet.«

»Alles ist besser als eisige Kälte«, bibberte Darbur und pustete sich Feuer in seine Handflächen. »Können wir also weiter? Siehst du das Licht überhaupt noch, Prinzessin?«

»Ganz deutlich.« Sie umfasste wieder Nathaniels Hand und strich darüber. Obwohl er keine Handschuhe trug, fühlten sich seine Finger warm an.

»Wen solltest du zurücklassen?«, fragte er plötzlich und sie musterte ihn fragend. »Du hast gesagt: *Es wäre nicht edel von mir, ihn zurückzulassen*. Um wen ging es?«

»Zuerst um dich und dann um Azura. Da war eine selbst ernannte Hüterin des Waldes und forderte einen von euch als Wegzoll. Aber ich hätte ihr keinen von euch überlassen.«

»Den Feerich hätten wir verschmerzt«, murmelte Darbur.

»Sag das noch mal!«, fauchte Rosalinda und hob den Zauberstab.

Azura rollte mit den Augen und packte beide erneut an Ohr und Dornen. »Schluss jetzt. Ihr benehmt euch schlimmer als jedes trotzige Kleinkind!«

Alessandra lachte. Erst leise, dann lauter und befreiter. Sie hielt sich den Bauch mit ihrer freien Hand und konnte nicht mehr aufhören. »Ich danke euch«, brachte sie nach einiger Zeit hervor. »Danke, dass ihr der Situation eine gewisse Komik verleiht.«

»Jederzeit«, wimmerte Rosalinda. »Kannst du Azura jetzt bitte sagen, dass sie uns loslassen soll?«

Alessandra nickte der blauen Fee zu, diese löste ihre Finger und schwebte an ihre Seite. Azura warf Rosalinda und Darbur noch einen drohenden Blick zu und die beiden senkten ihre Köpfe.

Schweigend folgten sie dem Licht. Immer wieder hörte Alessandra das Rascheln in den Büschen, die den Weg säumten. Doch sie hatte keine Angst mehr. Die Schneefüchse hatten ihnen erlaubt, zum Reich der Spiegel zu gehen. Außerdem hatte sie das Gefühl, dass die Füchse ihr nie feindlich gesinnt gewesen waren und sie auch jetzt noch beschützten.

Nach einiger Zeit erreichten sie eine steile Felswand, an der ein gewaltiger Spiegel befestigt war. Seine Oberfläche war trüb und blind, der Rahmen aus stumpf gewordenem Gold. Nicht einmal der helle Strahl des Mondes vermochte daran etwas zu ändern, dass er unschön anzusehen war.

»Und wie geht es jetzt weiter?«, fragte Nathaniel, der den Spiegel musterte.

Alessandra trat näher zu der trüben Oberfläche. Der Lichtkegel zeigte genau an jene Stelle, in der sie ihr Gesicht hätte erkennen müssen. Sie hob eine Hand und legte sie an das eiskalte Glas. Zischend wich sie zurück und umfasste ihr Handgelenk. Die Haut ihrer rechten Hand war von der eisigen Kälte vollkommen verbrannt und schmerzte fürchterlich.

Azura eilte zu ihr, hob den Zauberstab und versuchte, sie zu heilen. Aber nichts geschah.

Nathaniel stieß einen leisen Fluch aus, riss ein Stück vom Saum seines Hemdes ab und wickelte den Stoff um Alessandras Hand. Sie zischte noch einmal. »Das wird schon. In ein paar Tagen spürst du es gar nicht mehr«, beruhigte er sie. »Versuch trotzdem, das Ding nicht anzufassen.«

»Hatte ich nicht vor«, erwiderte sie. »Danke für den Verband.«

»Wenn es mit Magie nicht mehr klappt, muss man eben auf die herkömmlichen Hilfsmittel zurückgreifen«, schmunzelte Nathaniel. Dann wurde er ernst. »Du bist sicher, dass dies der richtige Weg ist?«

»Das Licht endet hier«, erklärte Alessandra. »Direkt in dem Spiegel.«

»Dann ist dies der Eingang«, murmelte Azura. »Die Frage ist nur, wie wir ihn öffnen.«

»Mit Magie vielleicht?«, schlug Rosalinda vor, tänzelte zur Wand, hob seinen Zauberstab und ließ ihn kreisen. Nichts. Kein Fünkchen, kein Glitzern. Der Feerich knurrte. »Na schön!«

Er schob die Ärmel seines Kleides hoch und ließ den Zauberstab nochmals kreisen. Funken stoben aus dem Stern an der Spitze und plötzlich erklang ein lauter Knall. Rosalinda flog in hohem Bogen nach hinten und landete in einem Schneehaufen.

Azura fasste sich mit der Hand an die Stirn. »Ihr habt Glück, dass Ihr noch lebt, obwohl diese Wunschfee Euch für die Bälle eingekleidet hat«, raunte sie Nathaniel zu. »Unsere Magie wirkt hier nicht!«

»Ist mir aufgefallen«, stöhnte Rosalinda und rollte sich aus dem Schnee. Er stand schnaubend auf und klopfte sein Kleid ab. »Danke für das Unterlassen von Hilfe!«

»Vielleicht kann Feuer etwas bewirken?«, überlegte Darbur, trat vor und holte tief Luft. Noch nicht einmal Rauch quoll aus seinem Rachen und er hustete. »Gut, das scheint auch nicht zu gehen.«

»Möglicherweise die Schuhe?«, schlug Alessandra vor und zog sie aus dem Beutel. Sie hob sie an und ließ das lila Licht des Mondes durch sie hindurchfließen. Aber auch diesmal tat sich nichts. Der Spiegel blieb trüb. Mutlos ließ sie die Schuhe wieder sinken. »Das darf nicht wahr sein«, murmelte sie. »Das kann doch nicht das Ende unserer Reise sein! Es muss einen Weg hinein geben!« Sie blickte auf die Sanduhr an ihrem Handgelenk. Es war zwar noch genug Sand im oberen Glas, aber dennoch lief ihnen die Zeit davon.

Nathaniel trat neben sie und betrachtete den Rahmen. Zögerlich fasste er das schmutzige Gold an, das in geschwungenen Ranken um das Glas herum verlief. Alessandra stieß den Atem aus, als er sich nicht verbrannte und den Rahmen abklopfte.

»Ob es einen verborgenen Mechanismus gibt?«, überlegte er laut und fuhr mit seinen Fingern die Ranken nach.

Alessandra legte den Kopf in den Nacken und schnaubte. Sie hätte den Schneefuchs fragen sollen, ob es weitere Hindernisse gab. Mit einem Spiegel, der sie daran hinderte, weiterzugehen, hatte sie allerdings nicht gerechnet.

»Der Eintritt in das Reich der Spiegel ist mit Schmerzen verbunden«, hörte sie die Stimme des Fuchses in ihren Gedanken und betrachtete ihre bandagierte Hand. Ihr kam eine Idee, obwohl sie nicht sicher war, ob sie es wirklich riskieren sollte. »Falls das klappt, folgt mir«, rief sie Darbur zu und hob ihre Hände.

»Was hast du vor?«, fragte Nathaniel hektisch und fuhr zu ihr herum.

Aber da hatte sie ihre Handflächen schon auf das Glas gelegt und drückte mit ihrem Gewicht dagegen, obwohl der Schmerz ihr fast die Sinne raubte.

24 Nathaniel

Sie würde sich verletzen, vermutlich sogar schwer, wenn sie das Glas noch mal berührte. Aber sie blieb nicht stehen, sie legte ihre Handflächen auf den Spiegel. Es zischte und ein widerlich ätzender Geruch stieg Nathaniel in die Nase.

Er wollte nach Alessandra fassen und sie zurückziehen, aber in dem Moment verschluckte der Spiegel sie. Sein Mund klappte auf und er wandte sich zu Azura um, die mit weit aufgerissenen Augen das Glas absuchte.

»Wo ist sie?« Seine Stimme überschlug sich fast. Als die Fee nicht antwortete, packte er sie bei den Armen. »WO ist sie?«

»Im Reich der Spiegel«, erwiderte sie und löste sich von ihm. »Mutig und dumm von ihr. Wir müssen sofort hinterher, egal wie schmerzhaft es ist.«

Nathaniel zögerte nicht, er stürmte zum Spiegel, holte tief Luft und presste seine Hände auf das eiskalte Glas. Schmerz fuhr durch seinen Körper und es roch wieder ätzend.

Fast meinte er, er würde es nicht mehr aushalten, aber dann dachte er an Alessandra. Er durfte sie nicht allein lassen. Er lehnte sein Gewicht noch mehr gegen den Spiegel und ertrug die Schmerzen.

Einen Moment lang erblickte er sein schmerzverzerrtes Spiegelbild, dann verblasste alles um ihn herum und er fiel. Schwerelos schwebte er in tiefer Dunkelheit, bis er mit dem Bauch auf hartem Untergrund aufschlug. Der Aufprall tat nicht weh, er war nur überraschend.

Nathaniel rollte sich auf den Rücken und suchte seine Umgebung nach Alessandra ab.

Nichts.

Er war so beschäftigt damit, nach ihr Ausschau zu halten, dass ihm erst jetzt auffiel, dass die Welt scheinbar auf dem Kopf stand. Das, was für gewöhnlich der Boden war, schwebte über ihm. Kühe grasten an dem, was hier wohl den Himmel darstellte, Vögel flogen rückwärts um ihn herum. Überhaupt wirkte alles seltsam verzerrt.

Er setzte sich auf und starrte auf das Armband, das schwach leuchtete, und holte das Gefäß mit dem Sand aus der Tasche. Unaufhörlich rieselte Körnchen um Körnchen hindurch. Sie durften keine Zeit verlieren und er konnte Alessandra nirgendwo entdecken. Er steckte das Glasgefäß wieder weg und drehte sich nach links und rechts, aber das Leuchten des Armbands wurde nicht stärker. Er musste aufstehen und nach Alessandra suchen, aber sobald er es versuchte, schwankte alles um ihn und er sank wieder auf seine Knie.

Plötzlich hörte er ein Kichern und fuhr herum. Das Kichern blieb, doch er konnte niemanden entdecken.

»Er ist so schön«, hörte er eine hohe Stimme direkt an seinem Ohr.

Er riss den Kopf zur Seite, doch da befand sich niemand.

»Ja, viel schöner als das Mädchen«, stimmte eine zweite hohe Stimme zu.

»Und er hat nicht diese garstigen Glasschuhe«, meinte die erste Stimme.

»Ja, hat er nicht. Er wird uns folgen, nicht so wie die garstige Prinzessin.«

Nathaniel wollte etwas sagen, aber seine Stimme gehorchte ihm nicht. Sein ganzer Körper schien nicht mehr seinem Willen zu unterliegen.

»Sie hätte sowieso nicht in unsere Sammlung gepasst«, erklärte die erste Stimme entschlossen.

»Nein, aber er wird passen.«

»Dann ist es entschieden?«

»Jaaaa, wir nehmen ihn mit!«, kicherte die zweite Stimme.

Kaum waren die Worte verhallt, erklang eine wunderschöne Melodie und lullte Nathaniels Sinne ein. Er kannte das Lied. Er hatte dazu mit Alessandra getanzt. Bei dem ersten Ball. Und noch während er das dachte, erstrahlte alles um ihn herum und er stand tatsächlich im Ballsaal und tanzte mit seiner Prinzessin.

Sie lächelte und strahlte in ihrem schlichten hellblauen Kleid. Sein Herz schlug höher. Er hatte sie gefunden. Und sie waren sicher. Er sah sich um und entdeckte den König und die Königin gesund und munter auf dem Thron.

Sie hatten es geschafft. Er wusste nicht mehr, wie es geklappt hatte, aber sie hatten Alessandras Eltern gerettet. Und jetzt konnten sie zusammen sein.

Er wirbelte Alessandra herum, so wie vor einigen Tagen im Wald, als es geregnet hatte. Sie lachte glockenhell und er genoss diesen Moment.

Deswegen fiel ihm nicht auf, dass die Musik leiser und seine Bewegungen schwerfälliger wurden. Erst als er seinen Arm nicht mehr senken konnte, bemerkte er, dass der Ballsaal verblasst war.

Nathaniel starrte Alessandra an, die sich vor seinen Augen veränderte. Ihr Gesicht versteinerte und sie verwandelte sich in eine Porzellanfigur mit aufgemalten Lippen. Diese Figur hatte nichts mehr mit Alessandra gemein.

Noch schlimmer war allerdings, dass Nathaniel sich nicht mehr bewegen konnte. Er wollte schreien, als er die feinen Risse in seiner Hand entdeckte, die wie aus Porzellan gegossen aussah, aber noch nicht einmal das konnte er.

Sein Körper war in einer grotesken Haltung eingefroren worden und vermutlich hätte sein Arm bald geschmerzt, wenn er nicht von selbst in dieser Position geblieben wäre. Nur seine Augen konnte er noch bewegen und irgendwie gelang es ihm, Luft zu holen.

»Er ist noch schöner so«, hörte er die hohe Stimme wieder.

»Oh ja, er ist wunderschön«, stimmte die zweite Stimme zu.

»Und er hat so gestrahlt, als er getanzt hat.«

»Ja, wir sollten ihn bald wieder tanzen lassen.«

»Ja, das sollten wir. Bis dahin darf er schlafen, unser kleiner Prinz.«

»Hihi, ja, schlaf, Prinzlein, schlaf.«

Dann verstummten die Stimmen und Nathaniel blieb mit der Porzellanprinzessin in der Dunkelheit zurück.

Er versuchte, seine Gedanken zu sammeln.

Alessandra schien diesen Stimmen entkommen zu sein. Sie hatten von einem Mädchen mit Glasschuhen gesprochen. Damit konnte nur sie gemeint sein. Er hätte gern durchgeatmet, aber alles, was er zustande brachte, waren die oberflächlichen Atemzüge, die ihn am Leben zu erhalten schienen.

In was war er hier nur hineingeraten? Er hatte sich gerade erst von dem Gift seiner Stiefmutter erholt. Aber da hatte er zumindest noch sprechen können. Jetzt hinderte ihn offenbar ein starker Zauber daran, sich zu bewegen. Obwohl er nicht sicher war, ob es eine gute Idee wäre, sich mit dieser Porzellanhaut zu rühren. Die Risse in der Oberfläche sahen gefährlich aus, fast so, als würde er sofort zerbrechen, wenn auch nur ein Schmetterling auf ihm landete.

Nathaniel wünschte, er könnte die Augen schließen, aber das gelang ihm nicht. Er musste also diese dumme Puppe vor sich anstarren, während seine Gedanken sich überschlugen.

Wie sollte er fliehen? Wie Alessandra und die anderen finden? Oder sie zumindest davon abhalten, hier ebenfalls gefangen zu werden?

Sie durften sich nicht wegen ihm in Gefahr bringen. Aber was konnte er in diesem Zustand schon anderes tun, als zu hoffen und zu warten?

25 Alessandra

Als der Schmerz abgeklungen war und sie es schaffte, sicher auf ihren Beinen zu stehen, begann sie, nach ihren Freunden zu suchen.

Diese Welt fühlte sich seltsam an. Sie ging über den blauen Himmel, während das Gras und die Tiere über ihr hingen. Sie starrte ihr Armband an und blickte nur ab und an nach oben, zitterte bei dem Gedanken, ob eine Kuh oder ein Baum auf sie herabstürzen würde. Es gab keine Wege auf dem Himmel, aber ihre Füße fanden stets festen Untergrund.

Sie hatte, kurz nachdem sie angekommen war, ein seltsames Kichern gehört, das sich aber schnell wieder verzogen hatte. Sie hatte erst überlegt, ob sie nach den Wesen, die sie offenbar beobachtet hatten, rufen sollte. Aber irgendetwas sagte ihr, dass diese Geschöpfe ihr nicht wohlgesinnt waren. Seitdem das Kichern verstummt war, schien sie allein zu sein, von rückwärts fliegenden Vögeln, die um sie herumflatterten, abgesehen.

Als sie ein lautes Fauchen hörte, blieb sie stehen. Sie kannte dieses Geräusch. »Darbur?«, rief sie, so laut sie konnte, und drehte sich um ihre Mitte. »Wo bist du?«

»Wir sind hier!«, stöhnte Rosalinda. »Aber wenn dieses Vieh sich nicht bald von mir runterbewegt, wird es mit mir zu Ende gehen.«

Alessandra lachte und drehte sich wieder. »Hört nicht auf, zu sprechen, ich sehe euch nicht.«

»Weil wir über Euch sind«, erklärte Azura.

Alessandra hob den Blick. Auf einer schneeweißen Wolke lag Rosalinda unter Darbur, auf dem wiederum Azura saß. »Wie komme ich da rauf?«, fragte sie, doch in dem Moment bebte der Himmel unter ihren Füßen und hob sie hoch zu der Wolke.

»Hallo, Prinzessin«, keuchte der Feerich. »Seht ihr, es geht ihr gut. Könnt ihr euch jetzt also bitte bewegen?«

Azura rutschte von Darburs Rücken. Der Drache jedoch ließ sich Zeit und rollte langsam von Rosalinda herunter.

Alessandra tänzelte von einem Fuß auf den anderen. »Wo habt ihr Nathaniel versteckt?«

Rosalinda klopfte sich gerade das Kleid ab, hielt aber in der Bewegung inne und hob den Blick. »Ich dachte, er wäre bei dir? Er ist sofort nach dir durch den Spiegel gegangen. Wir drei sind gemeinsam nachgekommen. Das war so ziemlich das Schlimmste, das ich jemals erlebt habe. Ich schwöre dir, wenn wir auf dem Weg zurück auch wieder durch so einen Spiegel müssen, bleibe ich hier.«

Alessandra schüttelte den Kopf und ging nicht auf das Gejammer des Feerichs ein. »Ich habe Nathaniel noch nicht gefunden.«

»Du wirst ihn auch nicht mehr finden«, piepste etwas zu ihren Füßen.

Sie sah nach unten und sprang quietschend nach hinten. Ein Wesen mit dem Körper einer Maus, aber dem Kopf eines Löwen hockte auf der Wolke und musterte sie mit grellen roten Augen. Alessandra schrie und das Mäusewesen hielt sich die Ohren zu.

»Du bist aber keine sehr höfliche Prinzessin«, tadelte das Wesen sie und schüttelte seine winzigen Finger dabei.

»Es kann sprechen«, grinste Rosalinda. »Ich dachte immer, Mauskelöwen sind stumm.«

»Für gewöhnlich ja, aber ich bin der König der Mauskelöwen«, erklärte das Tier und verneigte sich. »Romuald von Löwenstein der Name.« Er hob den Kopf und klopfte mit seinem Fuß auf den Boden, als würde er auf etwas warten.

Alessandra räusperte sich und ging in einen Knicks über. »Prinzessin Alessandra von Soleil. Dies sind meine Freunde die blaue Fee Azura, der Feerich Rosalinda und der Drache Darbur.«

»Sehr angenehm«, fiepte der Mauskelöwe. »Da wir uns nun vorgestellt haben, sollte ich euch über den Verbleib des Prinzen informieren.«

»Ich hoffe, er meint Nathaniel«, knurrte Darbur.

»Namen hat er keinen genannt, aber er war in recht teure Kleidung gehüllt, hatte seitlich frisiertes hellbraunes Haar und seltsame grün-braune Augen.«

»Waldgrün«, raunte Alessandra. »Das ist er. Wo hast du ihn gesehen?«

Der Mauskelöwe zögerte und tippte wieder mit seinem winzigen Fuß auf der Wolke herum. »Die Schmetterlingsschwestern haben ihn geholt.«

»Bei allen Wünschen«, keuchte Azura und hielt sich die Hand vor den Mund. »Bist du sicher?«

»So sicher, wie ich nur sein kann«, erwiderte Romuald. »Es tut mir leid.«

Alessandra sah zwischen der blauen Fee und dem Mauskelöwen hin und her. »Erklärt mir bitte jemand, was das bedeutet?«

Azura räusperte sich und rang um Fassung. »Also, es ist …«, begann sie.

Darbur unterbrach sie mit einem Schnauben. »Du brauchst nicht um den heißen Brei herumzureden, Fee. Die Prinzessin ist nicht dumm.« Er legte eine Hand auf Alessandras Schulter. »Kennst du die Geschichte von der traurigen Spieluhrfigur, die sich so sehr wünschte, ein Mensch zu sein?«

»Ein Märchen aus dem Spiegelreich«, murmelte sie.

Darbur nickte. »Sie war eine Tänzerin, die sich in einen Menschen verliebte und selbst einer werden wollte. Sie flehte so lange, bis zwei Schmetterlinge sie erhörten.« Er stieß den Atem aus. »Die Schmetterlinge sind in dieser Welt sehr mächtig und sehr böse. Sie spielten mit der armen Tänzerin und verwandelten sie tatsächlich in einen Menschen. Die Tänzerin konnte ihr Glück nicht fassen, aber die Schmetterlinge ließen sie nie aus den Augen. Und als sie vor dem Menschen, den sie so liebte, tanzte, verwandelten sie das Mädchen zurück in eine Porzellanfigur.«

Alessandra schauderte. »Was hat das mit Nate zu tun?«, fragte sie, obwohl sie die Antwort bereits zu kennen fürchtete.

»Wenn diese abscheulichen Schmetterlinge ihren Porzellanzauber anwenden, können nur sie ihn wieder aufheben«, erwiderte Azura.

»Nur ist das noch nie vorgekommen«, fügte Romuald hinzu. »Sie sammeln Lebewesen und behalten sie, für immer erstarrt zu Porzellan.«

»Bring mich zu ihm«, forderte Alessandra leise.

»Das geht nicht«, seufzte der Mauskelöwe. »Du hast dir gewünscht, den Wunschstein zu finden, oder? Das Spiegelreich hat den Wunsch angenommen. Gleich, wer dich führt, du wirst immer nur durch die Orte gebracht, die auf dem Weg zum Wunschstein liegen. Du würdest deine Zeit vergeuden und ihn nie erreichen.«

»Das heißt … ich kann ihm nicht helfen?«

»Finde den Wunschstein, danach kann ich dich zu deinem Prinzen bringen«, meinte Romuald und tätschelte mit seiner winzigen Mäusehand Alessandras Fuß.

»Aber ich sehe keine Führung!«, stieß Alessandra hervor.

In dem Moment nahm sie ein seltsames Glitzern auf dem Boden über ihnen wahr und hob den Kopf.

»Da oben ist etwas«, murmelte sie.

»Sehr gut«, klatschte Rosalinda in die Hände. »Jetzt müssen wir nur noch eine Möglichkeit finden, da hochzukommen.« Er wandte sich an den Mauskelöwen. »Eure Welt steht auf dem Kopf, wisst ihr das?«

Romuald schmunzelte. »Es ist eine Frage der Ansicht. Was, wenn ich euch erzählte, dass ihr auf dem Kopf steht?«

»Sehr lustig«, knurrte Rosalinda. »Und wie sollen wir das ändern?«

Romualds Augen leuchteten. »Indem ihr loslasst.«

Kaum hatte er die Worte ausgesprochen, fiel er nach oben und landete federnd auf seinen Mäusefüßchen.

»Loslassen, hm?«, murmelte Darbur, atmete tief ein und fiel ebenfalls nach oben. Seine Landung war nicht so elegant wie die von Romuald, aber auch er kam sicher an.

Auch Azura schaffte es mühelos auf die andere Seite. Nur Rosalinda zögerte. »Ich weiß nicht, ob ich das kann«, meinte er und tippte mit seinem Zauberstab auf seinen Handrücken. »Ich war nie gut im Loslassen.«

»Ich auch nicht«, schmunzelte Alessandra und streckte dem Feerich ihre Hand hin. »Aber nur wenn wir den Wunschstein finden, können wir Nathaniel retten. Und ich brauche dich dabei.«

Der Feerich seufzte tief, dann nahm er Alessandras Hand. »Na dann …«

Es war ein beängstigendes Gefühl, als ihre Füße den Halt verloren und sich plötzlich alles drehte. Der Himmel kam über ihr zum Stillstand und sie landete auf ihrem Hinterteil auf dem weichen Gras. Es dauerte einen Moment, bis sie sich daran gewöhnt hatte, wieder auf festem Boden zu sitzen.

»War nicht so schlimm, oder?«, piepste Romuald und kletterte auf ihre Schulter. »Siehst du noch das Glitzern?«

»Ja, es schimmert durch die Grashalme da vorn.« Alessandra deutete mit ihrem Finger darauf und hielt sich den Kopf. Irgendwie drehte sich immer noch alles.

»Gut, solange du es siehst, reicht das. Folge der Spur, aber gib acht auf Maulwurfslöcher.«

»Du meinst Maulwurfshügel«, korrigierte Alessandra den Mauskelöwe und stand schwankend auf. Sie hätte sich gern an Darbur festgehalten, aber auch der Drache taumelte bei dem Versuch, auf zwei Beinen zu laufen, und blieb auf allen vieren.

Romuald rümpfte seine Schnurrhaare. »Ich wünschte, es wären Hügel, dann würde man sie erkennen. Aber diese Biester graben Löcher, die man kaum sehen kann, und dann …«

Das Muhen einer Kuh riss sie aus der Unterhaltung. Alessandra schaffte es gerade noch, den Kopf zu drehen, als das Tier mit einem weiteren Aufschrei in der Erde versank. Sie schluckte.

»Dann passiert genau das«, flüsterte Romuald. »Wenn du einmal in diesen Gängen landest, findest du nie wieder zurück.«

»Die Feen können fliegen«, meinte Alessandra nachdenklich. »Darbur auch, aber nicht sehr lange. Eigentlich muss nur ich aufpassen.«

»Nein, wir sollten alle aufpassen«, mischte sich Azura ein. »Ich kann hier auch nicht fliegen. Und diesem rosa Feerich würde ich raten, es erst gar nicht zu versuchen.«

»Woran erkennt man ein Loch?«, knurrte Darbur und versuchte wohl, Feuer zu speien. Stattdessen schlüpften Fische aus seinem Maul und er keuchte. Die Fischlein flogen an Alessandra vorbei und lösten sich dann auf. »Das ist … verrückt.«

»Ja«, grinste Romuald. »Aber zu deiner Frage: Gar nicht. Meistens ist der Boden ein wenig heller als der Rest um ihn herum. Die Biester tarnen diese Löcher. Solange wir also über die grüne Ebene gehen, sollten wir sehr, sehr vorsichtig sein.«

Alessandra nickte und wandte sich in die Richtung, aus der das Glitzern kam. Romuald blieb auf ihrer Schulter, als sie der Spur folgte, die sich wie feine Glassplitter auf dem zertrampelten Gras erstreckte.

Unzählige Kühe grasten auf der Ebene vor ihnen. Kein Baum, kein Strauch, kein Haus oder Zaun war weit und breit zu sehen. Nur

Kühe und grotesk grünes Gras. Es hatte die Farbe von Wackelpudding. Alessandra hatte diese Nachspeise immer gehasst.

»Wie lange müssen wir hier entlanggehen?«, flüsterte sie aus Angst, die Maulwürfe könnten sie hören und direkt unter ihren Füßen ein Loch graben.

»Das kommt darauf an, wie stark dein Wunsch ist«, erwiderte Romuald nahe an ihrem Ohr. »Ich befürchte nämlich, du selbst zögerst unsere Reise hinaus, weil du in Wahrheit nicht zum Wunschstein, sondern zu deinem Prinzen willst.«

Alessandra blieb nicht stehen, als sie den Mauskelöwen fragte: »Sei bitte ehrlich. Kann man Nathaniel aus den Fängen der Schmetterlingsschwestern retten?«

Romuald überlegte einen Moment und fuhr sich mit seinen Händen durch die lange, zottelige Mähne. »Vermutlich ja. Er ist noch nicht lange eine Porzellanfigur, man kann es wahrscheinlich recht leicht rückgängig machen. Wobei wir die Schmetterlinge wohl dazu werden zwingen müssen. Es sei denn natürlich, du hast andere Magie bei dir. Glasschuhe, zum Beispiel.«

»Woher weißt du von den Glasschuhen?«, flüsterte sie.

»Ich kann ihre Magie spüren, genau wie die Schmetterlinge. Nur deswegen haben sie dich nicht mitgenommen.« Seine roten Augen musterten sie. »Also, wollen wir weiter reden oder versuchen wir, den Stein zu finden und deinen Prinzen zu retten?«

Sie nickte entschlossen. »Dann will ich mich beeilen, den Wunschstein zu holen.«

»Ausgezeichnet«, grinste Romuald und deutete nach vorn. »Siehst du, das Spiegelreich erkennt deinen Wunsch wirklich an. Dort ist der Spiegel, der dich deinem Ziel ein Stück näher bringt.«

In der Ferne erkannte Alessandra etwas Glänzendes, das durchaus ein Spiegel hätte sein können. Sie beschleunigte ihren Schritt, wollte so schnell wie möglich dorthin gelangen.

»Vorsicht, Prinzessin! Die Maulwurfslöcher!«, warnte Romuald.

Doch in diesem Moment trat ihr Fuß ins Leere und ein tiefer Abgrund tat sich vor ihr auf.

26 Alessandra

Die Erde unter ihren Füßen rutschte weg und sie sah einen tiefen Abgrund vor sich. Alessandra ruderte mit den Armen, aber da fiel sie bereits.

»Festhalten«, brüllte Romuald in ihr Ohr.

Sie wusste nicht, woran, aber sie schob ihre Hände nach vorn und packte zu. Überrascht keuchte sie auf, als sie ein Seil zwischen ihren verkrampften Fingern erkannte. »Was …? Wie …?«

Der Mauskelöwe lief von ihrer Schulter auf das Seil. »Komm schon, Prinzessin! Du musst klettern, bevor die Maulwürfe dich riechen.«

Alessandra blickte nach unten und bereute es sofort. Unendliche Schwärze erstreckte sich unter ihren Füßen. Sie riss den Kopf hoch und hätte beinahe das Seil losgelassen. Auch über ihr nichts als Schwärze.

»Alessandra, sieh mich an!«, rief Romuald ihr zu.

Sie drehte den Kopf, um den Mauskelöwen anzublicken.

»So ist es gut. Du bist hier in einer Welt, in der es keine Regeln gibt. Alles, was du tun kannst, ist, deine eigenen Gesetze zu erschaffen. Was du dir vorstellst, wird auf die eine oder andere Weise geschehen. Also stell dir vor, dass über dir das Loch ist, in das du gestürzt bist, und du deine Freunde dort sehen kannst!«

Alessandra nickte und umklammerte das Seil fester. Sie bemühte sich, daran zu glauben, dass über ihr das Sonnenlicht hereinbrach und sie die beiden Feen und Darbur sehen konnte. Zögerlich lichtete sich die Dunkelheit und schwaches Licht fiel auf ihr Gesicht.

»Prinzessin!«, hörte sie Darbur rufen. »Wir müssen da runter.«

»Das können wir nicht«, wimmerte Azura. »Wir würden sie nicht sehen. Auch mit den Armbändern nicht. Aber sie ist nicht tief gefallen. Seht Ihr das Leuchten? Sie ist nahe.«

»Ich bin hier!«, rief Alessandra.

»Sie hören dich nicht. Noch nicht. Aber die Maulwürfe. Also klettere rauf, Prinzessin. Schnell!«

Ein Schaben erklang und Alessandra begann zu zittern. Die Dunkelheit erbebte und sie hörte ein gieriges Grunzen.

Ohne noch länger zu zögern, ließ sie eine Hand los, hob sie höher nach oben und zog ihren Körper nach, wiederholte es mit der anderen Hand, bis das schwache Licht heller wurde und sie den Geruch von Gras ausmachen konnte.

»Noch ein kleines Stück!«, feuerte der Mauskelöwe sie an. »Schnell!«

Alessandra keuchte. Ihre Finger waren feucht geworden und rutschten fast vom Seil, während unter ihr das Grunzen immer lauter wurde und Krallen über Stein schleiften. Sie fühlte einen Windstoß und das Seil begann sich zu drehen.

»Schneller, Prinzessin!«

Alessandra stieß einen Schrei aus, als etwas ihre Fußspitzen berührte, riss ihre Hand los und griff das Seil höher, zog ihren Körper nach und hoffte, dass der Maulwurf nicht schneller war als sie.

»Alessandra! Den Wunschfeen sei Dank!«, stieß Rosalinda aus, den sie endlich deutlich in dem Nebel aus Dunkelheit und Staub ausmachen konnte. Er streckte ihr die Hand entgegen und sie wollte danach greifen, da fühlte sie einen fürchterlichen Schmerz in ihrem linken Bein.

»Schnell!«, brüllte Darbur, packte den Feerich an der Hüfte und warf ihn in das Loch.

Rosalinda kreischte, umfasste aber schnell Alessandras Handgelenke, während der Drache ihn an den Knöcheln hielt.

»Ich hab sie!«, keuchte der Feerich. »Zieh, schnell! Das Ding ist ekelhaft und hat Mundgeruch!«

Alessandra starrte Rosalinda an. Sie wagte es nicht, nach unten zu sehen.

»Alles wird gut, wir lassen dich nicht los!«, versprach der Feerich und sie nickte.

Darbur knurrte und zerrte an ihnen. Der Schmerz in ihrem Fuß wurde unerträglich und sie hörte noch immer das Grunzen unter sich.

»Erschaffe deine Gesetze, Prinzessin!«, rief Romuald auf ihrer Schulter ihr zu.

Alessandra wurde vor Schmerz fast wahnsinnig. Trotzdem dachte sie daran, dass an ihrem Bein nur ein kleines, flauschiges Etwas hing und sie jetzt freigab. Tatsächlich wurde der Zug geringer und Darbur keuchte auf, als Rosalinda und Alessandra in hohem Bogen aus dem Loch geschleudert wurden und unsanft aufeinander landeten.

Rosalinda jubelte, bis sein Blick auf Alessandras Bein fiel. »Liebe Güte«, raunte er. »Dein Stiefel …«

Alessandra zitterte, als sie zu ihrem Fuß sah. Dort, wo vorher ein Stiefel gewesen war, hingen nur die Reste von Leder. Ihre Haut war blutig und tiefe Wunden klafften unter den Überbleibseln ihres Schuhwerks. Sie ließ den Kopf sinken und schluchzte.

»Na, na, Prinzessin«, beruhigte Darbur sie. »Es ist nicht so schlimm. Ich kann dich tragen und der Feerich gibt bestimmt gern seinen Unterrock für einen Verband.«

Rosalinda schnaubte, nickte aber. »Natürlich. Wir schaffen das.«

Azura kniete sich neben die Prinzessin. »Ihr wart sehr mutig. Wir helfen Euch, diesen Weg zu beschreiten. Ich hoffe, ich kann die Magie hier wirken.«

Sie hob ihren Zauberstab und berührte Alessandras Fuß. Ein hellblaues Glimmen hüllte die Haut ein und die tiefen Wunden schlossen sich ein wenig.

»Mehr vermag ich in diesem Reich nicht auszurichten. Vergebt mir.«

»Ich danke dir, Azura«, stöhnte Alessandra und hielt still, als Rosalinda einen seiner Röcke zerriss und damit behutsam ihren Fuß umwickelte.

»Das sollte genügen«, meinte der Feerich.

Darbur nickte zustimmend. »Gar nicht übel für eine Aushilfsfee.«

»Du schaffst es nicht, mich zu loben, oder?«, knurrte Rosalinda.

Bevor die beiden wieder miteinander diskutierten, fasste Alessandra nach Darburs Arm. »Hilf mir bitte, aufzustehen.«

»Ich kann dich tragen.«

»Ich will selbst gehen. Ich sehe die Spur. Und den Spiegel.«

»Welchen Spiegel?«, fragte Azura und blickte sich um.

Panik erfasste Alessandra, bis sie das Leuchten in der Ferne entdeckte. »Da vorn!«

Alle Köpfe fuhren herum, dann zuckten ihre Begleiter die Schultern. »Na gut, dann stütze ich dich«, brummte Darbur, als er sie auf die Beine zog.

Alessandra hob ihren verletzten Fuß und hüpfte auf dem gesunden neben Darbur her. Der Weg fühlte sich jetzt noch beschwerlicher an, allerdings gab sie nun besonders acht auf den Boden und wich Stellen aus, die ihr seltsam erschienen. Es kam ihr wie eine Ewigkeit vor, bis sie vor dem Spiegel standen.

»Seht ihr ihn jetzt?«, fragte sie und ließ sich von Darbur auf den Boden setzen. Ein Blick auf die Sanduhr ließ sie schaudern. Das obere Glas hatte sich zur Hälfte geleert. Sie konnte nur hoffen, dass es nicht mehr weit bis zum Wunschstein war und sie genug Zeit hatten, Nathaniel zu retten.

»Ja, klar und deutlich«, meinte Azura und betrachtete den hölzernen Rahmen und das funkelnde Glas. »Er sieht wie ein gewöhnlicher Spiegel aus.«

»Oh, das ist er aber nicht«, erklärte Romuald, der immer noch auf Alessandras Schulter saß. »Er bringt euch in eine neue Ebene dieser Welt. Welche das ist, bestimmt euer Ziel.«

Alessandra blickte in den Spiegel. »Es sieht dunkel dort aus«, murmelte sie und begann zu zittern.

Rosalinda legte den Kopf schief. »Er spiegelt uns«, meinte er schließlich. »Da ist nichts Dunkles, nur wir.«

»Da ist ein Wald voller schwarzer Dornenranken und verdorrter Erde«, raunte Alessandra.

Azura zuckte zusammen. »Seid Ihr sicher?«, hauchte sie und machte einen Schritt von dem Spiegel weg.

»Ja.« Alessandra beobachtete die blaue Fee, die plötzlich zitterte. »Warum?«

Azura seufzte und ließ den Kopf sinken. »Dann befürchte ich, unser Weg führt uns durch das Reich der Dornenfee.«

»Dornenfee?«, keuchte Rosalinda. »Ihr meint jene, die einst Königin Vanya verfluchte, als sie ein Kind war?«

Alessandra starrte den Feerich an. »Meine Mutter wurde verflucht?«

Azura nickte. »Die Dornenfee erwählt einmal in hundert Jahren ein Kind zu ihrem Patenkind. Nun könnte man denken, das wäre etwas Gutes, aber es ist nicht so. Sie verflucht dieses Kind, weil sie auf diese Weise versucht, ihrem Gefängnis im Reich der Spiegel zu entkommen. Leid verstärkt ihre Macht und je schlimmer der Fluch ist, den sie ausspricht, umso eher kann es ihr gelingen, eines Tages über die Träume ihrer Opfer freizukommen. Im Fall Eurer Mutter nahm sie ihr einen Herzenswunsch.«

»Aber du bist ihre Wunschfee«, murmelte Alessandra. »Also hatte sie einen Herzenswunsch.«

»Ja, nun … Ich traf sie, als sie sich in Euren Vater verliebte. Liebe auf den ersten Blick ist die mächtigste Magie aller Königreiche. Aber ihr anderer Wunsch, der nach einem Kind … der sollte sich nicht erfüllen, bedingt durch den Fluch der Dornenfee.«

»Weswegen sie sich an Tharibor wandte«, schlussfolgerte Alessandra. »Und damit nahm das Schicksal seinen Lauf …«

Azura nickte. »Ich konnte ihr den Wunsch nicht erfüllen, weswegen ich immer noch an ihrer Seite stehe. Eine Wunschfee bleibt so lange bei ihrem Schützling, bis sich der Wunsch erfüllt hat. Durch ihre Wunschmagie. Da Ihr nicht durch meine Magie zu Euren Eltern gefunden habt, konnte ich keine anderen Wünsche erfüllen.«

»Die Dornenfee ist sehr gefährlich«, raunte Rosalinda. »Sie kennt keine Gnade. Wenn wir ihr Reich durchqueren müssen …« Der Feerich schüttelte sich, als hätte er etwas Ekelhaftes gegessen.

»Nur Mut«, forderte Romuald sie auf. »Ihr habt die tapferste Prinzessin aller Zeiten vor euch! Außerdem habt ihr mich! Und die Glasschuhe. Sie werden uns helfen. Dadurch kann uns nichts aufhalten.«

Alessandra nickte entschlossen. »Wir werden diese Fee in ihre Schranken weisen! Dann holen wir den Wunschstein und befreien Nathaniel, bevor wir Tharibor das geben, was er will, um meine Eltern freizulassen.«

Azura schien immer noch nicht vollends überzeugt. »Es ist nur so, dass die Dornenfee auch gegen Euch einen Groll hegt, Prinzessin. Immerhin seid Ihr der Herzenswunsch Eurer Mutter, den sie gestohlen hat.«

Alessandra schluckte und straffte ihre Schultern. »Das ändert nichts daran, dass ich mich von ihr nicht aufhalten lasse«, erwiderte sie entschlossen.

»Richtig«, schmunzelte Darbur. »Denn in dieser Geschichte ist die Prinzessin die Retterin des Prinzen und des Königreichs. Ein treuer

Drache steht an ihrer Seite und sie bezwingen gemeinsam die böse Fee, die alles bedroht.«

»Vergiss uns mal nicht«, knurrte Rosalinda.

»Ja, richtig, ein Feerich in Not ist auch dabei«, stimmte Darbur zu.

»Jungs, benehmt euch!«, ging Alessandra zwischen die beiden und keuchte auf, als sie mit ihrem verletzten Fuß auftrat.

Darbur und Rosalinda stützten sie. »Entschuldige«, murmelte der Drache.

»Schon gut. Lasst uns jetzt herausfinden, wie wir durch diesen Spiegel gelangen.«

»Oh, das ist ganz einfach«, kicherte Romuald. »Ihr geht einfach hindurch. Immerhin will das Reich der Spiegel, dass ihr dorthin gelangt.«

»Also dann«, meinte Alessandra und richtete sich auf.

Azura hob die Hand. »Ich gehe vor. Ihr folgt mir.«

Die blaue Fee wandte sich dem Spiegel zu, holte tief Luft und schritt hindurch. Die Oberfläche trübte sich und schlug Wellen, als wäre sie aus Wasser. Nachdem sie sich beruhigt hatte, entdeckte Alessandra Azura vor einigen knorrigen Sträuchern.

»Gut, sie ist dort. Lasst uns gehen.«

Sie traten zu dritt vor den Spiegel, Romuald immer noch auf ihrer Schulter.

»Bereit?«, bibberte Rosalinda.

Darbur nickte.

»Dann los«, verkündete Alessandra und hielt den Atem an.

Sie machte einen Schritt in den Spiegel hinein und fühlte eisige Kälte. Wind schlug ihr entgegen und sie schloss ihre Augen. Etwas knarrte und kratzte schließlich an ihrer Haut.

Als sie nachsehen wollte, was es war, keuchte sie auf. Dornen hatten sich um sie, Rosalinda und Darbur geschlossen, als säßen sie in einem Käfig. Und sie konnte Azura nirgendwo entdecken.

»Das ist nicht gut«, murmelte Romuald.

Bevor Alessandra fragen konnte, was sie tun sollten, ertönte ein fürchterlicher Schmerzensschrei und grünes Feuer fraß sich ein Stück von ihnen entfernt durch die Dornen. Und in dessen Mitte entdeckte sie Azura.

27 Alessandra

Die blaue Fee hatte ihren Zauberstab erhoben, aber mehr als ein paar Fünkchen strömten nicht aus dessen Spitze. Das Feuer umkreiste sie. Alessandra erkannte, dass ihr linker Arm blutete und ein gewaltiger Dorn darin steckte.

»Wir müssen ihr helfen!«, keuchte sie und legte ihre Hände an die dornigen Ranken, die sie wie Vögel im Käfig gefangen hielten. Sie rüttelte daran und hörte auch nicht auf, als ihre Finger wund und blutig waren.

»Keine Sorge, Prinzessin, zu dir komme ich gleich!«, dröhnte eine rauchige Stimme.

Das Feuer, das Azura umschlossen hatte, sammelte sich an einem Punkt und eine schwarze Rose erhob sich aus der Asche, die es hinterließ. Die Blüte veränderte sich und plötzlich stand eine junge Frau mit langen, spitzen Fingern und dunkel geschminkten Augen vor der blauen Fee. Ihr Kleid war so schwarz wie die Rose, aus der sie hervorgegangen war. Sie sah immer noch aus, als wäre sie mehr Blume als Mensch.

»Ich hätte nicht erwartet, dich jemals wiederzusehen, Azura«, grinste die schwarze Fee. »Du kommst tatsächlich in mein Reich, obwohl du hier keine Magie besitzt. Und dann bringst du mir auch noch die Prinzessin, die ich dank deines Zaubers nie erreichen konnte. Wie lieb von dir.«

»Lass sie gehen, Astora! Sie kann nichts dafür.«

»*Sie* ist der Beweis dafür, dass meine Macht begrenzt ist, obwohl ich alles geopfert habe, um mächtiger zu sein als ihr alle. Das kann ich nicht dulden. Sie muss sterben, genauso wie du! Und vielleicht kann ich mich endlich aus diesem Reich befreien, in das ihr mich gesperrt habt. Ich habe noch einige Rechnungen zu begleichen!«

Ihr Arm verformte sich zu einem langen Ast mit scharfen Dornen.

»Lass sie gehen!«, wiederholte Azura erneut.

»Das sind deine letzten Worte? Kein Flehen um dein Leben?«

Die blaue Fee hob ihr Kinn. »Würde es etwas ändern?«

Ein boshaftes Lächeln verunstaltete das Gesicht der schwarzen Fee. »Vermutlich nicht. Aber es hätte mir gefallen.«

Ohne Vorwarnung schoss ihr Arm nach vorn und durchbohrte Azura.

»Nein!«, brüllte Alessandra und rüttelte an den Ranken. Sie gaben nicht nach.

Das Licht in den Augen der blauen Fee brach und sie sank auf die Knie. Der Ast in ihrem Leib verhinderte, dass sie umkippte, und so hing ihr Kopf unnatürlich tief auf ihre Brust.

Alessandra sank zu Boden, die Hände immer noch um die Ranken ihres Gefängnisses verkrampft. »Azura«, hauchte sie. Tränen liefen über ihre Wangen. »Azura ...«

Die schwarze Fee brach den Ast an ihrem Arm einfach ab und eine neue Hand wuchs aus dem Stumpf, der zurückblieb. »Da waren es nur noch drei«, lächelte sie, als sie auf den Dornenkäfig zuschritt.

»Vier!«, fauchte Romuald. »Und du wirst uns jetzt hier rauslassen, du abscheuliches ...«

»Na, na, na«, machte die Fee und hob tadelnd ihren spitzen schwarzen Finger. »Ihr seid hier in meinem Reich. Man beleidigt die Königin doch nicht. Das solltet ihr alle eigentlich wissen.«

»Man verflucht auch keine kleinen Kinder«, knurrte Rosalinda.

»Oder sperrt Gäste einfach so ein!«, fügte Darbur hinzu. »Oder tötet sie!«

»Ihr seid aber nicht meine Gäste, ihr seid ohne meine Erlaubnis hier eingedrungen. Ich verteidige mich nur.«

Ihre Hand veränderte sich wieder und scharfe Dornen sprossen aus dem schwarzen Arm.

Darbur schob sich vor Alessandra, die immer noch schluchzend auf dem Boden kniete. »Wenn du ihr auch nur ein Haar krümmst, brenne ich hier alles nieder.«

Astora lachte. »Du besitzt hier ebenso wenig Feuer wie diese Möchtegern-Fee neben dir Magie. Aber bitte, unterhalte mich!«

Der Drache holte tief Luft und versuchte, Feuer zu speien. Wieder kamen nur Fische hervor, die sich mit einem leisen Plopp auflösten, als sie die Dornen des Käfigs berührten.

»Ist das alles?« Die schwarze Fee lächelte kalt. »Na, jetzt habe ich aber Angst. Siehst du, wie ich schlottere?« Ihr Arm wurde länger. »Du darfst gern zuerst sterben, aber sterben werdet ihr alle!«

Der Arm schoss nach vorn. Alessandra starrte wie gelähmt darauf. Sie musste etwas unternehmen. Wie in Trance griffen ihre Hände nach dem Beutel an ihrer Hüfte und sie zog die Schuhe heraus. Leuchtend rotes Licht erstrahlte und die schwarze Fee schrie.

»Verfluchte Schuhe!«, zischte sie und hielt ihren schwarzen Arm vor ihr Gesicht. Sie wich wimmernd zurück und verwandelte sich erst wieder in eine Rose, dann in Asche, die vom Wind fortgetragen wurde. »Wir sehen uns wieder«, verklang ihre Stimme, als das letzte Körnchen Asche verschwunden war.

Die Ranken, die sie gerade noch gefangen gehalten hatten, zerfielen ebenfalls zu Staub, aber Alessandra blieb keine Zeit, um durchzuatmen. Denn vor ihr schwebte eine leuchtend rote Gestalt, die durchsichtig schimmerte.

»Was zum ...«, fluchte Rosalinda und schob sich nun ebenfalls vor Alessandra. »Geister gibt es hier auch?«

»Ich bin kein Geist«, sagte die Gestalt und drehte sich langsam um.

Eine wunderschöne Frau stand in rotes Licht getaucht vor ihnen. Ihre langen Haare umwehten ihren Körper, als würde eine sanfte Brise sie bewegen. Ihr Lächeln war einnehmend und sie strahlte etwas Erhabenes aus.

»Wer bist du?«, fragte Alessandra vorsichtig.

»Ich bin Prinzessin Kristin«, erwiderte die Frau. »Ich war einst die Prinzessin vom Winterreich.«

Alessandra keuchte. »Du bist die Geliebte von Tharibor!«

Die Gestalt nickte. »Bevor ich in einen tiefen Schlaf geschickt wurde. Seitdem wandere ich zwischen den Welten, gebunden durch die Magie dieser Schuhe, die mir einst als Schutz überlassen wurden.« Sie deutete auf die Glasschuhe, die in Alessandras Händen in einem zarten Rot leuchteten. »Wer diese Schuhe besitzt, kann meine und ihre Magie zu Hilfe rufen. Aber nur wirklich edlen Herzen erscheine ich tatsächlich.«

»Und diese Magie wirkt hier im Spiegelreich?«, raunte Alessandra und starrte an Kristin vorbei zu dem leblosen Körper, der in sich zusammengesunken war, nachdem die Ranke, die ihn durchbohrt hatte, sich aufgelöst hatte. »Kannst du Azura helfen? Vielleicht ist es nicht zu spät und …«

Kristin hob die Hand. »Ich fürchte, für deine Freundin kommt jede Hilfe zu spät«, hauchte sie. »Aber ich kann sie zurück in ihre Welt schicken, damit sie nicht hier liegen bleiben muss.«

Alessandra blinzelte die Tränen weg und nickte. Azura war ihretwegen gestorben. Sie hatte sie nicht beschützen können.

»Und für euch kann ich eine Abkürzung schaffen, damit ihr nicht auf noch mehr Gefahren trefft. Eure Zeit drängt, vor allem, wenn ihr deinen Prinzen noch retten wollt.«

»Kannst du uns dabei helfen?«, fragte Romuald. »Ich meine, den Prinzen zu erlösen?«

»Ich werde es versuchen«, stimmte Kristin zu. »Doch zuerst müsst ihr den Wunschstein holen. Ohne ihn gibt es keine Hoffnung auf ein gutes Ende.«

Sie hob ihre Hand und ein Spiegel erschien vor ihnen. Der Rahmen leuchtete rot wie die Schuhe und die Geistergestalt selbst. Alessandra betrachtete den Ort, der dahinter lag. Eine friedliche Blumenwiese, auf der ein Brunnen aus hellem, strahlend weißen Stein stand.

»Was erwartet uns dort?«, murmelte sie mehr zu sich selbst und warf einen Blick auf die Sanduhr. Es war kaum Zeit vergangen, seit sie hier eingetroffen waren.

»Du musst deinen Wert beweisen und dein reines Herz auf die Probe stellen«, antwortete Kristin mitfühlend. »Es ist der Schutz, den der Hexenmeister für den Stein errichtet hat. Denn er dachte, es gibt niemanden, der wertvoll genug ist, um den Wunschstein aus seinem Versteck zu holen. Aber fürchte dich nicht. Du wirst bestehen, wenn du dir selbst treu bleibst.«

Alessandra nickte. »Warum hilfst du uns, Kristin?«, flüsterte sie. Für gewöhnlich erwarteten Menschen eine Gegenleistung dafür, wenn sie einem halfen. Deswegen war sie misstrauisch.

»Weil die Schuhe dich erwählten. Lady Margret mag sie dir gegeben haben, aber auch sie besaß sie nur, um sie für dich aufzubewahren. Du bist es, die mich erlösen wird, Alessandra. Durch dich werde ich endlich wieder mit Tharibor vereint sein können«, erwiderte der Geist und seufzte. »Und weil ich weiß, wie es sich anfühlt, machtlos mit ansehen zu müssen, wie jemand, den man liebt, leidet.«

»Ich glaube, du kannst ihr vertrauen«, raunte Romuald Alessandra ins Ohr.

»Ja, das denke ich auch«, erwiderte sie und versuchte, nicht auf den leblosen Körper der blauen Fee zu blicken. »Du wirst Azura in unsere Welt schicken?«

»Ja, keine Sorge. Ich lasse sie nicht an diesem Ort, wo die Dornenfee regiert.«

»Ich danke dir«, hauchte Alessandra und wandte sich dem Spiegel zu.

Rosalinda und Darbur stützten sie und gemeinsam durchbrachen sie die eiskalte Oberfläche.

Gleißend helles Licht empfing sie und Alessandra musste dagegen anblinzeln, bis sie ihre Umgebung wieder erkennen konnte. Vögel zwitscherten und unzählige Blumen bewegten sich im lauen Wind.

»Es ist so … schön hier«, strahlte Rosalinda und löste sich von Alessandra. »Ich will hier nie wieder fort!«

»Reiß dich mal zusammen«, brummte Darbur, aber auch er entblößte seine Zähne und seine Augen wirkten seltsam leer. »Ich hoffe, es gibt hier Obstbäume. Ich sterbe vor Hunger.«

Er ließ Alessandra ebenfalls los und tapste über die Wiese.

»Was ist mit ihnen?«, fragte Alessandra den Mauskelöwen.

»Das ist die Magie dieses Ortes. Du hast die Glasschuhe, sie schützen dich. Und ich stamme aus dieser Welt, also macht sie mir nichts aus. Aber die beiden werden bald zu sabbernden Glückspilzen.«

»Glückspilze?«

»Ja, so nennen wir die Leute aus einer anderen Welt, die hier landen und ihren Verstand verlieren. Wir sollten uns beeilen, bevor von deinen Freunden nicht mehr viel übrig ist.«

»Was soll ich machen?«

»Siehst du eine Spur?«, wollte der Mauskelöwe wissen.

Alessandra schüttelte den Kopf. »Nein, hier ist nichts.«

»Dann liegt die Lösung im Brunnen selbst«, meinte Romuald. »Lass es uns versuchen.«

Alessandra biss die Zähne zusammen und schleppte sich den leichten Anstieg hinauf zu dem Brunnen aus weißem Stein. Ihr Fuß schmerzte immer noch, aber sie wäre auch auf allen vieren hinaufgekrochen, wenn es notwendig gewesen wäre.

Als sie den Steinring endlich erreicht hatte, fuhr sie über die spiegelglatte Oberfläche. Sie lehnte sich nach vorn und stieß hörbar den Atem aus.

Der Brunnenschacht war nicht tief, ragte vielleicht eine Armlänge in die Erde hinein. Kein Wasser hatte sich darin gesammelt und es sah auch nicht so aus, als würde sich dort etwas verbergen.

»Was jetzt?«, raunte sie und sank auf ihre Knie. »Da ist nichts! Kein Wasser, kein Stein, nur trockene Erde.«

Romuald hüpfte auf den Steinrand und blickte ebenfalls hinein. Er rümpfte seine Nase und lief hin und her. »Ich verstehe das nicht. Das ist der Wunschbrunnen! Wieso ist er ausgetrocknet?«

Alessandra zog die Schuhe aus dem Beutel. »Kristin! Ich brauche deine Hilfe!« Doch die Glasschuhe leuchteten nicht. Nichts geschah. »Kristin!«, rief sie lauter, aber immer noch tat sich nichts.

»Ich fürchte, hier kann sie nicht helfen«, seufzte Romuald. »Das musst du allein lösen.«

»Sie hat gesagt, ich soll meinen Wert beweisen«, überlegte Alessandra laut. »Wie beweise ich einem Brunnen meinen Wert?«

»Spring hinein!«, erklang eine helle Stimme und Alessandra kämpfte sich hastig auf die Beine und humpelte einige Schritte zurück. Ein Mädchen mit weißblondem und ein Junge mit feuerrotem Haar standen vor ihr und lächelten sie an.

»Wer seid ihr?«, fragte Alessandra und fluchte innerlich über die Wunde an ihrem Fuß, die sie immer noch quälte.

»Wir sind die Wächter über den Wunschstein, die Geschöpfe des Hexenmeisters«, meinte der Junge, dessen Stimme ebenso hell war wie die des Mädchens.

»Wir bewachen den Stein seit vielen hundert Jahren. Er ist sehr wertvoll.«

»Wenn du ihn willst, musst du dich des Steins würdig erweisen.«

Das Mädchen nickte. »Spring hinein und zeige deinen Wert. Der Brunnen entscheidet, was deine Belohnung ist. Er bewacht den Stein und alle anderen Schätze, die der Hexenmeister gesammelt hat, bevor er uns für immer verließ.«

»Aber … Aber der Schacht ist nicht tief und der Brunnen ist trocken«, meinte Alessandra.

Romuald war wieder auf ihre Schulter geklettert. »Denk daran, nichts hier ist, was es zu sein scheint«, flüsterte er.

»Heißt das, dass die beiden auch nicht harmlos sind?«, flüsterte Alessandra zurück.

Die beiden Kinder musterten sie mit einem gutmütigen Lächeln.

»Du hast nichts zu verlieren!«, erklärte das Mädchen. »Der Brunnen nimmt keine Leben. Er schenkt jenen, die mutig sind, etwas. Was, das bestimmt er, wenn er deinen Wert geprüft hat. Der Hexenmeister wollte so wiedergutmachen, was er zu seinen Lebzeiten angerichtet hatte.«

»Ich denke, wir haben keine Wahl«, raunte Romuald.

»Falsch, *ich* habe keine Wahl. Du solltest hierbleiben und ein Auge auf Rosalinda und Darbur haben, solange ich weg bin.«

»Bist du sicher?« Der Mauskelöwe rümpfte die Nase. »Ich könnte dich begleiten.«

»Schon gut«, erwiderte Alessandra und zog sich ihren Stiefel und ihr Lederwams aus. Sie trat an den Brunnenrand und setzte Romuald behutsam ab. Dann warf sie den Kindern einen Blick zu. »Ihr seid sicher, dass ich hineinspringen soll?«

Der Junge nickte. »Keine Angst, du wirst dir nicht wehtun. Und ehe du dich versiehst, bist du wieder hier.«

»Viel Glück, Prinzessin«, murmelte Romuald, stellte sich auf zwei Beine und sträubte seine Löwenmähne. »Komm heil zurück.«

»Danke«, erwiderte Alessandra. Sie holte tief Luft und sprang in den Brunnen.

Obwohl sie davon ausgegangen war, dass ein Zauber sie einhüllen würde, war sie doch überrascht, als ihre Beine nicht auf festen Boden trafen, sondern sie langsam durch einen endlos erscheinenden Schacht fiel.

Luftblasen drangen aus ihrem Mund, als sie aufkeuchte. Dennoch blieb sie ruhig. Es schien zwar, als würde sie in einer Art Flüssigkeit versinken, aber sie konnte problemlos atmen.

Unter ihr leuchtete der Boden hell auf und ihre Füße durchstießen die Flüssigkeit, in der sie schwebte. Mit einem leisen Plopp glitt sie ganz heraus und landete auf einem schneeweißen Boden.

Fünf Spiegel standen in einem Kreis um sie herum. Jeder hatte eine andere Form, der Rahmen eine andere Farbe und jede Oberfläche wirkte unterschiedlich.

»Willkommen, Prinzessin«, erklang eine warme Stimme über ihr. »Ich bin der Geist des Brunnens und wache über dich. Sieh dich gut um und wähle mit Bedacht. Jeder Spiegel birgt eine Belohnung, aber nur einer schenkt dir den Wunschstein, den du benötigst. Es gibt keine zweite Chance.«

»Woher weiß ich, wie ich wählen soll?«, fragte sie.

Ein angenehmes Lachen erklang. »Das ist der Wert, den du einbringst, Prinzessin. Deine Wahl zeigt mir, was deiner würdig ist.« Die Spiegel begannen zu leuchten. »Überleg nicht zu lange.«

Dann wurde es still und nur das Leuchten der Spiegel war noch zu sehen, denn der Boden färbte sich dunkel und Alessandra hatte wieder das Gefühl, zu schweben.

»Also gut«, sagte sie zu sich selbst. »Dann finde ich wohl besser heraus, welchen Spiegel ich wählen soll.«

28 Alessandra

Sie betrachtete den ersten Spiegel. Ein goldener Rahmen schwang sich um das sauber polierte Glas, in welchem sie sich selbst in einem aufwendigen Kleid entdeckte. Ein weißes Schoßhündchen ruhte auf ihrem Arm und sie stand in tiefem Winter vor einem prächtigen Schloss. Ihr Spiegelbild wirkte erhaben und glücklich.

Sie trat zum nächsten Spiegel, dessen Rahmen von Efeuranken überwuchert war. Die Oberfläche war ein wenig trüb, aber sie erkannte wieder sich, diesmal in einem Reitkleid neben einem Pferd. Ihr Spiegelbild lächelte ihr verschwörerisch zu.

Im dritten Spiegel, dessen Rahmen aus verschnörkeltem Silber bestand, trug ihr Spiegelbild ein Feenkleid. Ein Stich fuhr in ihr Herz, als sie das Blau von Azura erkannte. Aber das Gesicht war ihr eigenes, obwohl die Flügel und die hellblauen Haare sie veränderten. Auch dieses Spiegelbild lächelte, allerdings wirkte es weniger glücklich als das erste. Vielmehr sah es weise aus.

Der vierte Spiegel leuchtete am wenigsten. Stumpfer, verformter Kupfer bildete den Rahmen und die Oberfläche war so trüb, dass sie sich selbst kaum darin erkannte. Nur ihre Augen konnte sie ausmachen, die müde wirkten. Müde, aber dennoch lag etwas Warmes darin.

Der fünfte Spiegel bestand aus einem schlichten Holzrahmen, das Glas war jedoch sauber geputzt. Er war trotzdem vollkommen leer. Sie konnte weder sich noch etwas anderes darin erkennen.

»Welchen Spiegel wählt dein Herz?«, fragte die Stimme plötzlich.

Alessandra zuckte zusammen, denn die Stille war erdrückend gewesen. »Wie soll ich mich entscheiden? Wie wissen, was ich wählen soll?«

»Dein Herz ist rein, Prinzessin. Wenn es würdig ist, wird es die richtige Wahl treffen.«

Alessandra atmete tief durch. Sie betrachtete noch mal alle Spiegel, ließ ihren Blick über die Rahmen schweifen und erinnerte sich an das Gefühl, das sie gehabt hatte, als sie hineinblickte.

Ihr erstes Spiegelbild hatte glücklich gewirkt, aber da lag etwas in dem Blick, das sie störte. Das zweite sah verschwörerisch aus. Es erinnerte sie an Nathaniel, aber nicht an sich selbst. Das dritte Spiegelbild hatte mit ihr am wenigsten gemeinsam und im vierten hatte sie nur die Augen gesehen, die sie an Darbur erinnerten. Im fünften Spiegel hatte sie nichts gesehen.

»Was wählst du?«, fragte die Stimme.

»Den fünften Spiegel«, wisperte sie, bevor sie ihre Worte begriff.

Alle Spiegel verblassten, nur der fünfte blieb bestehen und erstrahlte heller.

»Dann sieh, was deine Wahl bedeutet«, forderte die Stimme sie auf.

Mit zittrigen Beinen humpelte Alessandra darauf zu. Diesmal entdeckte sie ihr Spiegelbild, allerdings trug es wieder ein edles weißes Kleid und eine Krone. Es lächelte voller Güte und streckte beide Hände aus. Darin lag eine Krone aus Glas. Goldene Streben hielten sie zusammen und oben befand sich ein Knopf, als wäre es ein Schmuckkästchen.

Alessandra streckte ihrerseits die Hände aus und nahm ihrem Spiegelbild das Kleinod ab. Der Spiegel verblasste und bei ihrem nächsten Atemzug stand Alessandra wieder auf der Blumenwiese.

Darbur und Rosalinda saßen kichernd neben dem Brunnen und bemerkten sie nicht. Der Mauskelöwe jedoch hüpfte aufgeregt auf dem Brunnenrand auf und ab. »Da bist du ja wieder!«, rief er freudig. »Was hast du bekommen?«

»Wo … Wo sind die Kinder?«

»Gegangen, als du in den Brunnen gesprungen bist«, erwiderte Romuald. »Zeig mir, was du bekommen hast!«

Alessandra öffnete ihre Hände und betrachtete die Krone aus trübem Glas. Sie setzte sich mit dem Rücken an den Brunnenrand und drückte den Knopf. Das Glas öffnete sich wie Blütenblätter und ein hellrosa Leuchten drang aus dem Inneren.

»Ist das …?« Alessandras Lippen bebten.

»Der Wunschstein«, raunte Romuald.

»Du warst also würdig«, erklang die helle Stimme des Mädchens. »Herzlichen Glückwunsch. Der einfache Spiegel aus Holz zeigt, dass man sein Schicksal selbst bestimmen kann, ganz gleich, wie die

Umstände sind. Die anderen hätten dir unermessliche Schätze und Glück gebracht, aber nicht den Wunschstein.«

Der Junge trat hinter dem Mädchen hervor und seine roten Haare erstrahlten hell. »Nutze den Wunsch weise. Einmal ausgesprochen, kannst du ihn nicht zurücknehmen.«

Er hob die Hand und hinter ihm erschien ein Spiegel. Alessandra sprang auf, als sie dahinter eine menschengroße Porzellanfigur entdeckte, die Nathaniel sehr ähnlich sah. Sie stand in einer seltsamen Verrenkung einer anderen Figur gegenüber. Die Haut war weiß und von Rissen überzogen, die Kleidung wirkte antik, wie die Figur selbst. Aber an den Augen erkannte Alessandra, dass immer noch Nathaniel in diesem Ding steckte.

»Schnell, ihr könnt ihm noch helfen. Der Zauber ist noch nicht ganz abgeschlossen. Nutze die Magie der Glasschuhe, nicht den Herzenswunsch!«, erklärte der Junge und trat zur Seite.

»Danke«, raunte Alessandra, setzte sich Romuald auf die Schulter und steckte die Krone in den Beutel zu den Glasschuhen. Dann packte sie Rosalinda und Darbur an den Armen. Sie kicherten, standen aber auf und folgten ihr zum Spiegel.

»Gute Reise«, rief das Mädchen ihnen nach, als sie durch den Spiegel traten.

Staub umfing sie und Alessandra hustete. Sie stieß laute Verwünschungen aus, als sie mit ihrem verletzten Fuß auftrat, bevor sie auf ihre Knie fiel.

»Wo sind wir hier?«, hustete Rosalinda und nieste. Rosa Glitzer rieselte wieder zu Boden. »Das ist doch nicht …?«

»Nate«, beendete Darbur den Satz des Feerichs.

Alessandra hustete immer noch, schaffte es aber mit zittrigen Fingern, die Schuhe aus dem Beutel zu ziehen. »Kristin«, flüsterte sie. »Bitte hilf mir.«

Die Schuhe leuchteten schwach und die Gestalt der Prinzessin des Winterreichs erschien.

»Eindringlinge!«, rief eine hohe Stimme und es blitzte vor Alessandras Augen.

»Ihr bekommt unseren Tänzer nicht«, knurrte eine zweite piepsige Stimme.

Winzige Wesen, eines in Grün, eines in Gelb, schwirrten vor der Porzellanfigur herum.

»Wir haben ihn gefunden, also dürfen wir ihn behalten!«, erklärte die erste Stimme.

»Er gehört euch aber nicht!«, fauchte Rosalinda und hob den Zauberstab.

Er wollte schon zu zaubern beginnen, da klammerte Alessandra sich an seinem Arm fest. »Nicht! Wenn deine Magie fehlschlägt und du Nathaniel triffst, könnte er zerspringen!«

Der Feerich riss die Augen auf und nickte. »Gut, was sollen wir sonst tun?«

»Lenkt sie ab, ich befreie euren Freund«, flüsterte Kristin und schloss die Augen. Hellrotes Licht sprühte von ihren Fingerspitzen und sie schien Magie in ihren Händen zu sammeln. Offenbar konnte sie den Porzellanzauber nicht sofort lösen.

Alessandra verlor keine Zeit. Sie schritt auf die Schmetterlinge zu, wedelte mit ihrer Hand herum und versuchte, die zwei Wesen zu verscheuchen. Fauchend wirbelten sie um ihren ausgestreckten Arm und ihr Licht begann zu leuchten.

»Vorsicht, Prinzessin, sie verwandeln dich!«, warnte Romuald sie, lief über ihren Arm und sprang auf den gelben Schmetterling zu. Als er auf den Flügeln landete, sank der Schmetterling benommen zu Boden, bevor er sich erhob und den Mauskelöwen abwarf. Darbur fing ihn auf und schlug nach dem grünen Schmetterling, der immer noch um Alessandras Arm herumschwebte.

»Ihr werdet nicht gewinnen!«, brüllte der gelbe Schmetterling mit seiner hellen Stimme. »Wenn ihr denkt, ihr bekommt ihn zurück, täuscht ihr euch!«

Er flog zu der Porzellanfigur, deren Augen zuckten, die aber sonst vollkommen stillstand. Auch der zweite flog dorthin und sie umrundeten Nathaniel in einem grün-gelben Wirbel.

»Haltet sie auf!«, rief Kristin, die ihre Augen aufgerissen hatte, aber da war es bereits zu spät.

Die Risse in der Oberfläche der Figur wurden tiefer und grüngelbes Licht quoll hervor. Nathaniels Augen erstarrten, als das Licht sich bis dorthin ausgebreitet hatte.

Dann verschwand das Leuchten und die Figur zerfiel in unendlich viele Teile. Von den Schmetterlingen war nichts mehr zu sehen, nur das Kichern der beiden klang durch die Dunkelheit, bis auch dieses Geräusch verschwand.

»Nein! NEIN!«, brüllte Alessandra und stürzte neben den Bruchstücken zu Boden. »Nathaniel! NATHANIEL!«

Mit zittrigen Fingern strich sie über einen Teil des Gesichts mit den Augen der Figur. Hatten sie sich vorhin noch bewegt und lebendig gewirkt, hatten sie jetzt nichts mehr mit jenen von Nathaniel gemeinsam. Sie starrten auf einen fernen Punkt und ihre Farbe wirkte stumpf.

Alessandra schluchzte. Erst leise, dann lauter, als ihr bewusst wurde, was gerade geschehen war. Sie hob das Stück auf, während ihr Tränen über die Wangen liefen, und hielt es behutsam in ihren Händen.

»Prinzessin, es tut mir …«, begann Darbur, aber Alessandra funkelte ihn an.

»Sprich es nicht aus. Es gibt Hoffnung. Kristin, sag ihm, dass es Hoffnung gibt!«

Kristin seufzte. »Nur, wenn du den Wunschstein dafür verwendest. Aber dann musst du deine Eltern opfern, denn Tharibor kann den Handel nicht rückgängig machen, da die Magie einen Preis fordert.«

»Aber du könntest ihn überzeugen, etwas anderes zu nehmen«, flehte Alessandra mit viel zu lauter Stimme. »Du musst ihm nur sagen, dass er es nicht tun soll. Bitte. Er wird auf dich hören. Ich gebe ihm alles, was er will. Alles.«

Sie schüttelte den Kopf. »Es gibt Gesetze der Magie. Er hat einen Zauber gewirkt, der einen Preis verlangt, als er deiner Mutter half. Er band ihren Wunsch an die Magie, die mich gefangen hält, um mich zu erwecken, und sie fordert nun die Gegenleistung. Selbst wenn er wollte, könnte er nicht von dem ursprünglichen Handel mit deiner Mutter zurücktreten. Der Wunschstein kann den Preis bezahlen. Oder ein anderes Herz, das einen Wunsch in sich trägt. Du besitzt dieses Herz aber nicht, nur deine Mutter.«

Alessandra schluchzte erneut und strich über das rissige Porzellan. »Ich kann nicht zwischen meinen Eltern und ihm wählen«, hauchte sie. »Ich kann das nicht! Ich *will* das nicht!«

Romuald lief wieder über ihre Schulter. »Prinzessin, ich weiß, das ist nicht gerecht, aber …«

»Es ist nicht gerecht!«, schnauzte Alessandra ihn an und wandte sich dann ab. »Vergib mir, ich …«

»Nein, du musst dich nicht entschuldigen«, murmelte der Mauskelöwe. »Du hast alles riskiert, um deine Eltern zu retten, und jetzt liegt dein eigenes Glück in Scherben vor dir.« Er stieß den Atem aus. »Ich kann dir keinen Rat geben, wie du dich entscheiden sollst. Aber bedenke, dass du deine eigenen Regeln machst, Prinzessin. Das gilt besonders bei Wünschen.« Er hüpfte auf ihre Hand. Seine roten Augen musterten sie traurig und er legte den Kopf schief. »Es war mir eine Ehre, an deiner Seite dieses Abenteuer zu bestehen. Aber du musst jetzt in deine Welt zurück und eine Entscheidung treffen.«

Romuald hob seinen Zeigefinger und über ihnen entstand ein Wirbel aus goldenem Licht und schwarzen Wolken. Alessandra sah auf die Sanduhr. Die letzten Körner fielen gerade durch das obere Glas.

»Darbur, Rosalinda, helft ihr«, forderte er die beiden auf.

»Ich kann ihn nicht hierlassen«, wimmerte Alessandra. »Ich kann Nathaniel nicht hierlassen. Bitte! Ich will bei ihm bleiben!«

In dem Moment zerfielen die Stücke zu Staub, bis auf jenes, das sie in ihren Händen hielt.

Alessandra schluchzte. »Ich habe ihn verloren.« Ihre Stimme bebte und sie ließ den Kopf sinken. Das Licht der Schuhe verschwand und mit ihm jegliche Hoffnung, die sie noch gehabt hatte.

»Es ist so weit«, raunte Romuald.

Rosalinda und Darbur griffen wortlos unter Alessandras Arme und hoben sie hoch. Kristin war verschwunden. Der Feerich nahm Alessandra die Schuhe ab und verstaute sie behutsam im Beutel.

»Vielleicht sehen wir uns eines Tages wieder«, rief Romuald, als Alessandras Füße nicht mehr den Boden berührten.

Er wurde kleiner und kleiner, bis die Prinzessin ihn fast nicht mehr sehen konnte. Sie betrachtete das Stück Porzellan in ihren Händen, strich noch einmal darüber. Dann ließ sie es los.

»Leb wohl, mein edler Prinz«, flüsterte sie und ließ zu, dass die Tränen ihre Sicht trübten.

29 Alessandra

Wärme umgab sie und die Tränen versiegten. Alessandra rieb über ihre Augen und blinzelte gegen den Schein eines Kerzenleuchters an.

Sie stand wieder im Ballsaal. Tharibor schloss gerade den Eingang in das Reich der Spiegel, ihre Eltern waren scheinbar immer noch durch Magie an ihren Thron gekettet. Lady Margret sprang von einem Stuhl auf, als sie die Prinzessin entdeckte, und eilte zu ihr.

Alessandra schluchzte und warf sich der Gouvernante um den Hals. »Verloren! Ich habe ihn verloren«, weinte sie an der Schulter von Lady Margret. »Und Azura! Die arme Azura!«

Die Gouvernante strich ihr über den Rücken, trat dann jedoch beiseite, als Tharibor neben ihnen erschien. Alessandra hob den Blick und sah in das Gesicht des Zauberers. Es wirkte mitfühlend, aber dennoch hart.

»Du hast den Wunschstein?«, fragte er.

Alessandra nickte, zog die Krone aus dem Beutel und hielt sie hoch. Sie drückte den Knopf und der Stein im Inneren schimmerte leicht.

»Dann setz ihn ein«, forderte Tharibor sie auf.

»Wieso ich?«, hauchte Alessandra und ließ die Hände sinken. »Du willst Kristin erwecken. Also musst du den Wunsch aussprechen.«

»Woher kennst du ihren Namen?«, flüsterte er und riss sein gesundes Auge auf.

Alessandra zog die Glasschuhe aus dem Beutel und Tharibor keuchte.

»Ich wusste es. Du hast die Schuhe mit ins Spiegelreich genommen. Ich war mir nicht sicher, aber jetzt ist es eindeutig. Das waren ihre Schuhe, versehen mit ihrer Magie. Woher hast du sie?«

»Sie kommen zu einem reinen Herzen, das bereit ist, alles für sein Glück zu riskieren«, klärte Lady Margret ihn auf. »Das solltest du eigentlich wissen.«

Tharibor fuhr mit einer Hand durch sein schwarzes Haar. »Ich habe längst vergessen, was es bedeutet, für jemand anderen alles zu riskieren. Seit ich Kristin verloren habe …« Er betrachtete Alessandra. »Sie ist dir erschienen?«

»Sie hat mir geholfen. Sie wollte Nathaniel retten. Aber die Schmetterlinge …«, stammelte Alessandra und sank auf ihre Knie. »Die Schmetterlinge haben ihn zerstört. Ich habe ihn verloren.«

Tränen liefen erneut über ihre Wangen. In ihrem Herzen wusste Alessandra, dass sie ihre Eltern retten würde. Das bedeutete jedoch, dass sie Nathaniel für immer verloren hätte.

Tharibor ging neben ihr in die Knie, legte seine Hand unter ihr Kinn und hob es an. »Es ist dein Wunsch. Dieser Stein kann selbst Tote zurückbringen, Prinzessin. Das weißt du, oder?«

Sie nickte. »Aber ich kann doch nicht mein Glück über das Leben meiner Eltern stellen. Und ich habe dir etwas versprochen. Ich kann nicht …«

»Willst du für den Rest deines Lebens trauern?«, fragte der Zauberer sanft. »Denn ich sage dir, es wird dich zerstören. Es wird alles, was du bist, für immer auslöschen. Du würdest leiden, bis der Tag kommt, an dem dein Leben endet.«

Alessandra schniefte. »So wie du all die Jahre gelitten hast?«

Er nickte.

»Aber denkst du, ich könnte damit leben, meine Eltern geopfert zu haben?«

Tharibor schüttelte den Kopf.

Alessandra schluckte und zog den Stein aus seiner schützenden Hülle. »Wenn es nur einen Weg gäbe …«

»Aber bedenke, dass du deine eigenen Regeln machst, Prinzessin. Das gilt besonders bei Wünschen«, hörte sie die Worte des Mauskelöwen in ihren Gedanken.

Sie riss die Augen auf. »Es war ein Fluch, der meine Mutter zwang, sich an dich zu wenden, und ein Fluch, der Kristin in einen ewig währenden Schlaf bannte«, murmelte sie.

»Was hast du vor?«, flüsterte der Zauberer und musterte sie eindringlich.

»Wenn ich dafür sorge, dass der Fluch nie stattfindet?« Sie strich über die raue Oberfläche des Wunschsteins. »Wenn Kristin nie verflucht wird, wirst du niemals das Herz meiner Mutter einfordern.«

»Ich vielleicht nicht, aber ein anderer«, erwiderte Tharibor. »Dein Plan hat Lücken. Denn Kristin wird mir vielleicht nie genommen, aber selbst wenn deine Mutter keinen anderen Zauberer findet, der ihr den Wunsch nach einem Kind erfüllt ... du würdest nie geboren werden.«

»Aber Azura würde leben«, hauchte Alessandra und kämpfte ihre Tränen zurück. »Und Nathaniel. Meine Eltern würden auch ohne Kind glücklich werden.«

»Sag das nicht«, meinte der Zauberer. »Herzenswünsche haben einen tieferen Grund. Sie vergehen nicht einfach so, und vor allem: Sie können einen zerstören, wenn sie nicht erfüllt werden.«

Alessandra stieß den Atem aus. Da begannen die Glasschuhe wieder zu leuchten.

»Dann erlaube mir, dass ich ihren Wunsch verstärke«, erklang Kristins Stimme.

Tharibor sprang auf, sein verbliebenes Auge glänzte. »Kristin ... bist du es wirklich?«

»Ich bin es, mein Liebster«, lächelte sie, aber auf ihren Wangen zeichneten sich Tränen ab. »Wie lange ist es her ...« Sie streckte ihre Hand aus, fuhr aber durch das Gesicht des Zauberers hindurch. »Bald, mein Herz, werden wir wieder vereint sein. Erst müssen wir dafür sorgen, dass alles zu einem guten Ende kommt.«

»Du hilfst ihr?«, fragte Rosalinda, dessen Augen gerötet waren.

Er hatte die ganze Zeit vor sich hin geschluchzt, Alessandra hatte es bisher nur nicht wahrgenommen. Ebenso wenig wie das Schniefen des Drachen oder das Flehen ihrer Eltern, die sich auf ihrem Thron wanden. Fast so, als wäre sie bis zu diesem Moment unter einer Glaskuppel gefangen gewesen.

Kristin nickte. »Sie verdient ihr Glück wie jeder andere. Vielleicht ein klein wenig mehr.«

»Aber wie willst du ihr helfen?«, wollte Tharibor wissen.

»Wenn sie sich wünscht, dass ich nie verflucht werde, will ich dafür sorgen, dass der Fluch der Dornenfee ihrer Mutter nichts anhaben kann oder die Königin davor bewahrt wird. Auch ich habe ein reines Herz und wenn wir gemeinsam einen Wunsch äußern, sollten beide in Erfüllung gehen.«

»Das würdest du tun?«, flüsterte Alessandra und fasste neue Hoffnung.

Doch Kristin blieb ernst. »Hör mir zu, Prinzessin. Wünsche sind schwierig zu bestimmen und selbst wenn unsere vereinten Herzen gemeinsam einen Wunsch äußern, ist es möglich, dass nur einer in Erfüllung geht. Es wäre denkbar, dass du nicht geboren wirst. Es könnte ebenso sein, dass deine Eltern andere Kinder haben werden, aber nicht dich.«

Alessandra schluckte. »Aber Azura und Nathaniel würden leben?«

»Ja.«

»Und meine Eltern trotzdem glücklich sein?«

»Vermutlich.« Kristin neigte den Kopf. »Es wäre anders, aber sie könnten glücklich sein.«

»Bitte, Alessandra, tu das nicht!«, rief ihr Vater von seinem Thron. »Nimm den Wunsch, um selbst glücklich zu sein.«

Ihre Mutter nickte mit Tränen in den Augen. »Du kannst nichts dafür, dass sich unsere Geschichte so entwickelt hat. Aber deine kannst du noch verändern. Wähle dein Glück, mein Kind.«

Alessandra strich noch einmal über den Stein. »Es wäre nicht richtig«, wisperte sie und sah Tharibor an. »Außerdem würde ich nicht nur euer Leben opfern. Ich würde auch seine Hoffnung zerstören und damit wer weiß was auslösen.«

Der dunkle Zauberer stieß den Atem aus und wandte sich ab.

»Es gibt keine andere Möglichkeit, Mama, Papa. Ich muss einfach hoffen, dass sich alles zum Guten wendet.« Sie sah Kristin an, die sich über die Augen wischte. »Dann tu es bitte. Wünsch dir, dass der Fluch der Dornenfee ...«

»Sprich nicht weiter«, unterbrach Kristin sie. »Einmal ausgesprochen, kann der Wunsch nicht verändert werden. Du musst deinen Teil erfüllen und ich meinen. Denn es muss ein uneigennütziger Wunsch sein, sonst klappt es nicht. Denk an deinen Wunsch und ich denke an meinen.«

»Prinzessin!«, schluchzte Darbur. »Versprich mir, dass wir uns wiedersehen.«

Alessandra lächelte. Sie umarmte ihre Freunde, ihre Eltern, die sie noch einmal anflehten, es nicht zu tun. Doch sie hatte sich längst entschieden. Alle konnten glücklich werden. Wenn es sie nicht gab, würde Nathaniel jemand anderen finden. Er würde leben, genau wie Azura. Und wenn Kristin ihre Mutter schützte, würden auch ihre Eltern keinen Zauberer brauchen, um Kinder bekommen zu können.

Sie kehrte zu Tharibor zurück, neben dem Kristin schwebte.

»Du bist unsagbar mutig, Prinzessin«, flüsterte der Zauberer. »Ich hoffe, wir sehen uns eines Tages unter glücklicheren Umständen wieder.«

Kristin legte ihre durchsichtige Hand über den Stein und nickte Alessandra zu. »Ich denke an meinen Wunsch, du an deinen«, erklärte sie noch einmal

Alessandra schloss die Augen. Sie konzentrierte sich auf ihren Wunsch. *Ich wünsche mir, dass Prinzessin Kristin niemals von einem Fluch getroffen wird und an der Seite von Tharibor glücklich werden kann,* dachte sie und fühlte, wie der Stein sich unter ihren Fingern veränderte.

Sie rief sich noch einmal die Gesichter ihrer Liebsten vor Augen. Zuletzt dachte sie an das schiefe Schmunzeln von Nathaniel. Dann verblassten ihre Gedanken und sie löste sich auf.

30 Nathaniel

Er schreckte aus seinem Schlaf hoch und fuhr sich durch die Haare. Er hatte schlecht geträumt. Von einem rosaroten Feerich, der behauptete, er würde ihm seinen Herzenswunsch erfüllen, und ihm dann in das Loch, das sein Zuhause darstellte, gefolgt war. Er hoffte, dass es wirklich nur ein Traum gewesen war, aber bei seinem Glück war er nun für den Rest seines erbärmlichen Lebens an eine verkorkste Wunschfee gebunden. Denn er wusste nicht so richtig, was sein Herzenswunsch war. Wie sollte eine verunglückte Fee ihm also helfen?

Während er sich noch auf seinem Strohsack ausstreckte, ertönte lautes Schnarchen neben ihm. Nathaniel fuhr herum und gab einen erstickten Schrei von sich, bevor er nach dem Nudelholz griff und es dem rosa Etwas neben sich überzog.

»Verfluchter Wunschstaub«, keuchte der Feerich und rieb sich den Hintern, auf den Nathaniel eingeschlagen hatte. »Wenn du jemanden verprügelst, mach es richtig und schlag auf den Kopf!«

»Sei froh, dass ich es nicht getan habe«, räusperte sich Nathaniel. Er hatte vergessen, dass dieses rosafarbene Glitzerding neben ihm lag. Das heißt, eigentlich hatte er gehofft, dass es nicht so sein würde. Aber dann war die Begegnung mit dem Feerich kein Traum gewesen. Er hatte wirklich kein Glück.

»Also wenn du jeden so behandelst, der dir etwas Gutes will, wundert es mich nicht, dass du keine Freunde hast.«

»Ich habe Freunde!«, rechtfertigte Nathaniel sich. »Drake etwa.«

»Ja, der ist ein prächtiger Freund. Der würde nicht einmal mitkommen, wenn du um dein Leben kämpfen müsstest. Es sei denn, er könnte darüber tratschen.«

Diese Worte riefen etwas in Nathaniel hervor, er wusste nur nicht, was. War er irgendwann auf eine Reise gegangen, die er allein hatte bewältigen müssen?

Er schüttelte den Kopf. Wie hätte das sein sollen? Um auf eine Reise zu gehen, musste man Geld besitzen. Und er besaß nichts, da er seine Stiefmutter und deren Töchter durchbringen musste.

Nathaniel knurrte und stand auf. »Wie war das noch mit dem Herzenswunsch? Du erfüllst mir alles, was ich will?«

Der Feerich knurrte ebenfalls, als er sich aufrappelte und sein Kleid glatt strich. »Es gibt Ausnahmen. Das hätte ich dir gestern sagen sollen, aber da war ich von meinem Sturz zu benommen. Ich kann mit den Flügeln noch nicht so gut umgehen und du hattest einen so starken Wunsch, dass ich einfach vor dir erscheinen musste.« Er strich sich die Haare aus der Stirn, die grotesk rosa waren, genau wie seine Augen. »An meinem Auftreten kann ich beim nächsten Mal arbeiten. Zurück zu den Ausnahmen. Also. Erstens: Ein anderes Lebewesen zu töten, ist Feen nicht gestattet. Zweitens: Der Kopf und die Erinnerungen lassen sich beeinflussen …«

»… das Herz nicht«, murmelte Nathaniel und fühlte einen seltsamen Schwindel.

»Ja, woher weißt du das?«, fragte der Feerich sichtlich verwirrt. »Hattest du schon einmal eine Wunschfee? Denn das wäre irgendwie gegen die Regeln. Glaube ich.«

»Ich hatte ganz sicher nie etwas so Seltsames wie dich an meiner Seite. Woher ich das weiß … Keine Ahnung. Ich weiß nur … Ach, ist unwichtig. Hilfst du im Haushalt?«

Der Feerich deutete auf sein Kleid. »In dem Aufzug?«

»Schöne Hilfe«, brummte Nathaniel. »Du hast mir deinen Namen noch nicht gesagt.«

»Rosalinda.«

Nathaniel prustete vor Lachen. »Ist nicht dein Ernst!«

»Mein voller Ernst«, schnaubte der Feerich. »Und jetzt überleg dir endlich deinen Herzenswunsch. Was hast du in dem Moment gedacht, als ich vor deinen Füßen gelandet bin?«

»Ich dachte an … Nein, das kann nicht sein.«

»Oh doch, das ist dein Herzenswunsch!«, grinste Rosalinda. »Du bist verliebt, ich sehe es. Mehr noch, es ist Liebe auf den ersten Blick und du willst den Rest deiner Tage mit ihr verbringen. Wie romantisch.«

»Sie ist eine Prinzessin und Liebe auf den ersten Blick gibt es nicht.«

»Sie ist nicht irgendeine Prinzessin, sie ist deine. Und noch dazu ist sie jene Prinzessin, für die das Königspaar morgen einen Ball ausrichtet. Nachdem ihre drei jüngeren Brüder mit ihrem … nennen wir es Lehrjahr in einem gewöhnlichen Beruf … beginnen sollen, wird die Kronprinzessin auf Reisen gehen, um die anderen Reiche kennenzulernen. Und dafür will man ihr die Prinzen der anderen Länder nicht vorenthalten, denn vielleicht knüpft sie bereits erste Freundschaften. Natürlich darf sie selbst wählen, ob und mit wem sie Zeit verbringt. Ihre Eltern wollen sie nicht zwangsverheiraten. Aber sie möchten, dass sie die Prinzen kennenlernt, die ihr vielleicht auf der Reise begegnen. Deine Chance also.«

»Mach dich nicht lächerlich. Ich weiß gerade einmal, wie sie heißt, und habe sie einmal gesehen. Wieso sollte ich da verliebt sein? Und falls es dir entgangen ist, ein Prinz bin ich auch nicht.«

»Ich sagte doch schon, Liebe auf den ersten Blick, schon vergessen?«, grinste Rosalinda. »Und das mit dem Prinzen bekomme ich hin. Keine Sorge.«

»NATHANIEL!«, drang die kratzige Stimme von Pandora durch das Haus.

»Verdammt, jetzt gibt es Ärger. Ich habe noch kein Frühstück gerichtet.«

»Keine Ursache«, meinte der Feerich und hielt ihm drei Tabletts mit Essen hin.

»Du bist also doch im Haushalt zu gebrauchen«, schmunzelte Nathaniel, nahm die Tabletts und eilte hinaus.

Die Arbeit im Stall war mühsam, allerdings auch gut bezahlt und es gab Essen. Drake redete während der Mittagspause auf ihn ein, aber Nathaniel hörte ihm nicht zu. Er überlegte, warum er es doch für eine gute Idee befand, zu dem Ball zu gehen. Ja, er würde sich von Rosalinda helfen lassen, mit der Prinzessin tanzen und sie für sich gewinnen. Warum er das so sehr wollte, verstand er selbst nicht. Aber er nahm es hin.

Ihre einzige Begegnung war etwas unglücklich gewesen. Er hatte sie mit Wasser übergossen, als sie sich mit ihrem Pferd davonstehlen wollte. Aber es hatte gereicht, dass sein Herz jetzt noch stolperte, wenn er daran dachte. Sie hatte ihn mit ihrem kühnen Auftreten herausgefordert. Er hätte nie erwartet, dass sie eine Prinzessin war.

Das Königspaar hatte fünf Kinder. Alessandra war mit ihren beinahe achtzehn Jahren die älteste Tochter, danach gab es Miranda, die ihrer älteren Schwester recht ähnlich war, und die Drillinge: Mars, Mercur und Minotor. Fürchterlich laute Jungs von etwa vierzehn Jahren. Und sie alle standen unter dem direkten Schutz des großen Zauberers Tharibor, der einst Königin Vanya vor dem Fluch einer dunklen Fee bewahrt hatte. Seitdem war er ihr ständiger Begleiter, gemeinsam mit seiner Gefährtin Kristin, die er in einen Schneewolf verwandelt hatte, als ihre Zeit als Mensch zu Ende ging, damit sie für immer an seiner Seite bleiben konnte. Es hieß, sie verwandelte sich im Vollmondlicht wieder in einen Menschen. Man munkelte von ihrer tiefen Liebe zueinander, die einst zwei Völker entzweit hatte. Tharibor hatte es geschafft, die Reiche vor einem schlimmen Schicksal zu bewahren, und sie schlossen wieder Frieden. Seitdem galt er als Friedensstifter und dass er der persönliche Zauberer der Königin war, festigte ihre Position gegenüber dem Kronrat, der nicht ganz glücklich gewesen war, als König Stephan sie zu seiner Frau machte.

Tharibor war es auch, der König Stephan geholfen hatte, die Thronfolge für seine älteste Tochter zu sichern. Obwohl es hieß, dass die Prinzessin daran kein Interesse hatte. Sie ritt lieber aus. Es gab sogar Gerüchte, dass sie mit einem Drachen befreundet war.

Nathaniel schmunzelte. Sie war wirklich interessant, diese Alessandra. Mit ihrem dunkelbraunen Haar und den bernsteinfarbenen Augen sah sie aus wie ein Gemälde, das zum Leben erwacht war. Und dass sie eher wenig prinzensinnenhaft durch das Schloss lief, gefiel Nathaniel fast noch besser.

Er mistete gerade den Stall aus, als ein Tumult im Hof ausbrach. Es gelang ihm gerade noch, einen langen braunen Zopf vorbeiwehen zu sehen, als ein Pferd über den Hof lief und zum seitlichen Tor hinausgaloppierte.

Wieder musste er schmunzeln. Ob die Prinzessin wohl Ärger dafür bekam, dass sie ihre Tanzstunden sausen ließ?

Er stieß den Atem aus. Obwohl das Königspaar der Prinzessin viele Freiheiten erlaubte … wie würde es aussehen, wenn jemand herausfand, dass er sich als Prinz verkleidet hatte? Dann müsste man ihn einsperren. Wie also sollte diese Geschichte gut enden?

»Stell dir vor«, redete Drake bereits los, kaum dass sie ihren Lohn entgegengenommen hatten.

Nathaniel wollte eigentlich nur seine Ruhe. Er musste sich für den neuen Untermieter wappnen, den seine Stiefmutter angenommen hatte. Und natürlich für die Gemeinheiten, die Pandora und ihre Töchter wieder für ihn parat hatten.

»Der königliche Zauberer hat den Rat und den König davon überzeugt, einen Maskenball zu veranstalten. Und angeblich soll sogar der Drache, mit dem die Prinzessin befreundet ist, auf dem Ball erscheinen.«

Bei diesen Worten kicherte Rosalinda, der hinter Nathaniel herumhüpfte, leise.

»Aha«, brummte Nathaniel nur und rollte die Augen, als der Feerich ihn tadelnd ansah. Aber was änderte es für ihn, wenn alle Masken trugen? Und warum sollte der König oder der Zauberer gestatten, dass ein Drache das Fest aufmischte?

»Das bedeutet, jeder trägt eine Maske und keiner nennt seinen Namen, bis die Maske gelüftet wurde. Damit hofft der Zauberer, dass die Prinzessin sich in Ruhe mit den Prinzen unterhalten kann und nicht von ihnen belagert wird.«

»Schöner Plan, nur wird jeder, der Augen im Kopf hat, sie an ihrer Kleidung und ihren Haaren erkennen«, murmelte Nathaniel.

»Nein, denn es wird fünf Prinzessinnen geben.«

»Wie, fünf?«, fragte Nathaniel gereizt. Für gewöhnlich erzählte Drake alles freiheraus, diesmal schien er seinen Freund auf die Folter spannen zu wollen.

»Nun, der große Tharibor möchte anscheinend wirklich, dass sie nicht von Prinzen umringt wird, die kein wahres Interesse an ihr haben. Also hat er vorgeschlagen, dass sie und vier weitere Frauen genau das gleiche Kleid, Schmuck und Frisur tragen. So kann sie zumindest ein wenig bestimmen, mit wem sie sprechen und tanzen möchte.«

Etwas in Nathaniel begann zu kribbeln, aber er konnte sich nicht genau erklären, was. Drake erzählte weiter von irgendwelchen Gerüchten, die er über das Essen beim Ball gehört hatte. Aber Nathaniel hörte nicht mehr richtig zu. Er verabschiedete sich hastig von seinem Freund und konnte es nicht erwarten, mit Rosalinda zu sprechen.

»Du kannst mich also auf den Ball bringen?«, wollte er wissen, als sie allein über die abendlichen Straßen von Estrella eilten.

Der Feerich hatte sichtlich Mühe, mit ihm mitzuhalten. Seine Haare fielen beim Laufen aus seiner Aufsteckfrisur und Schweißperlen glänzten auf seiner Stirn. »Wenn ich nicht vorher umkippe, weil du mich wie ein Sklaventreiber schindest, ja«, keuchte er und packte Nathaniel am Arm. »Und jetzt, wo du eine Maske tragen darfst, müssen wir auch deine Familie nicht austricksen, damit sie denkt, du sitzt gebrochen daheim.«

»Was meinst du?«

»Na ja«, lachte der Feerich verlegen, »ich wollte dich eigentlich überzeugen, dass du deine Stiefmutter bittest, dich mitzunehmen. Sie hätte dir unlösbare Aufgaben gegeben, die du mit meiner Hilfe natürlich trotzdem bewältigt hättest ...«

»Und dann hätte sie mir den Anzug meines Vaters zerrissen, den ich getragen hätte ...«, murmelte Nathaniel und blieb stehen. Rosalinda knallte in ihn hinein und fluchte lautstark. »Mir kommt es so vor, als hätte ich all das schon einmal erlebt. Aber das ist doch nicht möglich.«

»Wie auch immer«, presste Rosalinda zwischen seinen Zähnen hervor. »Da wir uns das sparen können, wirst du diese Nacht gut schlafen. Und ich auch. Und morgen Abend wirst du bei deiner Prinzessin sein, mit ihr tanzen und dein Wunsch erfüllt sich. Wobei ich mir nicht sicher bin, ob es reicht, wenn ich dir Kleidung für das Fest gebe. Eventuell genügt das nicht, um deinen Herzenswunsch zu erfüllen.«

»Und das bedeutet was?«, fragte Nathaniel etwas gereizt.

»Also, falls ich nicht deinen Herzenswunsch erfülle ... nun ja, dann werde ich vermutlich etwas länger bei dir wohnen. So wie die blaue Wunschfee von Königin Vanya. Sie begleitet die Königin seit

Jahren und hütet auch ihre Kinder, die sie alle sehen können. Das könnte ich für dich natürlich auch machen!«

»Darüber denken wir nach, falls dieser Fall wirklich eintritt«, meinte Nathaniel und ging langsam weiter. Er hatte tatsächlich das Gefühl, all das schon einmal erlebt zu haben. Anders. Aber diese Situation war ihm nicht fremd.

Er schüttelte den Kopf. Vielleicht verlor er einfach nur seinen Verstand. Schließlich begann er auch daran zu glauben, dass es Liebe auf den ersten Blick gab.

31 Alessandra

Alessandra saß in ihren Morgenmantel gehüllt vor dem Spiegel. Es dämmerte bereits und die Musiker stimmten gerade ihre Instrumente, als Azura zum Fenster hereinschwebte.

»Azura«, lächelte die Prinzessin und stand auf. »Ich freue mich, dich zu sehen.«

»Und ich freue mich, in diesem Moment bei dir zu sein«, erwiderte die blaue Fee.

Azura war die Wunschfee ihrer Mutter. Da Vanya aber keine Hilfe gebraucht hatte, um mit Stephan zusammen zu sein, war die Fee zu einer treuen Begleiterin geworden und half der Familie, wo sie konnte. Denn es gab sonst keinen Herzenswunsch, den sie erfüllen durfte. Also half sie bei der Kindererziehung und wurde neben Lady Margret eine wichtige Bezugsperson in Alessandras Leben.

»Du bist noch gar nicht angezogen!«, stellte die Fee überrascht fest.

»Ich warte noch auf Mutter und Lady Margret«, erwiderte Alessandra. »Sie kommen mit Miranda und drei weiteren Frauen, damit wir alle gleich aussehen.«

»Ein interessanter Vorschlag von Tharibor«, nickte Azura.

»Ja, nicht wahr?«, erwiderte Alessandra. »Er hat auch vorgeschlagen, Darbur einzuladen.«

Azura kicherte. »Was sagt Lady Margret dazu?«

»Was denkt Ihr, meine Liebe?«, fragte die Gouvernante, die gerade zur Tür hereingekommen war, und verschränkte ihre Arme. »Ein Drache im Schloss … das kann nur von diesem Zauberer kommen. Was das wieder für Aufregung mit sich bringt.« Sie rollte mit den Augen.

Alessandra wusste, dass Lady Margret nichts von Drachen hielt. Das hatte sich auch nicht geändert, nachdem Darbur sich höflich vorgestellt hatte, als die Königsfamilie in seinem Wald ein Picknick veranstaltete. Es hatte den Drachen viel Überwindung gekostet, denn er mochte Menschen nicht. Alessandra konnte ihm das nicht übel nehmen. Sie hatten einander kennengelernt, als Darbur in einer Falle festsaß und auf seinen Tod wartete. Nachdem sie ihn befreit hatte, brauchte es viel Zeit und Geduld, bis der Drache sie nicht mehr verabscheute. Aber sie wollte nicht aufgeben und nun waren sie die besten Freunde.

Sie hatte auch durchgesetzt, dass Darbur sie auf ihrer Reise begleiten würde. Schließlich gab es kaum einen besseren Leibwächter als einen treuen Drachen. Und obwohl sie überhaupt keine Lust auf diesen Ball hatte, spielte sie mit. Weil Tharibor ihr zugesichert hatte, dass sie es nicht bereuen würde, und im Gegenzug geholfen hatte, Darbur einzuladen. Und sie vertraute dem Zauberer. Er hatte sich stets am meisten um sie gekümmert, sie zu seiner Patentochter gemacht. Deswegen ging sie davon aus, dass er nur das Beste für sie im Sinn hatte.

Sollte ihr doch langweilig werden – wovon sie ausging –, würde sie zumindest Zeit mit Darbur verbringen und ihre Reise besprechen können.

Lady Margret klatschte in die Hände, als die Königin eintrat, ehe sie sich verbeugte. Ihre Mutter kam in Begleitung von Miranda, die mit ihren sechzehn Jahren fast genauso aussah wie Alessandra mit ihren knapp achtzehn. Miranda war ebenso aufgeweckt wie Alessandra. Allerdings tanzte sie eindeutig besser und hatte mehr Spaß an all den Bällen, die ihre Eltern immer wieder veranstalteten.

Alessandra seufzte. Ihre Schwester wäre so viel besser geeignet, Königin zu werden.

»Dann lasst uns beginnen«, riss Lady Margret Alessandra aus ihren Überlegungen.

Drei weitere Mädchen hatten sich in ihrem Zimmer eingefunden, ebenso wie unzählige Zofen, die sich daranmachten, ihnen in die Kleider zu helfen. Alessandra mochte dieses ausladende Ballkleid nicht, aber auch hier hatte sie zugestimmt, es zu tragen. Allerdings hatte sie auf bequeme Schuhe bestanden. Die Stiefel, die sie tragen wollte, hatte Lady Margret jedoch entschieden abgelehnt. Azura hatte ihr als Ersatz perfekt sitzende weiche Schuhe gezaubert, die ein wenig wie Glas aussahen und hellgrün schimmerten, wie das Kleid, das sie tragen sollte.

Sie hatte die Farbe selbst gewählt, denn sie fand, dass ihr Grün am besten stand. Das Kleid war schulterfrei. Für gewöhnlich mochte sie so etwas gar nicht, aber in diesem Fall gefiel es ihr. Es betonte ihre

Schulterpartie und die Kette, die sie dazu trug und die perfekt zu der goldenen Krone und Maske passte, war ihr Lieblingsschmuckstück. Tharibor hatte es ihr zu ihrem letzten Geburtstag geschenkt und erklärt, ein besonderer Zauber läge darin. Deswegen trug Alessandra den Anhänger, wann immer sie konnte.

Nur die Frisur war immer noch eine Qual, mit der sie sich einfach nicht anfreunden konnte. Ihre langen Haare wurden zuerst zu Locken gedreht, dann hochgesteckt. Durch die vielen Haarnadeln fühlte es sich an, als hätte sie einen schweren Helm auf.

Miranda kicherte. »Mach nicht so ein Gesicht, sonst findest du heute keinen Prinzen.«

»Erstens trage ich eine Maske, also sieht man nicht, wie ich mein Gesicht verziehe, und zweitens will ich gar keinen Prinzen finden.«

Ihre Mutter schmunzelte. »Und doch habe ich das Gefühl, dass heute etwas Magisches geschehen wird.«

Alessandra starrte sie an. »Wieso?«

»Ich weiß es nicht«, gestand Vanya, als sie ihrer Tochter die Krone ins Haar schob. »Aber irgendwie kommt es mir so vor, als wäre so etwas Ähnliches schon einmal passiert. Als hättest du schon einmal auf einem Ball einen Prinzen getroffen, mit dem dich etwas verband.«

Alessandra schluckte. Auch ihr kam mit einem Mal alles so seltsam vertraut vor. Sie träumte in den letzten Nächten viel. Von einem jungen Mann mit grün-braunen Augen …

»Waldgrün«, hörte sie in ihren Gedanken und schauderte.

Woher kam das plötzlich?

Nachdem alle Prinzessinnen – echte wie verkleidete – fertig waren, führte Lady Margret sie in einen Raum, wo sie sich noch ein wenig ausruhen konnten, bis der Ball begann.

Miranda setzte sich neben Alessandra und ergriff ihre Hand. »Du siehst so hübsch aus«, meinte die Prinzessin.

»Du aber auch«, erwiderte Alessandra und lächelte. »Ich hoffe, du hast heute Spaß, obwohl du dich als mich ausgeben musst.«

»Keine Sorge, ich werde trotzdem tanzen, Schwesterchen«, grinste die Jüngere. »Versuch du auch, Spaß zu haben.«

Alessandra nickte und fühlte dann eine seltsame Gewissheit in sich. Ja, sie würde Spaß haben. Und sie wusste plötzlich, dass sie diese waldgrünen Augen finden würde, die zu einem schiefen Lächeln gehörten, das ihr so gefiel.

32

Nathaniel

»Das ist nicht dein Ernst«, knurrte Nathaniel, als er an sich hinabblickte.

Dieser fürchterliche Feerich hatte ihn in eine schwarze Hose mit Stiefeln gesteckt. Soweit in Ordnung. Aber der grüne Gehrock mit den goldenen Verzierungen und dieses steife Hemd waren hässlich. Noch schlimmer waren nur die goldene Weste und die gleichfarbige Krawatte.

»Ich sehe aus wie ein Hofnarr!«

»Du siehst wunderbar aus, du Banause«, grinste Rosalinda und drückte ihm eine goldene Maske in die Hand. »Außerdem ist diese Farbe absichtlich gewählt, weil ich gehört habe, das Kleid der Prinzessin wäre ähnlich. Und jetzt, husch, husch, zum Pferd.«

»Pferd?«, fragte Nathaniel ungläubig.

»Ja, oder denkst du, ich fliege dich zum Schloss?«

Während der Feerich sprach, veränderte sich sein Aussehen. Das Kleid verschwand und er trug eine schlichte Hose mit einem ebenso unauffälligen Hemd. Seine Haare wurden kürzer und dunkler. Fast sah er wie ein gewöhnlicher Mann aus. »Damit niemand denkt, du würdest Selbstgespräche führen. So sehen mich alle Menschen.«

Nathaniel schluckte, weil er das schon gewusst hatte. Aber … woher? Er schüttelte den Kopf. »Und wo soll ich ein Pferd herbekommen? Du erinnerst dich, dass wir keines besitzen und ich kein Geld habe, um eines zu mieten?«

Pandora war mit ihren Töchtern und ihrem Untermieter, einem Herzog Mayo aus irgendeinem ach so wichtigen Königreich mit einer Mietkutsche zum Ball gefahren. Die Kleider der Schwestern und seiner Stiefmutter hatten ein Vermögen gekostet und halfen dennoch nicht. Alle drei sahen aus wie dumme Gänse.

»Ich bin eine Fee, hab doch endlich ein wenig mehr Vertrauen in meine Fähigkeiten«, brummte Rosalinda und führte ihn hinaus.

Tatsächlich warteten ein Schimmel und ein Pony auf sie beide.

»Wie hast du …«

»Magie, Schätzchen. Ich habe nicht viel gebraucht, außer für deine hinreißende Kleidung. Und jetzt setz die Maske auf, damit wir wirklich unerkannt bleiben.«

Nathaniel war immer noch zu überrascht, um zu widersprechen. Er stieg auf das Pferd, legte die goldene Maske an und schnaubte. »Diese Nase ist ja wohl nicht dein Ernst.«

Die Maske bedeckte sein Gesicht, abgesehen vom Mund. Die Nase war recht lang gezogen und erinnerte an einen Vogelschnabel.

»Na ja, du hast nun mal eine gewaltige Nase«, meinte Rosalinda, als die Pferde losgaloppierten. »Da wollte ich einfach vorsorgen, damit die Prinzessin keinen Schreck bekommt. Wenn du die Maske abnimmst, wird dein Zinken vergleichsweise schön aussehen.«

»Ich drehe dir irgendwann den Hals um!«, zischte Nathaniel.

»Du wirst mir am Ende des Abends dankbar sein«, verkündete der Feerich grinsend.

Sie ritten durch die beleuchteten Straßen, vorbei an unzähligen verkleideten Menschen. Das Königspaar lud für gewöhnlich jeden Bewohner ein, die meisten kamen jedoch nicht. Diesmal schien es anders zu sein, fast so, als wollte sich niemand einen Maskenball entgehen lassen.

Vor dem Schloss nahmen Diener die Pferde von Nathaniel und Rosalinda entgegen. Nathaniel blieb wie angewurzelt stehen, als er all die Kleider und edlen Roben sah. Was hatte er sich nur dabei gedacht?

Er überlegte gerade, umzukehren, als Rosalinda ihn am Ellbogen packte und hineinzerrte. An der Treppe, die zum Ballsaal hinabführte, blieben sie wieder stehen.

»Du wartest hier, ich sorge dafür, dass du die Prinzessin nicht verpasst und die richtige von ihnen erwischst«, raunte der Feerich ihm zu, dann war er auch schon fort.

Nathaniel blickte zu einer Gruppe Frauen, die alle gleich aussahen. Sie standen beisammen und warteten darauf, dass der Ball eröffnet wurde. Aber eine von ihnen erstrahlte für ihn und er war sich sicher, dass dies Alessandra war.

»Sie ist sehr schön, nicht wahr?«, erklang eine tiefe Stimme neben ihm.

Er drehte sich um und stand einem Mann mit schwarzer Maske gegenüber. Trotzdem bestand für ihn kein Zweifel: Dieser Mann war Tharibor, der Zauberer der Königin. Sein schwarzes Haar war von einer roten Strähne durchzogen und ein Auge war blind. An seiner Seite befand sich ein weißer Wolf mit eisblauen Augen, die ihn neugierig musterten.

Tharibor deutete mit dem Kinn in Richtung der fünf Frauen. »Die Prinzessin, meine ich.«

»Ja, wunderschön«, stimmte Nathaniel stotternd zu. Dieser Mann war mächtig und falls er dachte, dass Nathaniel keine aufrichtigen Absichten hatte, hätte er ihn ganz leicht in einen Frosch verwandeln können.

»Es gibt nur einmal Liebe auf den ersten Blick in einem Leben, junger Freund. Lasst die Chance nicht verstreichen.« Der Zauberer schmunzelte. »Obwohl manche vielleicht doch eine zweite Chance bekommen.«

»Was meint Ihr?«, fragte Nathaniel.

»Ach, nicht so wichtig. Manchmal habe ich das Gefühl, gewisse Dinge schon einmal erlebt zu haben. Anders, aber fast genau so wie in diesem Moment. Ihr auch?«

Nathaniel nickte verwirrt. »In den letzten Tagen schon …«

Der Zauberer klopfte ihm auf die Schulter. »Nutzt den Abend, Nathaniel. Viel Glück.« Damit ging er die Treppe hinunter und ließ Nathaniel stehen.

»Woher kennt er meinen Namen?«, murmelte er und richtete sich auf, als er seine Stiefmutter mit dem Herzog hereinkommen sah.

Er rechnete damit, dass sie ihn erkennen und fortjagen würde. Aber Pandora schritt an ihm vorbei, genau wie ihre Töchter und Mayo.

Erleichtert ging auch er die Treppe hinunter und wartete darauf, dass der Ball eröffnet wurde. Unzählige Prinzen sollten hier sein, aber Nathaniel entdeckte kaum einen. Dafür jede Menge rosaroten Glitzer.

Ob Rosalinda die Prinzen weggezaubert hatte?

Der Ball wurde dennoch eröffnet und der König verkündete, dass es an diesem Abend keine gesellschaftlichen Regeln gab und jeder mit jedem sprechen durfte. Er wurde in seiner Ankündigung unterbrochen, als die Fenster vibrierten und ein lautes Rumsen zu hören war. Kurz darauf trat ein Drache durch die Tür.

»Verzeihung, ich habe mich etwas verspätet«, erklärte er mit tiefer Stimme.

Einige Gäste wichen zurück, die meisten beäugten ihn jedoch neugierig.

»Das macht doch nichts, mein Freund«, lächelte der König. »Bitte komm herein und feiere mit uns.«

Der Drache nickte und stellte sich dennoch in eine Ecke, von der aus er alles beobachten konnte.

Nathaniel schluckte. Er hatte den Drachen noch nie gesehen und doch kam es ihm so vor, als hätten sie bereits gemeinsam ein Abenteuer erlebt. Als würde er ihm etwas schulden, weil er ihn einmal gerettet hatte … Das war doch seltsam.

Als die Musiker zu spielen begannen, riss Nathaniel sich aus seinen Überlegungen. Die Prinzessinnen wurden bereits zum Tanzen aufgefordert. Er musste sich beeilen. Jene, die ihm vorher bereits aufgefallen war, hatte noch niemand auf die Tanzfläche geholt.

Nathaniel nahm all seinen Mut zusammen, holte tief Luft und blieb vor ihr stehen. »Meine Dame«, raunte er und verneigte sich.

Aus den Augenwinkeln sah er, dass sie lächelte und in einen Knicks überging. Als sie sich erhoben und ihre Blicke sich trafen, rissen sie beide die Augen auf.

»Aber Ihr seid ...«, stammelte sie. Weiter kam sie nicht, denn jemand rempelte sie von hinten an und sie stolperte einen Schritt nach vorn, direkt in Nathaniels Arme. »Vergebt mir, ich ...« Sie legte den Kopf schief und kniff ihre Augenbrauen zusammen. »Kennen wir uns zufällig?«

Er schluckte. Er hätte ihr sagen können, dass er jener Stallbursche war, der sie mit Wasser übergossen hatte und seitdem nur noch an sie denken konnte. Aber das war nicht die Antwort, die ihm auf der Zunge lag. Er kannte sie. Aus einem Traum oder einem anderen Leben vielleicht. Am liebsten hätte er über seine eigenen Gedanken gelacht, obwohl sie in dem Moment Sinn ergaben.

Er nickte nur, half ihr, sich aufzurichten, und räusperte sich. »Schenkt Ihr mir diesen Tanz, meine Dame?«

Einen Moment fürchtete er, sie würde ablehnen. Aber dann lächelte sie und reichte ihm ihre Hand. »Es wäre mir eine Freude.«

Als hätte er sein Leben lang nichts anderes getan, führte er sie auf die Tanzfläche und begann, sich mit ihr zu drehen. Dieser Moment war seltsam vertraut und doch so fremd.

Er versank in ihren bernsteinfarbenen Augen. Kein Zweifel, dies war Prinzessin Alessandra.

Als die Musik endete, führte er sie zurück. Er wollte sich gerade verneigen und um einen weiteren Tanz bitten, als sie sich zu ihm beugte.

»Folgt mir«, flüsterte sie und stahl sich hinter einer Säule durch eine Glastür hinaus in den Garten.

Nathaniel zögerte nicht, er eilte ihr nach und schloss die Tür hinter sich.

Sie stand am Geländer des Balkons und überblickte den weitläufig angelegten Garten, der im silbernen Mondlicht malerisch schön vor ihnen lag.

Dieser Anblick fühlte sich wie eine Erinnerung an. Aber er hatte noch nie hier gestanden. Oder doch?

»Wer seid Ihr?«, fragte sie, ohne sich umzudrehen.

»Nathaniel, Euer Hoheit«, erwiderte er und blieb an der Tür stehen. Warum lief sie mit einem wildfremden Mann hier hinaus? Ohne Wachen, ohne Hilfe? Er hätte auch ein Meuchelmörder sein können.

»Du bist der Stallbursche von neulich, nicht wahr?« Da lag kein Spott, keine Ablehnung in ihrer Frage. Sie wollte es wirklich wissen.

»Der bin ich, Hoheit«, antwortete er wahrheitsgemäß.

»Sag mir, Nathaniel. Bis auf den Vorfall vor wenigen Tagen … sind wir uns schon einmal begegnet?« Sie drehte sich um und löste ihre Maske.

Er hielt den Atem an. Er hatte dieses Gesicht unzählige Male in seinen Träumen gesehen, lange bevor er ihr im Stall begegnet war. Sein Herz schlug schneller, als er ihre ebenmäßigen Züge im Mondlicht betrachtete. Sie war so wunderschön.

»Denn ich träume seit einiger Zeit von Augen wie deinen, obwohl ich dich erst vor Kurzem getroffen habe. Also sag mir, Nathaniel: Woher kenne ich dich?«

Er trat auf sie zu, erwartete fast, dass sie ihn aufhalten würde. Aber sie tat es nicht, wich auch nicht zurück. Mit zittrigen Fingern nahm er die Maske ab und ließ sie fallen.

Alessandra rührte sich immer noch nicht, obwohl er ihr nun so nahe war, dass er ihre Röcke an seinen Beinen fühlte.

»Was, wenn ich Euch sage, dass ich auch von Euch träume? Von diesem Ball? Er ist genau wie in meinen Träumen und doch ist er anders.«

»Dann würde ich dir sagen, dass es mir ganz genauso geht«, flüsterte sie und ließ ihre Maske ebenfalls sinken. Zärtlich legte sie ihre Finger an sein Gesicht, fuhr an seiner Wange entlang. »Ich dachte, ich hätte dich einmal verloren. Ich habe um dich getrauert, als wären wir ein Liebespaar. Und jetzt stehst du vor mir und ich kenne dich nicht wirklich.«

»Prinzessin«, raunte Nathaniel, legte behutsam eine Hand unter ihr Kinn und hob es an. »Ich habe auch das Gefühl, dass wir uns einmal nahestanden. Aber das ist nicht möglich. Ich bin nur ein Stallbursche.«

Wolken schoben sich vor den Mond und verdunkelten ihn, aber er konnte ihr Gesicht immer noch ganz deutlich sehen.

Sie schüttelte den Kopf und trat auf ihn zu. »Nein, Nathaniel. Für mich bist du ein Prinz. Immer.«

Er hatte kein Recht dazu und trotzdem legte er einen Arm um ihre Taille. Sie stellte sich auf die Zehenspitzen, umfasste sein Gesicht mit ihren Händen und küsste ihn.

Die Wolken lösten sich auf und lilafarbenes Mondlicht hüllte sie ein, als unzählige Sternschnuppen vom Himmel fielen.

Nathaniel versank in dem Kuss und gleichzeitig stockte ihm der Atem, als die Erinnerungen zurückkehrten. Er wusste wieder von drei Bällen, die er mit ihr verbracht hatte, von dem Reich der Spiegel, von seinem Tod. Alles schwappte über ihn herein und er begann zu zittern.

Er fühlte, wie auch Alessandra bebte, und legte seine Arme um sie, zog sie enger an sich und gab ihr Halt. Als sich ihre Lippen voneinander lösten, keuchten sie beide. In ihren Augen, in denen noch immer das lila Mondlicht schimmerte, erkannte Nathaniel, dass auch Alessandra sich wieder zu erinnern schien. Sie machte einen Schritt zurück und musterte ihn.

»Du lebst!«, schluchzte sie und eine Träne lief über ihre Wange. »Du bist hier, bei mir.«

»Ja«, erwiderte er und starrte an sich hinab. »Aber wie ist das möglich? Diese Schmetterlinge haben mich zerstört. Ich habe gefühlt, wie ich sterbe.«

»Du lebst«, wiederholte Alessandra und fiel ihm um den Hals. »Du bist hier und es geht dir gut. Ich habe dich nicht verloren! Und meine Eltern sind auch gerettet! Tharibor beschützt uns jetzt! Wir haben es tatsächlich geschafft!«

»Alessandra«, raunte er. »Wie ist das alles möglich? Du hast Geschwister!«

Sie lachte leise. »Ich weiß es nicht. Aber es ist schön! Es ist so wunderschön.« Sie machte wieder einen Schritt zurück und fuhr über seine Hand. »Welche Magie auch immer das ermöglicht hat, ich danke ihr. Denn jetzt können wir zusammen sein.«

»Alessandra, ich bin immer noch ein Stallbursche«, murmelte Nathaniel. »Ich bin jetzt noch nicht mal ein verkleideter Prinz, weil dieser Maskenball eine Tarnung unnötig gemacht hat.«

»Tharibor!«, lachte sie. » Deswegen wollte er diesen Maskenball. Damit du nicht mit einer Lüge an meine Seite kommst. Denn in diesem Leben ist es nicht wichtig, dass du ein Prinz bist! Weil meine Eltern nicht verlangen, dass ich einen Prinzen heirate, solange ich glücklich bin.« Sie legte ihre Hände in seinen Nacken. »Und du machst mich glücklich. Das weiß ich.«

Er strich ihr über die Wange. »Ich werde mein Bestes geben«, hauchte er. »Es wäre nur eventuell möglich, dass wir einen Feerich bei uns aufnehmen müssen, da er mir keinen Herzenswunsch erfüllen musste.«

Sie grinste. »Das stört mich nicht. Solange er nicht versucht, zu zaubern.«

»Könnte schwierig werden«, schmunzelte er und beugte sich nach vorn.

»Der Drache, der bei uns wohnt, wird sich schon darum kümmern«, murmelte sie.

Er grinste, dann küsste er sie erneut. Er würde sie nie wieder loslassen. Nie wieder.

33

Tharibor

Er saß auf dem Dach des Schlosses und blickte zu dem verliebten Paar hinab, während seine Hand über das seidig weiche Fell des Schneewolfs strich.

»Sie haben sich also doch erinnert«, schmunzelte er und wandte sich höflich ab, als die beiden einander wieder küssten.

»Ich habe dir gesagt, sie werden sich erinnern, wenn sie sich küssen«, gähnte der Wolf und legte die Ohren an. »Und der Mond aus dem Spiegelreich wollte wohl auch, dass sie sich erinnern. Sieh nur, er erstrahlt immer noch lila.«

»Ja. Aber die Sternschnuppen … das warst du, nicht wahr?«

Der Wolf hob den Kopf. »Ich bitte dich. Das waren die Schuhe. Du weißt, dass sie ihre eigene Magie haben? Sie sind immer in ihrer Nähe, denn Alessandra ist das reine Herz, das sie einst von ihrem Schicksal erlösen wird.«

»Ich dachte immer, dass du jenes Herz wärst, meine Liebste.«

»Ich verdanke ihrer Magie, dass ich für eine Nacht im Monat zu einem Menschen werde, Tharibor. Deine Magie mag mächtig sein, aber zu einem Menschen hättest du mich nie machen können.«

Der Zauberer neigte seinen Kopf. »Das ist richtig. Die Schuhe haben dir also wieder treue Dienste geleistet.«

»Und jetzt werden sie Alessandra behüten. Denn ich fürchte, unser Eingreifen hat das Schicksal zwar verändert, aber einige Dinge nicht ungeschehen gemacht.«

Der Zauberer schwieg und wollte nicht auf die Worte seiner Gefährtin eingehen. »Ich bin froh, dass es geklappt hat«, meinte er nach einiger Zeit. »Sie haben es verdient. Besonders die Prinzessin. So ein mutiges Wesen habe ich in meinem Leben nur einmal zuvor erlebt.«

Er kraulte den Wolf hinter den Ohren.

»Denkst du, sie werden glücklich sein? Dass ihre Eltern ihr tatsächlich erlauben, einen Stallburschen zum Mann zu nehmen?«

»Stephan liebt seine Tochter und wenn du dich recht erinnerst, war auch Vanya nicht adelig, als sie geheiratet haben.«

»Vielleicht nicht adelig, aber aus gutem Hause.«

»Das ist er auch, und wenn diese Schwarze Witwe endlich aus seinem Leben verschwindet, wird er ein angesehener Kaufmann, wie sein Vater es hätte werden können, wenn das Schicksal ihm nicht übel mitgespielt hätte. Ich werde ihm schnell dazu verhelfen und dann steht einer Hochzeit nichts im Wege. Er wird einmal ein guter König, falls Alessandra den Thron will.«

Der Wolf hob seine Lefzen und es sah fast so aus, als würde er grinsen. »Warum habe ich nur das Gefühl, dass du ihm helfen wirst, all das zu meistern, damit sie zusammen sein können?«

»Weil ich ihrem Opfer verdanke, dass ich die Ewigkeit mit dir verbringen kann, Kristin. Außerdem sind Schwarze Witwen abscheulich. Sie muss ins Reich der Spiegel verbannt werden, das sie nie hätte verlassen dürfen.«

»Du hast ein gutes Herz, Tharibor«, meinte der Wolf und schmiegte sich unter den Arm des Zauberers. »Deswegen habe ich mich auch in dich verliebt. Ich bin froh, dass du es bewahren konntest und nicht aus Trauer zu einem schwarzen Zauberer wurdest.«

Tharibor strich wieder über den Rücken des Tieres. »Und ich bin froh, dass manche Geschichten eine zweite Chance bekommen, um ihr glückliches Ende zu finden.«

Er stand auf und hüllte den Wolf und sich in seine Magie ein.

»Komm, Kristin, wir sollten jetzt dafür sorgen, dass unser Patenkind mit seinem Stallburschen glücklich werden kann.«

»Du meinst Prinz«, schmunzelte der Wolf. »Denn in Wahrheit hat er seinen Wert längst bewiesen.«

Über die Autorin

Bettina Pfeiffer wurde 1984 in Graz geboren und lebt heute mit ihrem Mann und ihren beiden Kindern in Baden bei Wien.
Seit ihrer Kindheit liebt sie es, sich Geschichten auszudenken. Besonders als Ausgleich zu ihrem zahlenorientierten Hauptjob taucht sie gern in magische Welten ab und begann schließlich, diese aufzuschreiben. So entstand recht schnell die Idee für die ›Weltportale‹ und andere magische Geschichten im Genre Fantasy/Romantasy.
Inspiration findet sie dafür immer wieder durch ihre Kinder, mit denen sie gern auf abenteuerliche Entdeckungsreisen geht.

Dank

Da sitze ich nun, in Glitzer gehüllt und voller Magie im Herzen, und lächle mein fertiges Manuskript an. Ein Manuskript, das hoffentlich zum Lächeln angeregt hat. Das den Zauber der Märchen aus unserer Kindheit wieder zum Leben erweckt hat.

Eine Geschichte, die es ohne einige Menschen in meinem Leben nicht gegeben hätte. Da wäre vor allem Angela Matull zu erwähnen, die mich ständig »genervt« hat, ich möge doch endlich weiterschreiben. Ohne deine dezenten Drohungen hätte ich diese Geschichte vermutlich nie beendet. Danke, meine Glitzer-Angi. Für alles. Du weißt, was ich meine.

Dann wäre da noch Alexandra Götz. Du hast diese Geschichte inhaliert und mich auf einige Dinge hingewiesen, die ich ohne dich nicht gesehen hätte. Du bist mein Alpha, mein Seelenzwilling. Ich danke dir für die stundenlangen Gespräche und die aufbauenden Worte.

Außerdem ist da meine kreative Juliane Buser. Dein unermüdlicher Einsatz, wenn ich mal nicht weiterweiß, hilft mir über so manche Blockade hinweg. Ich danke dir dafür!

Natürlich darf ich meine anderen Goddesses nicht vergessen. ☺ Ihr seid mein Rückhalt, wenn ich zweifle. Ich danke euch allen für euren Glitzer und euren Beistand! Maria, Carolin, Sabrina, Annika, Sandra, Christin, Eulchen, Ricky. Danke, dass ihr mit mir Glitzer verteilt und immer für mich da seid!

Last but not least danke ich dem Menschen, der mich zu dieser Geschichte inspiriert hat, dessen Namen ich hier aber nicht erwähnen kann. Und meinen Kindern, ohne deren Märchenwünsche ich vermutlich nicht mehr tief genug in diese Welt hätte eintauchen können. Und natürlich meiner Familie. Mama, Papa, Chrissi … danke, dass ihr mich zu dem gemacht habt, was ich bin.

Mehr von der Autorin:

B. E. Pfeiffer
Götterherz (Band 1)
9. November 2018, Sternensand Verlag
360 Seiten, broschiert
€ 12,95 [D]

Urban-Fntasy Jugendroman
Als Taschenbuch und E-Book

Seit Beginn ihres Familienurlaubs in Griechenland durchlebt die zwanzigjährige Penelope seltsame Träume. Jedes Mal findet sie sich an einem bedrohlichen Ort voller Monster wieder. Und jedes Mal erscheint ein mysteriöser Mann und verteidigt sie gegen diese Kreaturen.
Als sie diesen Fremden auch in wachem Zustand trifft, blitzen Erinnerungen an ein früheres Leben in ihr auf. An ein Versprechen von Unsterblichkeit, an eine Liebe, die Jahrtausende überdauert hat, und an eine uralte Rivalität zwischen zwei Göttern. Und einem davon gehört ihr Herz schon seit so langer Zeit. Allerdings muss sie nun um ihn kämpfen – um ihn und um ihr eigenes Leben, das von Göttervater Zeus persönlich bedroht wird.

Weitere Titel aus unserem Fantasy-Sortiment:

J. K. Bloom

Wächter der Runen (Band 1)

28. September 2018, Sternensand Verlag

528 Seiten, broschiert

€ 16,95 [D]

High Fantasy

Als Taschenbuch und E-Book

Fanny Bechert

Elesztrah (Band 1): Feuer und Eis

3. November 2016, Sternensand Verlag

468 Seiten, broschiert

€ 12,95 [D]

High Fantasy

Als Taschenbuch und E-Book

Jasmin Romana Welsch

Krieger des Lichts (Band 1): Nihil fit sine causa

20. Oktober 2017, Sternensand Verlag

616 Seiten, broschiert

€ 16,95 [D]

Urban Fantasy

Als Taschenbuch

Nadine Roth

Bloody Mary: Du darfst dich nicht verlieben

12. März 2017, Sternensand Verlag

560 Seiten, broschiert

€ 14,95 [D]

Paranormal Romance

Als Taschenbuch und E-Book

C. M. Spoerri

Die Legenden von Karinth (Band 1)

25. September 2016, Sternensand Verlag

448 Seiten, broschiert

€ 12,95 [D]

High Fantasy

Als Taschenbuch, Hardcover und E-Book

C. M. Spoerri

Leon: Gluck tragt einen roten Pony

Januar 2018, Sternensand Verlag

230 Seiten, broschiert

€ 12,95 [D]

Urban Fantasy

Als Taschenbuch und E-Book

Besucht uns im Netz:

www.sternensand-verlag.ch

www.facebook.com/sternensandverlag